2024
新鲜事 抢先看

洞见活力中国

新华社『新华鲜报』

第一辑

新华通讯社◎编著

INSIGHT INTO THE VITALITY OF CHINA

XINHUA NEWS AGENCY'S
"XINHUA FRESH NEWS"

新华出版社

图书在版编目（CIP）数据

洞见活力中国：新华社"新华鲜报"．第一辑 / 新华通讯社编著 .
北京：新华出版社 , 2024. 7.
ISBN 978-7-5166-7500-7

Ⅰ . I253.4

中国国家版本馆 CIP 数据核字第 20244XG795 号

洞见活力中国：新华社"新华鲜报"．第一辑

编著：新华通讯社
出版发行：新华出版社有限责任公司
　　　　　（北京市石景山区京原路 8 号　邮编：100040）
印刷：河北鑫兆源印刷有限公司

成品尺寸：170mm×240mm　1/16　　　　**印张：**23　　**字数：**360 千字
版次：2024 年 9 月第 1 版　　　　　　　　**印次：**2024 年 9 月第 1 次印刷
书号：ISBN 978-7-5166-7500-7　　　　　　**定价：**96.00 元

请加我的企业微信

微店　　视频号小店　　抖店　　京东旗舰店

微信公众号　　喜马拉雅　　小红书　　淘宝旗舰店　　扫码添加专属客服

前言

你所关心的，就是我们记录的。

新鲜事、抢先看。新华社"新华鲜报"第一辑《洞见活力中国》与大家见面了，这是新华社记者追寻时代、记录时代的真情书写。

2024 年开年，新华社国内部开设《新华鲜报》专栏。这些文章紧扣"鲜"和"先"，透过鲜活表达，道出深度观点，体味新闻悦读。坚持以小见大、小中看美、小中求精，呈现出新华社记者改文风、转作风的典型成效，也是主流媒体面临新形势新任务，展现出的新气象新作为。

近 150 篇"新鲜"出炉的文章，旗帜鲜明，芳草鲜美。涉及中国经济、科技、社会、文化、大国外交等领域，以独特视角、深刻思想、清新文风带你感知中国发展脉动、时代意蕴，带你感悟真理力量、实践伟力，洞见一个立体、生动的活力中国。

活力中国，体现在高质量发展中。在复杂严峻的外部环境下，过去的 2023 年，中国 GDP 超 126 万亿元，增长 5.2%！对世界经济增长贡献率超 30%。中国经济"个头"越来越大，"筋骨"越来越强，迈向高品质，建设大市场，向"新"而行，推动高质量发展不松劲。

活力中国，写在日新月异的创造里。当全球制造业遭遇多重挑战，中国制造业总体规模连续 14 年保持全球第一，"Made in China"的分量不言而喻；嫦娥六号带回人类首个月背土壤；南极科考雪龙号凯旋、秦岭站开站；C919 大飞机商飞起航、国产大邮轮扬帆出海；人工智能、量子信息前沿领域重要进展不断。久久为功的磨砺，让创新步伐走得坚实又有力。

活力中国，孕育在悠久历史和博大文明里。一个伟大的国度，以其灿烂辉煌的文化遗产，承载着中华文明，延续着千年文脉。"考古中国"重要进展频出，南海古代沉船揭开神秘面纱；1.08 亿件（套）国有可移动文物、87 万项非物质文化遗产资源，创造属于自己的"C 位"，文化传承与发展之美相得益彰。

活力中国，也是流动中国。

这里有温暖多姿的生活气息！告别"多地跑"，户政业务跨省通办；全国政务服务"一张网"5 年惠及 8.9 亿用户；医保参保达 13.34 亿人，世界最大医疗保障网守护你我；交通基础设施新跨越，"走得了"更要"走得好"；大数据建设带来高速流动，赋能千行百业；快递业务量超 1300 亿件，连接千城百业、联系千家万户；经营主体 1.84 亿户，在创新创业路上、追逐美好生活。

这里有热辣滚烫的文旅市场！新年伊始，"尔滨"出圈，南北文旅拉歌"卷"起来；从"村超"开启新赛季到天水麻辣烫"火"出圈，文旅 IP 兜住"泼天流量"；五一档票房 15.27 亿人次、12.9 亿人次打卡博物馆，与多元文化盛宴奇妙邂逅，各美其美，美美与共。

中国不仅发展自己，也积极拥抱世界，担当大国责任。新时代中国发展轨迹里，清晰见证中国与世界相互交融、彼此成就。今年，中国外交好消息频频：太平洋岛国瑙鲁升起五星红旗，同中国建交的国家增至 183 个；与 150 多个国家缔结涵盖不同护照种类的互免签证协定；大江南北驻华使节参访，看冰雪赞，进企业惊叹"创造力"，逛城市，感受中华文化的独特魅力。

究天下之变、解时代之问。

面对百年变局和风险挑战，带领 14 亿多中国人奔向好日子，向前走的每一步都不容易。近 150 篇"小文"带你洞见中国发展的深层逻辑，时代变迁的内在动力，民族复兴的必由之路，让我们共同携手，建设一个更加美好的中国。

目 录

CONTENTS

⊖ 活力经济

二 科技之光

特别关注·嫦娥六号

三 诗与远方

（四）民生为大

五 大国外交

展开 2024 年上半年的中国经济画卷，可谓精彩纷呈、活力满满。"新华鲜报"记录中国经济发展的一幕幕精彩瞬间，由点及面、由近及远看中国经济账面、人面、市面、基本面。

——这是万象更新、向"新"而行的竞逐。从国产大飞机首飞到大型邮轮首航；从国产手机、新能源汽车走俏到互联网和"人工智能＋"澎湃创新动能 从"新三样"到"未来产业"奋力争先；从无人机超 126 万架开辟新蓝海到中欧班列跑出 9 万列新纪录，向"新"力带来无限可能……

——这是蓄势聚力、提质致远的加速。从汽车产销量均超 3000 万辆、"小车轮"驶出新高度，到"小包裹"超 1300 亿件、凸显快递大国新活力；从北京车展到自行车王国新赛道；从中国制造连续 14 年全球

一

活力经济

第一，到 2023 年全年 GDP 超 126 万亿元；从美食撬动消费新活力到稳粮新看点；从中华老字号历久弥新到第六届西洽会签约项目创历届新高……

——这是砥砺深耕、成色更足的笃行。中国制造"新三样"，样样离不开锂；作为"现代工业基石"的有色金属，正在各领域不断"显色"；小镇里藏着不少"单品冠军"；超大城市"俱乐部"来了新成员；科幻产业"含金量"展现"科幻＋"新活力……

察世势，驭势行。中国经济如何在风浪中强健体魄、壮实筋骨，"新华鲜报"宏观微观兼容，剧透向"新"力和经济"钱景"，从小切口看金融活水润泽"小生意"、流向"小日子"；从"小确幸"里读懂中国发展"大文章"，读出中国大市场潜力、韧性、活力，看到中国经济发展底气和前景。

国产手机、新能源汽车走俏：中国制造"开门红"

1月8日下午，深圳国际会展中心人潮涌动，手机企业 OPPO 公司的产品发布会正在进行。当日发布的 2024 年新款手机 OPPO Find X7，不仅在摄像功能上追求品质，针对系统卡顿问题也做了解决方案。

近年来，持续不断的技术创新推动了国产手机品牌崛起。OPPO 公司在影像、5G、AI 等领域持续突破，成为我国企业出海的一张名片。华为公司 2023 年 8 月底发布的手机 Mate 60，甚至出现了"线下门店大排长龙、线上商城一秒卖光"的"一机难求"火热消费场景。

OPPO 公司相关负责人说，国产手机"一机难求"，本质上是由于技术提升，各个品牌都全力在创新上做大文章，大力解决消费者痛点、着眼提升手机性能。

站在岁末年初的新起点上，我国的创新动力、发展活力勃发奔涌，日新月异的创新产品不断涌现，给中国制造增添新亮色。

让我们把目光转向国产手机的生产基地——东莞松山湖高新技术产业开发区。2023 年 1 月至 11 月，松山湖开发区完成规上工业总产值 3356.85 亿元，同比增长 8.9%，实现工业投资 142.39 亿元，同比增长 6.7%，工业技改投资 91.87 亿元，同比增长 21%，投资者用真金白银投下"信心票"。

无独有偶。同样在开年之际，珠三角的新能源汽车产业也传出捷报——1 月 1 日，比亚迪公司公布产销快报，2023 年第四季度纯电动乘用车销量首次成为全球第一。至此，比亚迪 2023 年全年新能源汽车累计销售超过 302 万辆，继续保持全球新能源汽车销售冠军地位。

中国电动汽车百人会副理事长、清华大学 21 世纪发展研究院执行副院长张永伟表示，新一代的电动汽车，最新的车型基本都在我国率先推出；全球新一代汽车相关技术，也往往是在我国推出的产品中率先应用，为新能源汽车产业巩固领先地位奠定了坚实基础。

2023 年 9 月 11 日，行人从华为深圳旗舰店前走过。（新华社记者梁旭摄）

手机、新能源汽车……在过去的 2023 年里，从操作系统、EDA 等软件攻关取得阶段性突破，到国产 ECMO 打破外企长期垄断，再到核磁共振设备实现国产替代并量产，一个个代表新质生产力的新技术、系统、产品、项目在我国诞生、落地，在底层技术突破方面多点开花、产业链条不断完善，带来"开门红"。

2023 年，我国工业经济呈现回升向好态势，制造业增加值占 GDP 比重基本稳定，总体规模连续 14 年保持全球第一。

制造业亮点频出的背后，是创新体系建设不断加强、创新动能持续增强。

就在 1 月 7 日，我国国产首艘大型邮轮"爱达·魔都号"完成首航，标志着我国造船业能级进一步提升，中国人乘坐自己的大型邮轮出海旅行的梦想成真。

放眼神州大地，广东把实现新型工业化作为现代化建设的关键任务，尤其是在珠三角的一系列大科学装置加快布局，将成为未来产业的"孵化器"；重庆 8 日发布《重庆市工业产业大脑建设指南（1.0）》《重庆市未来工厂建设指南（1.0）》，对产业大脑和未来工厂的建设做出具体规划指导，将聚焦制造业细分行业，重塑产业组织形态和资源配置模式。

业内人士认为，开年以来多地以科技创新推动产业创新，让传统产业在技术改造中焕发新生机，新兴产业在新赛道上更有新活力。

（新华社北京 2024 年 1 月 8 日电　新华社记者王攀、陈宇轩、黄浩苑）

超 1300 亿件！小包裹里的快递大国新活力

"小包裹"连着"大市场"，关乎"大民生"。最新数据，2023 年我国快递业务量预计超 1300 亿件，实现从"年均百亿"到"月均百亿"的跨越，成为现代物流领域最具代表性的产业。

这个"天文数字"咋理解？如果按每个包裹平均 0.3 米长计算，这些包裹首尾相连的长度，可绕地球赤道近 1000 圈，相当于我国人均快递量超 90 件。

一条条流动的分拣线，一辆辆疾驰的快递车，一件件如约抵达的包裹……不仅展现了快递业发展的强大韧性，更彰显出中国超大市场"基本盘"没有变，消费升级的增量仍在延续。

放眼全球，1300 亿件又意味着什么？

横向比，我国的"小包裹"量相当于美国 2022 年快递量的 6 倍，日本 2022 年快递量的 14 倍，英国 2022 年快递量的 25 倍，约占全球快递总量的六成以上。

纵向看，随着寄递网络加速覆盖，快递业务量实现从年百亿件到年千亿件的加速跃升。2014 年年快递业务量超过 100 亿件，2021 年年快递业务量超过 1000 亿件。进入 2023 年，从 3 月起，我国每个月快递业务量均超过百亿件。

小小快递，连接千城百业、联系千家万户，连通线上线下、畅通供需两端。

古时神秘西域，今日富饶新疆；古时驼铃丝路，如今西北"快递动脉"。以圆通速递为例，连接杭州、乌鲁木齐两地的快递班车，每周 7 对，每辆车装载 2 万多单包裹。

快递业如何激发产业融合新动能？在河北沧州，寄递服务融入到产业链和供应链的前端，快递积极"进厂"，让当地"名片"工艺玻璃远销海外 50 多个国

2023 年 12 月 25 日，在中国铁路上海局集团有限公司海安物流基地，集装箱门吊进行集装箱装运作业（无人机照片）。（新华社发 翟慧勇摄）

家和地区，年发货量超 3000 万件。

小包裹最终到了哪？如今，全国 3000 多个边疆村落全部通邮，海拔 5380 米的神仙湾哨所也通了快递。随着"快递进村"覆盖率持续提升，每天有 1 亿多件快递包裹进出乡村。

国家邮政局局长赵冲久说，2024 年行业将继续保持稳步上升态势，预计增速 8% 左右。随着"智能化"浪潮的到来，快递大国将加速向"强"迈进，从"无处不在"走向"无时不至"。

（新华社北京 2024 年 1 月 9 日电　新华社记者戴小河）

C919 京沪航"飞起来" 大国重器"新远航"

热门、繁忙的"黄金航线"京沪航线上迎来了新成员——国产大型客机C919。1月9日，东航的一架C919飞机执行MU5137航班，从上海虹桥国际机场起飞，前往北京大兴国际机场。这是C919飞机在京沪航线上定期商业航班的"首秀"。

"我出差去北京，没有特意选机型，没想到坐上国产大飞机C919，惊喜又亲切。"旅客王先生说。

"京沪航线频次高、客流大，是精品航线。C919在这一航线常态化运营，有望进一步提高市场适应性和全方位保障能力。"中国东航党组副书记唐兵说。

截至2023年12月31日，东航C919机队已累计安全飞行2202.88小时，累计执行商业航班655班，承运旅客近8.2万人次。

几天前，国产首艘大型邮轮"爱达·魔都号"搭载3000多名宾客，完成7天6晚的商业首航。这是继国产大飞机C919投入商用后，走进寻常百姓生活的又一"国之重器"。

新年伊始，首航、首秀不断开启，大国重器"新远航"，一批科技创新成果走入百姓生活，给中国制造"开门红"增添了喜庆，更传递出我们发展的底气，发展目标就是更高科技含量、更多造福人民。

有"魅力"，更有"实力"——作为我国高端制造业提质升级的典型代表，国之重器创新突破的背后，不仅在于零部件的制造体量之大，更在于综合研制、集成创新的克服难度之大，还在于对关键攻关、产业升级的带动之大。

在C919航迹不断扩展的同时，其产业带动性也在不断增强。越来越多的产

2024 年 1 月 9 日，飞机在北京大兴国际机场降落。（新华社发）

业因国产大飞机的研发、制造、试验、运营而链接起来，也因 C919 的赋能创造出新的发展机遇。

中国船舶集团上海外高桥造船有限公司总经理陈刚说，国产大型邮轮集纳了全球数百家供应商，形成的邮轮供应链"图谱"，为大型邮轮批量化建造打下坚实基础。

广阔的大市场，为这些"大家伙"提供迭代升级、创新突破的土壤，更为高端制造业产业化发展提供重要支撑。从螺丝帽到工程机械，从新材料到新工艺，上下游产业链瞄准"高精尖"不断提质升级。

人们期待，有更多大国重器"乘风远航"。

（新华社上海 2024 年 1 月 9 日电　新华社记者贾远琨）

超 3000 万辆！中国"小车轮"驶出新高度

当前中国汽车工业走过 70 年，2024 年开年传来好消息：2023 年我国汽车产销量均超 3000 万辆，连续 15 年稳居全球第一；新能源汽车产销量均超 900 万辆，连续 9 年全球第一。

今日的荣光，是昔日的努力和坚守。没图纸、没技术，一穷二白，那时造汽车，靠的是"锤子"一点点敲出来。

从 1956 年第一辆国产解放卡车下线，到红旗轿车横空出世；从改革开放后的百花齐放，到比亚迪年售新能源汽车超 300 万辆。今天，我国单月汽车产销量，比 2000 年全年总量还多。

我们的汽车工业跑得快，背后是中国制造的厚积薄发。

3000 万辆，意味着啥？

约等于德国 2022 年汽车销量的 10 倍；全球每销售 3 辆新车，就有一辆"中国造"；中国产新能源汽车在全球新能源汽车产销量中，占比约三分之二。中国汽车在国际市场份额越来越"重"。

每辆汽车由上万个零件组成，拼接这个大"乐高"不仅要体力，更要智力。一年生产 3000 万辆，凸显中国智造新实力。

在长三角，一个世界级的新能源汽车产业集群正在迅速崛起：一辆新能源车从设计到生产，可以在 4 小时车程的"产业圈"内完成，平均不到 10 秒就下线一辆新能源汽车。

3000 万辆，绿色、智能含金量几何？

从 2018 年产销量刚过百万辆，到 2023 年已逼近千万辆，中国新能源汽车一直在"加速跑"。

瞄准纯电、混动和氢燃料等多元技术路线，"死磕"智能化、电池、电控等核心技术，自主创新才是最优解。

2023 年，大众牵手小鹏、斯特兰蒂斯入股零跑，中国企业在对外合作中逐渐拥有话语权，曾经的"市场换技术"逐步向"技术输出"转型。

政策春风，为新能源汽车产业插上翅膀，更为激发汽车消费潜力注入动能。完善的产业链条、越发过硬的核心技术、越来越多的充电桩，让更多人爱上绿色出行。

近 500 万辆，"出海"底气何在？

中国汽车用了半个多世纪，实现年出口从零到 100 万辆的突破，2021 年首超 200 万辆，2023 年近 500 万辆。

新年第一天，上海外高桥海通国际汽车码头，"久洋吉"号汽车滚装船整装待发，载着 3600 辆国产新能源汽车出海，奔赴墨西哥。

繁忙的港口，火热的经济信号。仅在海通国际汽车码头，平均每天就有约 3000 辆国产汽车从这里出发，驶向全球 100 多个国家和地区。

大洋彼岸，在新西兰经营汽车门店的理查德·范德恩格尔眼中，如今新西兰居民选购中国汽车，看中的是价格优势、技术过硬。

有专家测算，出口攀升的同时，2023 年中国汽车出口均价提升至约 1.9 万美元，实现了"量价齐升"，消费者对中国汽车品质认可度持续提升。

我们的新能源汽车不仅开进了多个国家的大街小巷，也开进了海内外消费者的心头。期待"中国造"汽车扬帆远航。

（新华社北京 2024 年 1 月 11 日电　新华社记者高亢、王悦阳、吴慧珺、周蕊）

新增贷款超 22 万亿元！从"钱景"看前景

　　做生意要本钱，奔好日子要挣钱。最新数据显示，2023 年我国新增人民币贷款超 22 万亿元。这背后是更多的发展机会，展现出中国经济的强劲活力。

　　金融活，经济活。我国经济实力实现历史性跃升，离不开充裕的信贷资金支持。随着国内生产总值（GDP）在 2022 年突破 120 万亿元，我国新增贷款当年也突破了 21 万亿元，并在 2023 年进一步增至 22.75 万亿元。

　　超 22 万亿元新增贷款都投向了哪里？近八成投向了企业。资金是企业发展的底气之一。企业若是"手头紧"，就难以大胆奔前景。

2024 年 1 月 8 日，工人在组装车间工作。当日，首批商丘地产新能源轻卡车在位于河南省商丘市豫商经济技术开发区现代装备制造产业基地的河南福田智蓝新能源汽车组装车间下线。（新华社发　李恒摄）

数据显示,2023 年企(事)业单位贷款增加 17.91 万亿元,其中企业中长期贷款约占增量的 76%,比重较 2019 年的 62% 明显提高,企业融资的稳定性不断提升。从另一个观察角度来看,我国经营主体的发展动力依然强劲,有着源源不断的融资需求。

2023 年 6 月以来,工业企业资产负债率连续数月维持在 57.6%。企业贷款保持较好增长势头的同时,如何以可控的债务增量保持利润增长,成为摆在企业发展面前的一道考题。盘活低效占用的金融资源、提升资金周转效率才是明智之举。

那么资金流向了哪些领域?从记者采访金融机构得到的信息中,不难看出端倪。

目前,主要国有大行的制造业中长期贷款、普惠小微贷款、绿色贷款同比增速大体保持在 30% 至 40%,有的大行的战略性新兴产业贷款同比增速更是超 50%,均快于其全部贷款增速,更多信贷资源被用于加快培育新质生产力上。

资金活跃的地方,大多充满了活力。国产手机、新能源汽车走俏,国产邮轮首航、大飞机首秀不停步,文旅市场强劲复苏,乡村振兴展现新气象……从"钱景"看前景,信贷结构有增有减,资金使用效率不断提升,紧跟中国经济高质量发展方向。

逐年增加的新增贷款只是金融支持经济发展的一个方面。

每年我国全部贷款中的相当一部分需要回收再投放,2023 年末我国人民币贷款余额 237.59 万亿元,是年度增量的十倍多。除却信贷,我国还有全球第二大保险、股票和债券市场,企业直接融资渠道不断拓宽。

为经济社会发展提供高质量服务,金融体系一直很给力,还将持续发力。去年 10 月底举行的中央金融工作会议首提加快建设金融强国的目标,将金融工作上升到了更高战略高度。

世界最早的纸币——交子诞生在中国,对我国乃至世界都曾带来深远影响。往事越千年,如今站上新起点,在金融高质量发展的强力支撑下,金融"活水"正倾力浇灌发展沃土,带给中国经济更多创新动力和增长活力。

(新华社北京 2024 年 1 月 15 日电　新华社记者吴雨)

超 126 万亿元！中国经济有底气

复杂严峻的发展形势下，推动世界经济复苏，主要经济体能有多大贡献？

1 月 17 日发布的最新数据给出了答案：中国，这个世界第二大经济体，2023 年全年国内生产总值（GDP）超 126 万亿元，对世界经济增长贡献率有望超 30%。

中国仍是世界经济增长的最大引擎。横向看，2023 年经济增长 5.2%，高于全球 3% 左右的预计增速，在世界主要经济体中名列前茅；纵向看，2023 年 GDP 增量超 6 万亿元，相当于一个中等国家一年经济总量。

2024 年 1 月 9 日，游客在哈尔滨百年老街中央大街上游玩（无人机照片）。（新华社记者张涛摄）

带着 14 亿多人奔向好日子，中国经济向前走的每一步都不容易。

"个头"越来越大。衡量一个经济体的发展水平，主要看四个指标，即 GDP、居民消费价格指数（CPI）、就业和外汇储备。2023 年，我国 GDP 增长 5.2%，CPI 上涨 0.2%，城镇调查失业率平均值降至 5.2%，年末外汇储备超 3.2 万亿美元，成长的基础更加坚实。

"筋骨"越来越强。社会消费品零售总额超 47 万亿元、全国固定资产投资超 50 万亿元，最终消费支出对经济增长贡献率增至 82.5%……向上生长、向好突破，高质量发展力量不断积蓄。

过去一年，影剧院座无虚席、热门景点一票难求、网红餐厅排起长队，这些火热的消费场景，标注着中国经济结构持续向"优"。

品质越来越好。中国"小车轮"驶出新高度，汽车产销量均超 3000 万辆；快递跑出加速度，业务量预计超 1300 亿件；国产新手机一机难求，每出口 3 辆汽车就有 1 辆电动载人汽车……这些背后是新质生产力加快形成。

2023 年，世界知识产权组织发布的报告显示，我国在全球创新指数中的排名升至第 12 位，拥有的全球百强科技创新集群数量首次跃居世界第一，科技创新正不断催生新的先进生产力。

经济发展，归根到底是要让老百姓过上好日子。2023 年，全国居民人均可支配收入实际增速高于经济增速，全国城镇调查失业率平均值下降 0.4 个百分点，这"一升一降"之间，彰显老百姓不断增强的获得感和安全感。

前行路上，我们还会遇到风雨，一些企业仍面临经营压力，一些群众就业、生活依然存在困难。但中国经济从来都是在风雨中成长壮大。

2024 年伊始，推动高质量发展更不能松劲。加快转换发展动能，持续释放发展活力，不断改善人民生活……要继续推动经济实现质的有效提升和量的合理增长。

我们始终相信，每个人的努力，每一次的拼搏，都在讲述着这样一个最朴素的道理：国家的富强，有你一份；更美好的生活，你我都有份！

（新华社北京 2024 年 1 月 17 日电　新华社记者魏玉坤）

中国"新三样"，这厢有"锂"

记者 1 月 17 日从自然资源部获悉，我国在四川雅江探获锂资源近百万吨，是亚洲迄今探明最大规模伟晶岩型单体锂矿。

"这为我国实现找锂重大突破，起到了示范作用！"自然资源部部长王广华兴奋地说。

锂是元素周期表第三号元素，自然界最轻的金属元素。作为"21 世纪绿色能源金属"，对实现"碳中和"有重要意义。

电动载人汽车、锂离子蓄电池、太阳能蓄电池，中国制造"新三样"，样样离不开锂。

锂电池不用多说。电动载人汽车，不管三元锂电池还是磷酸铁锂电池，都是"锂"当家。风电、光伏大规模储能，性价比最高的方案就是磷酸铁锂电池。

最新统计显示，2023 年，"新三样"产品合计出口首次突破万亿元大关。

有"锂"走遍天下，无"锂"寸步难行。对新能源汽车等"新三样"，金属能源锂都是"口粮"。

全球锂资源分布不均，主要分布在阿根廷、玻利维亚、智利、澳大利亚、中国和美国等国家。

我国锂辉石矿、锂云母矿分布范围广，全国有 1500 多个盐湖，通过加大锂矿区块出让力度，可进一步挖掘锂矿找矿潜力；我国部分锂矿探矿权勘查程度较低，通过进一步加强地质勘查工作，锂矿增储空间较大。

为全力推进新一轮找矿突破战略行动、促进锂资源勘探开发和增储上产、推动锂电新能源产业高质量发展，自然资源部积极推进锂矿区块出让，加大锂矿源头供应，提振投资者信心，促进矿业市场繁荣。

位于青海省海西蒙古族藏族自治州格尔木市境内的察尔汗盐湖拥有我国最大的可溶性钾镁盐矿床。多年来，以青海盐湖工业股份有限公司为主的盐湖开发企业，以"资源＋资本＋科技＋市场"发展模式，通过科技创新推动盐湖资源高效开发利用。2022年，碳酸锂产量达到7.3万吨。图为2023年6月8日拍摄的察尔汗盐湖一角。（新华社记者潘彬彬摄）

　　手里有矿，心里不慌。刚刚在此间结束的2024年全国自然资源工作会议明确，在优化海外矿产资源勘查开发合作，加强同拉美"锂三角"等区域合作同时，我国立足国情，针对共生伴生矿等特征，不断实现找矿理论、勘探技术、提炼工艺突破，促进伴生矿综合利用，保障端牢新能源产业"中国饭碗"，"新三样"不愁"粮"。

　　（新华社北京2024年1月17日电　新华社记者王立彬）

餐饮收入超 5 万亿元！美食撬动消费新活力

民以食为天。不论是电瓶车上载满的外卖、当代"打工人"的标配咖啡＋奶茶，还是"香"飘海内外的火锅、快餐……令人着迷的"舌尖"美食离不开一个字——"吃"。

吃，看似事小，却也实力了得。

最新数据显示，2023 年中国餐饮收入首次突破 5 万亿元大关，创历史新高。随着餐饮住宿等接触型、聚集型消费较快回暖，消费重新成为经济增长的主动力。

堂食暂停、流水大减、成本上涨……多重压力一度让这个最能体现人间烟火气的行业在疫情期间遭遇困境：从 2019 年的 4.67 万亿元到 2023 年的 5.29 万亿元，餐饮收入几经波动。

餐饮业如何"挺"过来？怎样"焕"新颜？

从烘焙、茶饮、预制菜到远程选餐、在线下单；从低脂、轻食到"餐饮＋旅游""餐饮＋展演""餐饮＋IP"……多变的环境下，创新的步伐不变，老百姓的美味"清单"在多元业态、智能服务、健康品类和更具创意中质感十足。

中国饭店协会发布的报告显示，2022 年，不少省份烘焙、茶饮等新兴业态的门店营收均实现两位数同比增长。

在这个以个体工商户为主力军的行业里，万千经营主体的携手前行支撑中国餐饮业迎来又一个春天。数据显示，2023 年，全国共注册餐饮单位超 410 万家，个体工商户占比超八成。

餐饮业一头连着"嘴巴"，一头连着"泥巴"，在"粮头食尾""农头工尾"

里都可以见到它的身影。

一块馍、一碗面、一盘菜……伴随田间地头的农副产品进城、入店、上桌，农户的"钱袋子"鼓起来，好日子"火"起来。

餐饮业能够激发多少就业活力？

2023 年 9 月 12 日，河北省唐山市市民在培仁历史文化街一家咖啡厅选购咖啡。（新华社记者牟宇摄）

以一家餐厅为例，除了厨师、服务员，还涉及采购、运输、市场营销、策划、菜品研发等多个工种。报告显示，平均每 10 平方米餐厅营业面积就可以解决一个就业岗位。我国餐饮业直接就业人员已近 3000 万。

餐饮业的撬动力有多大？

上承原料供应、农业发展，下接社会就业、内需消费。2023 年，餐饮业带动农副食材、食品加工业等相关产业约 2 万亿元营收，推动我国经济回升向好。

有人说，世间唯爱与美食不可辜负。饮食是生活必需，也是文化传承。经历风雨，让我们对饮食文化有了更深的共情。

鲁、川、粤、苏、闽、浙、湘、徽八大菜系，麻、辣、咸、鲜、香、甜应有尽有，螺蛳粉、功夫茶、潮州菜、沙县小吃等国潮美食名片……丰富多元的餐饮文化流露出人们对生活的热爱，一道道中华料理、一款款融合菜肴吃出了人气，也提振了消费。

（新华社北京 2024 年 1 月 18 日电　新华社记者邹多为）

同比上升 266.5%！流动的中国蓄积活力

流动，充满动感，蕴含张力。

国家移民管理局 18 日发布数据，2023 年 4.24 亿人次出入境，同比上升 266.5%。其中，内地居民、港澳台居民、外国人同比分别上升 218.7%、292.8%、693.1%。

天光未亮，广东珠海拱北口岸出境大厅已是"人声鼎沸"。赶赴澳门上班的人们、背着书包的跨境学童正有序地通关；装满活鱼、果蔬的鲜活产品运输车辆，齐齐向澳门进发。

这个连续 11 年全国客流量最大的口岸，2023 年累计出入境人员达 1 亿人次，也就是每天有 27.4 万人次从这里密集往返，按每日开放 19 小时计算，平均每小时客流量达 1.44 万人次。

人员的往来、产品的流通、产销的循环，聚合成经济的韧劲儿。

2023 年，疫情转段后的第一年，旅游业成为观察经济复苏的一个窗口。拱北边检站全年累计验放持旅游签注的人员 1330 余万人次，络绎不绝的游客，拉动着粤港澳大湾区旅游业的热度。

广州白云机场口岸，一条"空中丝路"将中国与世界拉得更紧。160 余条国际（地区）客货运航线忙碌运行，覆盖全球 230 多个通航点，每周国际（地区）航班超 1000 架次。

出入境交通运输工具查验量大幅增长，全年达 2346.1 万架（列、艘、辆）次，同比上升 143.4%。其中飞机 54.1 万架次、列车 9.1 万列次、船舶 40.4 万艘次、机动车辆 2242.5 万辆次。

万千流动的背后，是多项出入境便利政策的保障。

去年 12 月 1 日，我国对法国、德国、意大利、荷兰、西班牙、马来西亚 6 国试行单方面免签政策。截至今年 1 月 9 日，上述 6 国免签入境人员共计 14.7 万人次，呈整体上升趋势，有力服务便利外籍人员来华商贸、旅游。

1 月 11 日起，便利外籍人员来华 5 项措施正式施行，进一步打通外籍人员来华经商、学习、旅游等方面的堵点。当前，在华常住外国人已恢复至 2019 年底的 85%。

"来往便利、通关也很快。" 17 日 10 时许落地北京首都国际机场的德国人奥利弗由衷赞叹。

北京首都国际机场出入境边检执勤现场秩序井然。最快 10 秒完成快捷通关流程，出入境人员节约了时间成本；外国人通道等人工查验通道设置合理，往来效率按下加速键。

让数据先行、打造智慧国门，广州边检总站白云边检站执勤一队副队长于歌已驻守南粤国门一线十余年。"熬最深的夜，迎最早的曙光，让每一位入境中国的客人，都有回家的感觉。"

2.2 万余公里陆地边境线和 300 多个对外开放口岸上，无数移民管理警察护航你我出行的平安舒心。

"推进更大范围、更宽领域、更深层次的对外开放，是我们努力的方向。"国家移民管理局副局长刘海涛说。

流动蓄积着发展的活力，你来我往的步伐里，有相向而行的真诚奔赴，有开放自信的大国气象。

（新华社北京 2024 年 1 月 19 日电　新华社记者任沁沁）

连续 14 年规模全球第一，中国制造有实力

当全球制造业遭遇多重挑战，中国制造能否经受考验?

1月19日发布的最新"榜单"给出了回应:工业经济在波动中实现稳步恢复，中国制造业总体规模连续14年保持全球第一。

一头连市场、一头连工厂，一边是国内、一边通国际，坐稳制造业规模的头把交椅，"Made in China"的分量不言而喻。

新中国成立之初，一块钢铁、一块香皂要靠进口。2010年我国制造业增加值世界排名第一，成为全球制造业第一大国。即使面对复杂多变的外部环境，大国制造始终走得坚实又有力。

主打一个"稳"，"大块头"托举了大国经济。

机器声响起来，企业就活起来，就业就有了更多保障。产业链转起来，国内国际循环起来，也就"呵护"起了大市场的烟火气。

2023年全年,规模以上工业增加值同比增长4.6%,比2022年提升1个百分点。钢铁、石化等传统行业复苏加快，电子行业走出低谷，汽车生产更是实现两位数增长。制造业增加值占GDP的比重超过27%，不断扎稳经济发展的根基。

突出一个"新"，大国重器、国货潮牌提气。

刚开年，C919京沪航"飞起来"，国产大型邮轮出海远航，操作系统、关键软件等领域实现新突破。"新三样"出口额首次破万亿元，造船市场份额连续14年位居世界第一，制造业努力向上，背后是创新体系不断完善，创新动能不断孕育。

瞄准一个"精"，提升质量更给力。

曾几何时，人们对制造业有些刻板印象。从"地条钢"到"手撕钢"，生

产传统设备到攻坚精密仪器，由"黑笨粗"转向"高精尖"，制造业不断上演"变形记"。

今天，全球每销售3辆新车，就有一辆"中国造"，平均每10辆电动汽车中就

2023 年 12 月 27 日，在烟台市黄渤海新区艾迪精密智能制造产业园，机器人在生产液压马达产品。（新华社记者郭绪雷摄）

有 6 辆车的电池来自中国。10.3 万家专精特新企业深耕产业链各环节，5095 家国家层面绿色工厂，彰显着制造业向"绿"升级。

从小到大不易，由大到强更要加劲儿。

从大企业到"小巨人"，一个个深耕实业的经营主体，成千上万名科研人员、产业工人，是中国制造的底气；完整的工业体系、超大规模市场优势、不断提升的创新能力，是中国制造的魅力。

但我们还要增添硬实力。补短板，继续强链补链，把产业基础打得更牢，让传统产业加快升级，增强竞争力；锻长板，加快培育和形成新质生产力，让优势产业做得更好、新兴产业不断壮大，厚植发展的潜力。

2024 年，人工智能等新技术带来产业变革，新兴市场也在不断崛起。激烈竞争中，大国制造既要守住家底、攻关核心技术，更要开辟新赛道、抢抓先机。

变的是环境，是赛道；不变的是实体经济的根基。面向未来，不断提升核心竞争力，中国制造，走起！

（新华社北京 2024 年 1 月 19 日电　新华社记者张辛欣、王悦阳）

进入世界十强！中国数字教育"更有数"

黄土高原上，宁夏固原市原州区彭堡镇曹洼小学传来阵阵歌声。与羊群相伴长大的学生海洋，正通过教室里可触控的"智慧黑板"学习厦门六中合唱团演唱的《夜空中最亮的星》。一根网线，将他与城市孩子连在一起，同唱一首歌。

中国的数字教育成长有多快？1月31日，在上海举行的2024世界数字教育大会传来消息：中国教育科学研究院发布的全球数字教育发展指数显示，3年间中国排名从24位跃升到9位。

要知道，2011年时，我国中小学互联网接入率还不足四分之一。直到2020年底，中小学（含教学点）才实现互联网全接入。

过去3年，我国教育数字化"奔跑"起来。通过大力推进国家教育数字化战略行动，一根网线翻山越岭，搭"桥"铺"路"又造"梯"，帮助中国进入世界数字教育引领者行列。

这根网线搭的是座什么桥？

在我国广袤的中西部地区，实现教育公平是人们的夙愿。数字教育搭起一座跨越数字鸿沟之桥，赋予"海洋"们走向世界的能力。

靠着一根网线，越来越多一流教育教学资源上线国家智慧教育公共服务平台，越来越多农村学校与城市学校结对"同步教学"，越来越多高水平大学课程通过"慕课西部行计划"实现"好课西北飞"。

这根网线铺的是条什么路？

作为一个拥有51万余所学校、2.9亿多在校生的教育大国，中国怎样办教育，备受关注。数字教育的中国实践，有着特别的意义。

在2024世界数字教育大会上，国家智慧教育公共服务平台国际版正式上线。

来自清华大学等百余所高水平学校的课程通过这一平台"扬帆出海"，走上通往世界舞台之路。

这根网线造的是部什么梯？

国务院办公厅近日印发的《关于发展银发经济增进老年人福祉的意见》明确提出，建立老年教育资源库和师资库。

2024年1月30日，工作人员在"数智未来"教育展上演示智慧盾构施工仿真实训教学系统。（新华社记者辛梦晨摄）

教育部最新数据显示，全国老年教育公共服务平台已有线上注册用户234.1万人，服务5640万人次学习。

从老年教育，到特殊教育，再到职业教育……数字教育的愿景里，不让一个人被落下。

教育的数字化之路，也并非坦途。

同济大学校长、中国工程院院士郑庆华就表示，人工智能赋能教育已成为必然趋势，人们应当坚守教育初心，防止技术凌驾于育人之上。联合国教科文组织2023全球教育监测报告总监安娜·克里斯蒂娜·达迪欧也强调，人工智能为教育系统创造了机会，但需确保学习者的利益得到优先考虑。

说到底，教育是塑造灵魂的事业，再先进酷炫的教育手段，都得为人所用、造福于人，才称得上以人为本。

随着我国教育数字化战略行动推进到第3年，人们期待更普惠、更安全、更聪明的数字教育，你我都在其中，人人皆是主角。

（新华社北京2024年1月31日电　新华社记者徐壮）

26 座！GDP 万亿城市"上新"折射新活力

复杂严峻的经济形势下，区域经济发展能为中国经济回升向好贡献什么力量？

陆续举行的地方两会传来好消息：江苏常州、山东烟台 2023 年 GDP 突破万亿元，万亿城市"家庭"迎来"新面孔"。与此同时，一些原有的万亿城市实现进阶。重庆成为中西部首个 GDP 突破 3 万亿元的城市，杭州、武汉的 GDP 双双突破 2 万亿元。

GDP 万亿城市从原来的 24 座扩容至 26 座，这不仅仅是数字上的跃升，更折射出区域协调发展的新活力……

图为 2023 年 12 月 22 日拍摄的茅山脚下的常州金坛东方盐湖城夜色（无人机照片）。（新华社记者季春鹏摄）

18年前，上海成为全国第一座GDP万亿城市。十几年间，GDP万亿城市的数量不断增加，从东部扩展到中部、西部。

在中国，城市块头有大有小，区位优势、资源禀赋不尽相同。在创新上找绝活，向差异化要动力，不同规模的城市就能"舞"出风采。

——在"进"字上发力。"吨位"决定"地位"，没有一定的经济体量，就难以产生辐射力和影响力。对于一些省份和区域来说，只有"火车头"够强，整趟车才能跑得更快。

以中西部首个GDP超3万亿元的城市重庆为例，2023年重庆制定新一代电子信息制造业、先进材料等产业集群高质量发展行动计划。汽车产量升至全国第二，新能源汽车产量达到50万辆，智能手机产量预计占全国6.7%。

"一花独放不是春，百花齐放春满园。"在区域协调发展中，有的持续向好突破，有的加紧向上生长。拆篱笆、破障碍，伴随区域协调发展战略的推进，经济"蛋糕"越做越大。

——在"新"字上挖潜。经济发展不是"冲刺"，而是"长跑"。不断优化

经济结构，求新求变，才能在长跑中展现后劲。

新晋级的常州、烟台，在发展新质生产力上各有"绝活"。常州集聚了理想、比亚迪等新能源汽车企业，2023年整车产量达68万辆，不断筑牢"工业家底"；烟台拥有先进结构材料、生物医药两大国家级战略性新兴产业集群，新旧动能转换稳步推进。

近日，福耀玻璃宣布，将投资57.5亿元建设汽车玻璃项目，助力合肥新能源汽车产业发展。作为安徽首个GDP万亿城市，过去十年合肥从"没有存在感的省会之一"，到如今形成"芯屏汽合"新兴产业集群，跻身国家创新型城市前十名。

——在"实"字上下功夫。GDP万亿城市"上新"受关注，因为经济总量不仅仅是一个数字，还连着公共服务、就业岗位等百姓关切事。经济增长带来的财政收入增加，要更多用来提升公共服务的水平，解决百姓急难愁盼问题。

GDP首破2万亿元的杭州，2023年新引进35岁以下大学生接近40万人，连续多年人才净流入率位于全国前列；从开发汽车高级辅助驾驶系统的算法人才，到带动农户共建莲藕产业园的"藕专家"，武汉加快把科教人才优势转化为创新发展优势。

放眼全国，常州、烟台之后，江苏徐州、河北唐山、辽宁大连和浙江温州正在冲刺万亿GDP城市的路上。区域发展的新动能，必将为中国经济注入新活力。

（新华社北京2024年2月2日电　新华社记者何欣荣、周闻韬）

突破 7000 万吨！中国有色金属更"出色"

被称为"现代工业基石"的有色金属，正在各领域不断"显色"。

最新数据来了！我国十种常用有色金属产量为 7469.8 万吨，首次突破 7000 万吨。产量更高，成色更足，我国不断向有色金属工业强国迈进。

Au、Mg、Cu……当"元素周期表"里的一个个元素符号走进现实，产生了很多奇妙的"化学反应"。高速铁路的车身，航天器的结构材料，生活中的零食包装袋、眼镜框架，医院里的人工关节、心脏支架等，有色金属都参与其中。

存在感这么强的有色金属，突破 7000 万吨意味着什么？可以用一条"指数型"增长曲线来回答。

新中国成立初期，全部常用有色金属产量加起来 1.33 万吨，品种不超过 10 种。从 1 万多吨到十种常用有色金属产量 1000 多万吨，我们用了 53 年；而从 6000 多万吨到 7000 多万吨，只用了 4 年。

从 53 年到 4 年，缩短的是时间，提升的是技艺。

2024 年一开年，各"色"金属好消息不断：我国探获锂资源近百万吨，是亚洲迄今探明最大规模伟晶岩型单体锂矿；我国一家企业 2023 年矿产铜产量首次破百万吨大关，达到 101 万吨。

从采选、冶炼到加工，工厂不再"灰头土脸"，"绿色低碳"的自动化产线机器轰鸣，演奏着"自主研发"的交响曲。目前，我国硅产业新建产能装备已全部实现国产化，部分装置大型化引领全球；拥有自主知识产权，具有世界先进水平的连续炼铜技术、湿法镍冶炼技术、大型氧化铝和电解铝技术实现成套出口。

从 1 万多吨到 7000 多万吨，增长的不止产量，还有"含金量"。

2023 年以来，以新能源汽车、锂电池、光伏产品为代表的"新三样"火了，作为主要材料,有色金属也赶上这波"热度",铜、铝、锌、锂、镍等有了更多机会"显身手"。2023 年,有色金属工业完成固定资产投资比上年增长 17.3%,而在三年前,增幅为 -1%。

如同味精给菜肴增加鲜味,有"工业味精"之称的有色金属,为"新三样"增色提鲜。磷酸铁锂电池实现了"充电 10 分钟,续航 400 公里"的超充速度;越来越多的新能源汽车披上了更轻的铝合金"外衣";基于碳化硅的光伏逆变系统点亮更多灯、照亮更多路。

一代材料,一代装备;一代材料,一代创新。

从新中国第一个科学技术发展远景规划提出"强化现有的并探索新的有色和轻金属的冶金过程";到 2023 年《有色金属行业稳增长工作方案》强调,有色金属行业是发展战略性新兴产业和国防科技工业的重要支撑。有色金属工业找矿选矿、攻关技术难题的脚步从未停歇。从引进、模仿,到改进提升、自主研发,从"跟跑"到"并跑""领跑",有色金属的光泽更亮眼。

如今,来到了"战略资源开发利用""关键材料研发应用"的档口,大国重器中处处都有它的身影。

上至九天,C919 国产大飞机用的高性能铝合金模锻件;下至五洋,深海探测用的钛合金壳体……高端新材料中不断提升的国产化率,是有色金属为加快培育新质生产力增添的底气。

2023 年底召开的中央经济工作会议鲜明提出"发展新质生产力",明确了以战略性新兴产业和未来产业为抓手,推动产业优化升级、引领产业发展的方向。2024 年,有色金属工业"大显身手"的机会更多、空间更大,"有色"一定会更"出色"!

（新华社北京 2024 年 2 月 4 日电 新华社记者王悦阳）

中国稳粮新看点！　"金豆豆" 1.5 亿亩以上

节日临近，火锅里的油豆皮、棒骨炖酸菜冻豆腐、腊肉炒香干、鱼头炖豆腐……各种豆制品香气四溢。

最新发布的中央一号文件和农业农村部消息显示，为了抓好粮食生产，今年将着力稳口粮、稳玉米、稳大豆，着力提高单产。其中，大豆面积稳定在 1.5 亿亩以上，国家将支持发展高油高产品种，继续实施玉米大豆生产者补贴政策，支持东北地区发展大豆等农产品全产业链加工，打造食品和饲料产业集群。

红黑绿黄豆，咱们国家这么多豆，为何大豆分量不一般？

这粒"金豆豆"，连着"米袋子""菜篮子"。

大豆既能做豆制品，也能榨食用油，榨油后的豆粕还是养猪养鸡的饲料。从品种上看，国产大豆蛋白含量高，主要用于豆制品；进口大豆含油率高，主要用来榨油和加工饲料。

近年来，人们对食用油和肉蛋奶需求持续增长，大豆消费也随之"开足马力"。我国粮食进口中大豆占"大头"，去年进口 9941 万吨，占粮食进口量的 6 成以上。

大豆供给稳定，对于老百姓的餐桌意义大。然而国外环境不确定性增多，国内耕地就这么多，大豆潜力从哪挖？

做加法。在东北发展玉米大豆轮作的同时，近两年来，一种名为"大豆玉米带状复合种植"的新办法在西北、黄淮海、西南、长江中下游适宜区域推广。简单说，就是玉米间套大豆，可以实现"玉米基本不减产，增收一季大豆"。

2023 年在大豆主产县推广耐密品种、高性能播种机、高产栽培技术，单产明显提高。全国大豆产量连续两年创了新高。

做减法。近年来我们推广饲料精准配方、精细加工工艺，减少了豆粕使用量，并且广开饲料来源，充分利用粮食加工副产品、微生物蛋白和优质饲草。养殖环节的"省吃俭用"，相当于每年减少约 900 万吨大豆消耗。

与此同时，不把鸡蛋放在同一个篮子里，进口国家多元化也让大豆供给更稳定。

其实，从健康饮食的角度，我们也可以为握好"油瓶子"，守牢"米袋子"出出力。

国家卫生健康委食品司副司长田建新介绍，这些年我国居民营养健康状况得到了比较明显的改善，但膳食结构也存在着不合理。人均烹调用油超出膳食科学推荐量的 40% 多，猪肉超出 30% 多，大豆及其制品、奶类及其制品、蔬菜水果摄入不足，大豆及其制品摄入量低于膳食推荐量的 59%。

换句话说，让食用油、肉类消费再科学些，既有益于健康，也可以适当减少一些大豆进口；增加一些豆制品消费，既增加营养，也能让农民收入多一些，种大豆更有积极性。再加上科研人员加快培育推广高油高产大豆品种，大家一起使劲，14 亿多人的饭碗将端得更牢更好。

北方香浓的豆腐，南方滑嫩的豆花，温润营养的大豆滋养着世世代代中国人。如今，豆乳饮料、大豆冰激凌、红枣豆浆粉、黑豆豆腐、各种口味的素肉产品，得到越来越多崇尚营养美味、低脂餐食的年轻人喜爱。

随着各地年味渐浓，做豆皮、炸丸子、炒香干，各种美食热热闹闹做起来。正可谓，舌尖上的"金豆豆"，日益在大江南北焕发新活力。

（新华社北京 2024 年 2 月 4 日电　新华社记者于文静、王聿昊）

10 个！超大城市"俱乐部"来了新成员

城区总人口突破 1000 万！杭州实现从特大城市到超大城市的跨越，跻身超大城市"俱乐部"。近日举行的 2024 年杭州两会上传来好消息。

至此，我国城区人口突破千万的城市达到 10 个。除新成员杭州外，分别是上海、北京、深圳、重庆、广州、成都、天津、东莞、武汉。

根据国务院 2014 年印发的通知，新的城市规模划分标准以城区常住人口为统计口径。其中，城区常住人口 1000 万以上的城市为超大城市。

中国式现代化是人口规模巨大的现代化。纵观这一城市能级"第一纵队"，从长三角、珠三角到成渝"双子星座"，凸显了中国式现代化的万千气象。

——连点成片，区域辐射能力大幅提升。以北京、天津为中心引领京津冀城市群发展，以上海为中心引领长三角城市群发展，以武汉为中心引领长江中游城市群发展……不难发现，超大城市"俱乐部"成员连点成片，推动城市群兴起，成为当前中国经济社会发展的一个特点。

发展绝非"单兵突进"，需做好协同大文章。通过规则衔接"软联通"、基础设施"硬联通"，城市群不仅勾画出民生福祉的最大"同心圆"，更织密交通网络，让产业聚链成群。

——强大"磁吸力"，创新要素集聚流通顺畅。当前，新一轮科技革命和产业变革正在重构全球创新版图，超大城市凭借创新要素"磁吸力"，成为新技术的"先发地"、新业态的"培育场"。

在拥有两座超大城市的长三角，从改革开放初期的"星期天工程师"，到如今人才、科技要素流通"同城化"，沪杭两地科技创新、产业创新跨区域流动高效顺畅，一体化在多个维度走向深入。

图为 2023 年 11 月 28 日拍摄的杭州市钱塘区杭州医药港（无人机照片）。（新华社记者江汉摄）

地处钱塘区的杭州医药港集聚 1700 余家生物医药企业，默沙东等全球十大知名药企有 7 家在此落户。杭州正加快形成智能物联、生物医药、高端装备、新材料和绿色能源五大产业生态圈。

——生活更美好，公共服务配置多元高效。中国式现代化是注重物质文明和精神文明相协调的现代化，公共产品供给丰富多元成为超大城市"俱乐部"的共识。多地持续探索以百姓诉求驱动超大城市治理变革之路。

真切感受大城市的温度，需要着力培育与之匹配的城市管理能力。在新生儿出生、教育入学、社会保障等政务服务方面，必须着力破题"高效办成一件事"。

聚焦居民需求，从"可办""能办"到"好办""易办"。依托"浙里办"，杭州实现"出生""企业开办"等 75 件多部门联办"一件事"，推出身份证、驾驶证、道路运输证等 413 类电子证照。

梳理发现，超大城市"俱乐部"成员皆为 GDP 万亿元城市，体现出他们的"家底"和实力。同时，大量人口的增加，也带来"成长的烦恼"。城市的核心是人，期待这些"大块头"真正成为和谐宜居、富有活力的现代化都市。

（新华社杭州 2024 年 2 月 7 日电　新华社记者马剑、张璇）

从"互联网＋"到"人工智能＋"，中国大市场向"新"而行

中国大市场蕴含着产业的演进，催生出强大的向"新"力。

从 2015 年、2019 年政府工作报告先后提出"互联网＋""智能＋"，再到今年首次写入政府工作报告的"人工智能＋"，这是中国面对新一轮科技革命和产业变革，不断释放创新动能的新信号。

翻开政府工作报告，一组数据显示我国创新引擎的澎湃动力：新能源汽车产销量占全球比重超过 60%；技术合同成交额增长 28.6%；"新三样"出口增长近 30%……

中国市场是一个海洋，拥有世界上最大的消费市场，这是中国经济增长的底气和潜力。在多重风险与挑战中稳健前行，发展引擎和动力的重要性不言而喻。

大力推进现代化产业体系建设，加快发展新质生产力。今年政府工作报告中，新兴产业、新能源体系、新型基础设施、新型消费……无处不在的"新"，彰显中国正在为经济持续健康发展注入新动能。

发展新质生产力是推动高质量发展的内在要求和重要着力点。习近平总书记在参加江苏代表团审议时强调，要牢牢把握高质量发展这个首要任务，因地制宜发展新质生产力。

"科技创新就是现代化的'发动机'。"全国人大代表、中国科学院科技战略咨询研究院院长潘教峰表示。

夯实动能之基，让传统产业老树发新枝——

政府工作报告提出，深化大数据、人工智能等研发应用，开展"人工智能＋"

行动，打造具有国际竞争力的数字产业集群。

"这次报告提出'人工智能+'，意味着我国将加快形成新质生产力，鼓励各行各业更加注重人工智能的多场景应用。"全国政协委员、奇安信集团董事长齐向东说，人工智能浪潮到来，多领域开拓有着巨大的增长空间，要将算力和大模型落地，让技术进步更好地惠及百姓。

中国拥有完备产业链，是全球工业门类最齐全的国家之一，但传统产业体量大，在制造业中占比超过80%。

全国人大代表、首钢集团董事长赵民革说，发展新质生产力，将为企业转型带来新机遇。"我们将统筹推进传统产业升级，依靠创新实现动能转换，夯实发展新动能之基。"

引领动能之变，让新兴产业和未来产业以"新"出彩——

政府工作报告提出积极培育新兴产业和未来产业。代表委员认为，推动战略性新兴产业蓬勃发展，加快未来产业有序布局，将成为培育新质生产力的主阵地。

战略性新兴产业代表新一轮科技革命和产业变革的方向。报告提出积极打造生物制造、商业航天、低空经济等新增长引擎。

全国政协委员、深圳市政协副主席陈倩雯表示，近年来，随着无人机技术日趋成熟和低空空域管制逐步开放，我国庞大的低空经济产业链雏形初现，低空经济有望成为城市新的经济增长极。

目前，我国量子科技发展已步入快车道，尤其是在量子计算等领域已进入世界第一方阵。全国政协委员、中国科学院院士潘建伟表示，把某些比较成熟的量子信息技术先行先试，形成未来产业的推动力，我们不能等。

拉动消费新动能，推动产业创新提质——

市场，一头连着生产，一头连着消费。报告提出着力扩大国内需求，推动经济实现良性循环。全国政协委员、京东集团技术委员会主席曹鹏认为，拓展消费新空间，拼的是产品的综合能力，核心是增强创新能力。

一个具有影响力的"中国"消费品牌的产生，背后是拉动中国制造业供给，提高生产能力，带动经济增长。

自动驾驶、VR 体验、智能家居……近年来，5G、人工智能以及物联网等为新消费的发展提供技术支撑，打破传统的消费时空界限、创造了智慧化新消费场景，使功能各异的新产品不断落地。

新消费打开新空间。在促进消费方面，报告提出实施数字消费、绿色消费、健康消费促进政策，鼓励和推动消费品以旧换新，提振智能网联新能源汽车、电子产品等大宗消费等，诸多举措落地，让百姓满怀期待。

"'人工智能+'与你我生活息息相关。"全国人大代表、小米集团董事长雷军带来的 4 份建议都与人工智能有关，从智能驾驶、智能制造到人工智能教育，目的就是让新技术可感可及。他表示，下一步将向汽车用户提供更加智能安全舒适的产品体验，增强自主汽车品牌在智能驾驶领域的竞争优势。

瞄准未来，中国大市场向"新"而行。

（新华社北京 2024 年 3 月 7 日电　新华社记者鲁畅）

从"新三样"到"未来产业",我们如何向未来?

当人们还在为科幻片中充满未来感的"硬核"科技惊叹时,"未来"已悄然走来。

5日提请审议的政府工作报告提出,积极培育新兴产业和未来产业。制定未来产业发展规划,开辟量子技术、生命科学等新赛道,创建一批未来产业先导区。

相较于耳熟能详的"新三样"等战略性新兴产业,未来产业虽然听起来陌生,但作为新质生产力最活跃的先导力量,它是用"明天"的技术锻造"后天"的产业。

代表委员们对此有着广泛共识。

抚今追昔,过去的战略性新兴产业,也是当时的"未来产业"。

曾经,服装、家具、家电等"老三样"走俏海外;如今,代表高科技、高附加值、绿色经济的"新三样"产品出口超万亿元,增长近30%。曾经,我国传统燃油车产业探索"以市场换技术";如今,我国新能源汽车产销量占全球比重超过60%。

自2010年国务院发布《关于加快培育和发展战略性新兴产业的决定》以来,十多年间,我国战略性新兴产业增加值占GDP比重从"十三五"初期的8%左右,提高到"十四五"中期超过13%。

以"新三样"为代表的战略性新兴产业"弯道超车",是因为把握住了当时的"未来"。发展未来产业,就是为继续竞逐"未来"。

何谓未来产业?

是类脑智能、量子信息、未来网络、深海空天开发等"酷炫"名词背后的"未来"。

也是科幻电影场景的"似曾相识":人形机器人化身"打工人",进得了工厂捡零件,也下得厨房烹饪"满汉全席";瘫痪十多年的患者通过无线微创脑机接口实现意念控制手套外骨骼持握……

2024年2月22日，在哈电集团哈尔滨电机厂有限责任公司汽轮发电智能叠片间，工作人员在观察智能设备运行情况。（新华社记者王建威摄）

关键核心技术的变革推动产业变革。代表委员们认为，纵观历次工业革命历程，从"蒸汽时代"到"电气时代"，再到"信息时代"，只有紧抓科技机遇，才有机会引领产业发展。

当前，全球未来产业正在加速形成。

——追求"先"，各国你追我赶，积极孕育孵化代表新兴科技方向、引领产业升级发展的未来产业。

"前瞻布局未来产业是重塑国际竞争新优势的必答题，是发展新质生产力的重中之重。"全国人大代表、中国工程院院士潘复生说，超前谋划、布局未来产业能帮助我们下好先手棋，站在世界科技的前沿，引领未来发展。

——突出"新"，前沿科技有了创新突破，未来产业才会点燃发展引擎。

"原创性、颠覆性是未来产业最大的特点之一，布局未来技术，是布局未来产业的前提和基础。技术要探索一代、研发一代、生产一代、储备一代。"潘复生说。

如果未来产业是"金种子",那基础研究和原始创新就是加速这些"金种子"萌发的关键。"智能化发展对半导体材料、器件等提出更高要求,我们正在对半导体热电制冷技术进一步开发验证,加快向前沿技术挺进。"全国人大代表、中国科学院金属研究所研究员孙东明说。

——主打"实",推动科技成果转化落地、形成新产业,才能真正抢占未来产业新赛道。

"新松针对国家重大需求开展科技攻关,完成从科学研究、实验开发、推广应用的三级跳,拓展机器人应用的深度和广度。"全国人大代表、沈阳新松机器人自动化股份有限公司总裁张进说,下一步,将进一步探索人形机器人技术在应用场景等方面的构建。

未来并不遥远,我们奋力争先!

(新华社北京 2024 年 3 月 8 日电 新华社记者王悦阳、张辛欣、李晓婷)

关注资金流向，"五篇大文章"有深意

"大力发展科技金融、绿色金融、普惠金融、养老金融、数字金融"，这"五篇大文章"在中央金融工作会议上"亮相"之后，相关内容首次被写入政府工作报告。

深意何在？

金融是国民经济的血脉。金融血脉畅通，经济肌体才强健有力。

政府工作报告关注"五篇大文章"，更加凸显坚持经济和金融一盘棋思想的重要性。

中国大市场向"新"而行，"五篇大文章"大有作为。

加快发展新质生产力，有赖于更加完善的科技金融体系；绿色发展和"双碳"目标的实现，离不开绿色金融作为坚实后盾；推进共同富裕，需要进一步增强金融服务的普惠性；实现老有所养、老有所依，发展养老金融势在必行；数字经济蓬勃发展，数字金融也要加速前行……

数据最有说服力。金融领域在"五篇大文章"方面已有所深耕：高技术制造业中长期贷款余额保持 30% 以上增速；绿色贷款余额突破 30 万亿元；银行机构网点覆盖 97.9% 的乡镇；大病保险覆盖 12.2 亿城乡居民……

资金流向哪里，哪里就充满活力。

在先进高端的生产线，在创新前沿的实验室，在生机盎然的田间地头，在寒冷偏远的雪域高原，金融不断为我国经济社会发展夯实底气、增添活力。

"钱流"之变，折射经济社会发展之变。

科技、绿色、普惠、养老、数字，"五篇大文章"所代表的关键词，正是我国经济社会高质量发展的方向，是以中国式现代化建设的全局视野作出的深远布局。

代表委员们对此有着广泛共识。"'五篇大文章',关乎经济发展,关乎民生所盼,我们将大力发展金融服务等产业业态,激发经济社会发展新动能,呈现城市更新发展未来形态。"全国人大代表、北京市朝阳区委书记文献表示。

政府工作报告在回顾过去一年工作时指出,科技创新、先进制造、普惠小微、绿色发展等贷款大幅增长。

做好"五篇大文章",意味着创新之花将在金融"活水"浇灌之下愈加鲜艳,意味着"绿水青山"将有更多守护,意味着要为众多小微企业缓解资金"饥渴",意味着你我的养老生活有了更多保障,你我的数字生活更加方便快捷……

"五篇大文章",篇篇皆重点,篇篇有难点。

如何做好"五篇大文章"?全国两会上,一系列积极信号正在不断释放:

仔细翻阅政府工作报告,含"金"满满,相关部署正在落实落细:在全国实施个人养老金制度,积极发展第三支柱养老保险;提高民营企业贷款占比;完善

2024年8月13日,在重庆市开州区九龙山镇天白水库,重庆三峡银行开州支行工作人员(左一、左二)进行贷后回访,实地了解项目建设进度(无人机照片)。(新华社记者黄伟摄)

支持绿色发展的财税、金融、投资、价格政策和相关市场化机制……

中国人民银行行长潘功胜在十四届全国人大二次会议经济主题记者会上宣布：设立科技创新和技术改造再贷款、继续实施支持碳减排的再贷款、适当增加支农支小再贷款的规模。

打通融资痛点难点，金融"供血"方能真的给力，激发经济活力。

"拓宽科技型中小企业直接融资渠道""加强涉企信用信息共享是助力普惠金融发展的关键环节""制定统一的绿色贷款标准""放宽养老金等长期资金进入股权投资领域"……聚焦"五篇大文章"，代表委员们带来了不少真知灼见。

中小微企业融资难，是个老问题。企业有抱怨，银行有苦水，很多原因在于配套措施不完善。"优化融资增信、风险分担、信息共享等配套措施"，全国人大代表、福建社会科学院副院长黄茂兴说，"政府工作报告瞄准重点破梗阻，将大大提升企业获得感。"

金融强国之"强"，关键在于服务经济社会发展能力之"强"。

全国人大代表、广东千色花新材料有限公司董事长黄达昌告诉记者，资金是企业发展的生命线，我们很高兴拿到了一笔长达十年的项目贷款，新建厂房今年将投入使用，为企业加快转型增添动力。

不需要抵押物，凭借过硬科技实力，杭州一隅千象科技有限公司刚刚获得一笔 500 万元纯信用的"科技 e 贷"，助力企业创新之路跑出"加速度"。

今天的资金流向，代表着明天的高质量发展方向。畅通金融血脉，经济社会发展暖意融融，中国大市场欣欣向荣。

（新华社北京 2024 年 3 月 9 日电　新华社记者李延霞）

1.27 万亿元！医学装备"中国造"创新高

一台手术机器人，在人工智能程序下自动剥开一颗鹌鹑蛋；一款 AR 眼镜，让医生的视野在手术中实现患者血管三维导航……3 月 29 日，2024 中国医学装备大会在重庆开幕，来自国内外的高端医学装备吸引人驻足，充满未来感的装备引发赞叹。

最新数据显示，2023 年，我国医学装备市场规模达 1.27 万亿元，同比增长 10.4%，是世界第二大单体国家市场。

医学装备是指用于治疗、预防疾病和开展医学科研的设备与工具。昔日，GE、飞利浦等国际品牌耳熟能详。而今，大到 CT、核磁共振仪，小到颅内取栓支架、人工晶体，越来越多有品质的"中国造"医学装备产品服务着百姓健康。

"近年来，我国高端医学装备呈现全面突破势头，国产装备在医疗卫生机构的占比大幅度提高。"中国医学装备协会理事长侯岩说，作为医疗服务、医学研究的重要基础设施，中国医学装备的发展与 14 亿多国人的健康福祉息息相关。

据不完全统计，在医学影像、手术机器人、临床检验等六大重点领域，国内市场已有超四成高端医学装备为国产自主品牌，更好满足群众看病就医需求。

在有 5 万余常住人口的湖北枝江市董市镇，当地卫生院 2021 年引进国产联影 CT，搭载脑卒中 AI 辅助诊断系统，仅需 10 分钟就能实现全流程诊断，确保卒中患者在黄金时间内得到救治。

国家卫生健康委副主任于学军表示，我国人口结构正在发生深刻变化，应对新问题、新挑战，不断满足广大人民群众对美好生活、健康长寿的期待，需要医学装备赋能卫生健康事业发展。

中国医学装备产业规模缘何"井喷"？新质生产力赋能"创新突围"。

2023 年 4 月 20 日，在哥伦比亚波哥大，"海扶刀"技术设备提供方重庆海扶医疗科技股份有限公司工作人员在进行介绍。（新华社记者周盛平摄）

2023 年，全年医学装备专利申请量达 13.8 万余件，占全球的 67%；碳离子治疗系统、质子治疗系统等 61 个三类医疗器械创新产品获批上市，不断填补相关领域空白……瞄准新质生产力，我国医疗装备领域自主创新能力显著增强。

"国产医疗装备的发展能够为老百姓带来各项医疗服务价格的降低和质量的提升，也凸显国产装备的技术实力和企业竞争力。"联影医疗高级副总裁夏风华说。

受益于国产医学影像设备的价格优势等多重因素，新疆库尔勒市今年动态调整 352 项医疗服务价格，功能、影像检查类项目价格实现平均降幅 20%。

中国医学装备未来走向何处？高水平开放稳步前行，造福更多患者。

大会现场，"中国智造"的高端医疗装备吸引了白俄罗斯驻重庆总领事德米特里·叶梅利扬诺夫的注意。"中国不少体外诊疗设备、内窥镜仪器等在世界上已处于领先地位。"德米特里说。

在印度尼西亚，重庆海扶医疗原创的海扶刀聚焦超声肿瘤治疗系统，为当地子宫肌瘤患者带来了非侵入性治疗的新选择。

随着中国高端医疗装备的发展，更多优质产品"走出"国门，推动"健康丝绸之路"建设，服务人类健康。

2023年全球医疗装备企业100强榜单中，我国有十余家医疗装备企业上榜，且排名有所上升。

"十几年前，中国出口的医疗器械产品以中低端产品为主。如今，越来越多的中国高端医疗装备进入到共建'一带一路'国家，'中国智造'得到更多认可。"东软医疗首席执行官武少杰说，下一步将进一步扩大海外市场。

3月，国务院印发《推动大规模设备更新和消费品以旧换新行动方案》提出，到2027年，医疗等领域设备投资规模较2023年增长25%以上。

大会现场，还有大量国际医疗装备品牌参展。我国积极培育和发展医疗装备领域新质生产力，不仅发展自身，也将同时为跨国公司带来巨大商业机会。

如何破除影响创新的藩篱？关键在推动医工深度融合，产学研用协同。

"医学装备是多学科、高技术集成产业。近年来，我国医学装备发展取得突破，但仍应清醒看到我们在国际竞争中存在的差距。"侯岩表示，目前我国医学装备产业仍存在发展不平衡不充分问题。

中国科学院院士赵继宗认为，发展包括脑机接口在内的高端医学技术装备，需要加强"政、产、学、研、医"的通力合作和人才培养。亟需出台系统性政策，有效推动学科交叉、医工结合。

医学装备既是高端制造设备，也是护佑生命的载体。从无到有，从有到优，医学装备"中国造"将为促进健康事业发展作出更大贡献。

（新华社重庆2024年3月29日电　新华社记者顾天成、徐鹏航、周闻韬）

无人机超 126 万架！
我国低空经济蕴藏万亿级市场

科技飞速发展，航空业的未来已不局限于万米高空。2024 年的春天，低空经济成为一个热门词。

中国民航局 3 月 29 日发布数据显示，截至 2023 年底，我国已有超 126 万架无人机，同比增长约 32%。2023 年，民用无人机累计飞行超 2300 万小时。民航局已批准建立民用无人驾驶航空试验区 17 个、试验基地 3 个，覆盖城市、海岛、支线物流、综合应用拓展等场景。

工业和信息化部等四部门最新发文提出，到 2030 年，通用航空装备全面融入人民生产生活各领域，成为低空经济增长的强大推动力，形成万亿级市场规模。

大幅增长的无人机数量，多个批准建立的无人驾驶航空试验区，印证着低空经济正成为我国产业发展的一片新蓝海。

今年的政府工作报告提出，积极打造生物制造、商业航天、低空经济等新增长引擎。近段时间，国内不少地方抢抓机遇探索低空经济发展新模式、新路径。

那么，什么是低空经济？

据民航局综合司副司长孙文生介绍，低空经济既包括传统通用航空业态，又融合了以无人机为支撑的低空生产服务方式，是一种容纳并推动多领域协调发展的综合经济形态，具有明显的新质生产力特征。

而低空经济与你我的距离，其实比想象的还要近。

深圳星河 World 商场天台，无人机有序升降，高效完成外卖配送；青岛平度，农民使用植保无人机播种撒肥，管理农田省时省力；今年 2 月，全球首条跨海跨城的电动"空中的士"首飞,从深圳到珠海仅需20分钟,低空载人运输正在"解锁"城市三维立体化交通网……

通用航空航线越来越广、无人机新业态越来越多、飞行更加安全可控……近些年,低空经济在农业、制造业、交通运输等领域的应用越来越多,市场发展前景广阔。

这背后,离不开日渐完备的产业链支撑。

在国家首批通航产业综合示范区之一的安徽芜湖,从航空新材料、通航整机,到临空经济、低空运营,200多家通航产业链上下游企业在此集聚。

在海南,通航产业已成为战略性新兴产业,吸引通航企业竞相落地,低空旅游、短途运输、航空摄影、商务飞行、飞行培训等业务迅速增长……

工业和信息化部相关负责人表示,通用航空产业是低空经济的主体,将以应用场景创新和大规模示范应用为牵引,加快通用航空技术和装备迭代升级,建设现代化通用航空先进制造业集群,打造中国特色通用航空产业发展新模式,为培育低空经济新增长极提供有力支撑。

作为战略性新兴产业,低空经济发展也面临一些挑战。业内人士普遍认为,要先让更多飞行器飞起来,才能壮大低空经济。空域管制、适航审定、飞行保障等,都需要进一步优化提升。

对此,民航局有关负责人表示,民航局将配合有关部门做好空域分类和低空空域管理改革试点,增加低空可飞空域,并在航空器适航审定、低空飞行服务保障、基础设施建设标准、市场准入、安全监管等方面加强研究和谋划,助力低空经济蓬勃发展。

（新华社北京2024年3月30日电 新华社记者王聿昊、黄韬铭）

数据产量超 32ZB！
数字中国持续释放"数"活力

数据，看不见、摸不着，但我们每个人却早已身处数据海洋之中，日常点滴汇聚成经济社会运行中的数据资源。

全国数据工作会议上的最新信息显示，经初步测算，2023 年我国数据生产总量预计超 32ZB。这表明我国已是全球数据大国，让流动的数据创造更多价值是未来方向。

海量数据来自哪里？

打开手机，外卖记录生成个人饮食喜好；在订单、库存和交货期里，藏着企业的供应链信息；人口、医保、就业数据的统计，是政府民生的直接反映……数字中国的活力无处不在。

数据能给社会发展带来什么？

我们以一份医疗数据为例：如果用于医生诊断，可以看出一个病人的病因甚至病情发展；如果用于医药企业，这是新药研发的重要参数，直观反映药品的治疗效果和不良反应；如果用于保险行业，能够作为基础信息帮助实现定制化保险产品。

万物互联时代，一数据激起千层浪——同一个数据，不仅可以重复用于不同场景且不会损耗，还可以发挥"助燃"作用，规模效益巨大，这就是数据要素区别于土地等其他要素的特性。

有机构预测，数据流动量每增加 10%，将带动 GDP 增长 0.2 个百分点。数据作为新型生产要素的最大优势，在于"数乘万物"。如同数学算式上从一级运算跨越到二级运算，数据要素带来的是指数级别的倍增。

放眼望去，无论是借助气象土壤数据实现农业精准作业，还是通过数字化改造让钢铁生产更加可控，抑或是综合研判车、路等多方数据开发自动驾驶，数据正加速与千行百业相结合，发挥出乘数效应。

与此同时，不论是传统产业数字化改造，还是充分借助数据发展的战略性新兴产业和未来产业，宝贵的数据又从千行百业中产生，得以继续被开发利用。数据与产业，相互促进，相互激发，迸发出中国经济蓬勃发展的动能。

数据多，更要把"数"用好。

2015年，我国提出"互联网＋"；2019年，我国将数据作为新的生产要素；2020年，《中共中央关于制定国民经济和社会发展第十四个五年规划和二〇三五年远景目标的建议》提出建设数字中国；2022年，《中共中央 国务院关于构建数据基础制度更好发挥数据要素作用的意见》对外发布，搭建数据基础制度体系……我国对数据开发利用稳步推进。

然而，数据应用潜力释放不够，数据壁垒、数据孤岛阻碍数据流通，数据隐私、安全问题亟待解决……数据要素在发展过程中存在不少难题。

2023年10月，国家数据局应运而生，统筹数字中国、数字经济和数字社会建设工作，加快破局数据要素市场化配置改革。这正是数据大国对于数据要素开发利用和数据要素健康发展的前瞻性布局。

数据价值必须在应用场景中才能实现。面向未来，怎样让流动的数据赋能更多实体产业？

一言以蔽之：让"数"好用，把"数"用好。

——让数据供得出。

数据不同于传统生产要素的特性，使得产权界定变得较为困难。谁有权利持有，谁能加工使用，谁能经营相关产品？国家数据局表示将围绕数据产权、交易流通、收益分配和安全治理出台相关政策文件，为发挥数据要素价值提供坚实制度保障。

——让数据流得动。

流动的数据才能带来价值，数字基础设施是数据流动的前提。国家数据局局长刘烈宏表示，加快构建联网调度、普惠易用、绿色安全的全国一体化算力体系，通过优化算力布局更好服务数字经济发展，同时探索布局数据基础设施，打造安全可信的流通环境，为促进跨行业、跨地域数据要素流通、开发、利用提供支撑。

——让数据用得好。

不同于其他传统要素，数据只有与场景结合，才能改变传统生产函数，更好实现数据价值。国家数据局全力推动"数据要素 ×"行动，山东、辽宁等围绕政务服务、产业发展等积极打造各类数据应用场景。

加快推动数据在不同场景中发挥出千姿百态的乘数效应，我国数据基础资源优势将不断转化为经济发展新优势。未来的数字中国将更精彩。

（新华社北京 2024 年 4 月 2 日电　新华社记者严赋憬）

首提"普惠信贷" 让更多金融活水润泽"小生意""小日子"

企业做"小生意"离不开钱，百姓过"小日子"需要钱。保量、稳价、优结构——近日，国家金融监督管理总局发布通知，明确 2024 年普惠信贷工作三大目标，每个人、每个小企业有望通过金融助力实现自己的"小确幸"。

这是监管部门首次提出"普惠信贷"这一概念，将小微企业、涉农经营主体、个体工商户以及重点帮扶群体等均纳入其中，明确监管目标。

这是做好普惠金融大文章的务实举措，是金融工作人民性的生动体现。

金融服务经济社会发展，不仅要"锦上添花"，更要"雪中送炭"。

普惠金融的核心是让经济社会发展的薄弱环节和弱势群体享受平等的金融服务。从创新创业的小企业主到怀揣梦想到大城市打拼的年轻人，从经营便利店的小商户到偏远地区的农牧民，均是普惠金融重点服务对象。

普惠金融的"小确幸"，蕴含着经济社会发展的"大文章"。

自 2013 年正式提出"发展普惠金融"，经过十多年发展，我国普惠金融取得了长足进步，已经走在世界前列：全国银行机构网点覆盖 97.9% 的乡镇，基本实现乡乡有机构、村村有服务、家家有账户；大病保险覆盖 12.2 亿城乡居民；普惠小微贷款余额连续 5 年增长超过 20%……

从雪域高原的马背银行、摩托车银行，到江淮大地的金融服务乡村振兴流动党员先锋队，从"茶叶贷""柑橘贷""拉面贷"等创新产品争相涌现，到"秒批、秒贷"的线上小额信贷触手可及，一幅幅生动场景见证着普惠金融服务百姓民生的温度。

普惠金融，一头连着百姓生活，一头连着发展大局。

中国式现代化是全体人民共同富裕的现代化，必然要求与之相适应的高质量普惠金融体系。

覆盖更广——近年来，我国普惠金融覆盖面不断扩大，但还有较大提升空间。比如，数量超 1 亿户、带动近 3 亿人就业的个体工商户的信贷获得率仍然不高，农村金融服务需求仍有待挖掘等。通知要求保持普惠信贷支持力度，并提出加大首贷、续贷投放，扩大服务覆盖面。

结构更优——有限的信贷资源，要用在刀刃上。科技创新、绿色低碳发展、消费等领域的小微企业，乡村振兴领域的新型农业经营主体，脱贫群众等重点帮扶群体，将是今后普惠信贷的关注重点。

价格更惠——普惠金融"可获得"，还要"用得起"。当前，在一些领域，存在普而不"惠"的情况。通过科技赋能、减费让利等方式，推动综合融资成本

2024 年 1 月 23 日，在重庆市云阳县青龙街道，中国建设银行云阳支行普惠信贷员朱智山（中）、范婷（左）来到辖区内一家餐馆，为商户介绍普惠金融政策。（新华社记者黄伟摄）

稳中有降，是普惠金融高质量发展的应有之义。

从 2023 年 10 月国务院发布《关于推进普惠金融高质量发展的实施意见》，明确"未来五年，高质量的普惠金融体系基本建成"的目标，到此次监管部门提出今年普惠金融在信贷领域的具体发展目标，政策持续引导下，将有更多优质的金融服务"飞入寻常百姓家"。

普惠信贷针对的是信用等级相对较低的群体，单笔金额小，整体风险偏高。为解决金融机构的后顾之忧，让其敢贷、愿贷，通知专门在增强数字化经营能力、落实落细尽职免责制度、深化信息共享等方面进行制度安排，让政策真正落到实处。

可以看到，金融机构已将普惠金融融入自身发展战略，正在出台更多务实之举：

工商银行 2023 年普惠贷款同比增长超四成，还成立了数字普惠中心；农业银行普惠金融领域贷款余额已突破 4 万亿元，今年力争实现人民银行口径普惠金融领域贷款增长 8000 亿元；光大银行规划今年普惠贷款增幅超过 30%……

在西藏那曲，聂荣县奎玉农牧民专业合作社获得了当地农行发放的首笔 70 万元的"智慧畜牧贷"，扩大了牦牛养殖规模。

在湖南长沙，支持按季度还款的"新市民安居贷"让新市民张先生的还款压力大大缓解，和家人安心地住进了新居。

一笔笔融资，成就一个个企业创新创业的梦想，满足一个个家庭奔赴美好生活的向往，绘就经济发展、民生幸福的"大画卷"。这，就是普惠金融的意义所在。

（新华社北京 2024 年 4 月 7 日电　新华社记者李延霞、张千千）

GDP 同比增长 5.3%！中国经济实现良好开局

今年是实现"十四五"规划目标任务的关键一年。一季度收官，中国经济表现如何？

国家统计局 4 月 16 日发布的数据给出了答案：一季度，中国国内生产总值（GDP）296299 亿元，按不变价格计算，同比增长 5.3%。

5.3% 的 GDP 增速，高于此前部分市场机构的预测。如何看待这一增速？

首先，5.3% 的增速是有支撑的。一季度，工业增加值同比增长 6%，对 GDP 增长的贡献率为 37.3%；服务零售额增长 10%，服务业对经济增长贡献率为 55.7%。工业和服务业对 GDP 增长的贡献率超过 90%。

其次，5.3% 的增速是符合实际的。GDP 用生产法核算，用支出法验证。一季度，全国固定资产投资同比增长 4.5%，扣除物价后实际增长 5.9%；社会消费品零售总额增长 4.7%；出口增长 4.9%。三大需求指标跟 GDP 的增长相匹配。

最后，5.3% 的增速和实物量指标增长相吻合。观察经济运行，实物量指标是个重要参考。一季度，全社会用电量同比增长 9.6%，工业用电量增长 8% 左右，货运量增长 5.3%，营业性客运量增长 20.5%，港口货物吞吐量增长 6.1%；3 月末 M2 余额同比增长 8.3%。

"国民经济延续回升向好态势，开局良好。"在 16 日举行的国新办发布会上，国家统计局作出如此判断。如何理解这一判断？我们可以从四个关键词来分析：

持续回升。从生产来看，第一产业增加值、第二产业增加值、第三产业增加值同比分别增长 3.3%、6.0% 和 5.0%；从需求来看，投资、消费、进出口指标稳中有升。

起步平稳。从四大宏观指标来看，GDP 比上年四季度环比增长 1.6%；城镇调查失业率平均值为 5.2%，比去年同期下降 0.3 个百分点；全国居民消费价格指数（CPI）同比持平，扣除食品和能源价格的核心 CPI 同比上涨 0.7%；国际收支总体平衡。

稳中有进。一季度，规模以上高技术制造业增加值同比增长 7.5%，内需对经济增长的贡献率达到 85.5%，单位 GDP 能耗同比下降 0.1%，我国对共建"一带一路"国家进出口总额增长 5.5%，全国居民人均可支配收入增长 6.2%，高质量发展继续取得新进展。

开局良好。经济运行的稳定性、协调性增强，经营主体信心持续提升。3 月份，中国制造业采购经理指数（PMI）在连续 5 个月收缩后升至 50.8%，其中，中、小型企业 PMI12 个月以来首次升至扩张区间。

开年以来，中国经济向上生长、向好突破的力量持续迸发：甘肃天水麻辣烫走红、云南芒市等"小机场"城市旅游火爆；我国自主研制的 AG60E 电动飞机实现首飞、海上第一深油气井投产；春耕春播平稳有序推进，全国稻谷、玉米意向播种面积有所增加；全国版跨境服务贸易负面清单发布、试点扩大电信领域对外开放……

好的开始是成功的一半。一季度，中国经济开局良好，提振了经济发展信心，为实现全年目标任务打下了较好基础。

近日，高盛、花旗分别发布报告表示，预计中国政府设定的"5% 左右"的 GDP 增速目标可以实现，并上调对 2024 年全年中国 GDP 增速预测，为中国经济前景投下信任票。

在坚定信心的同时，也要保持清醒头脑。目前外部形势仍然复杂严峻，国内正处在结构调整转型的关键阶段，规模以上工业增加值、出口等部分指标增速有所放缓，一些企业还要经历转型升级的阵痛，经济恢复仍然存在不平衡性。

实现全年 5% 左右的经济增长预期目标，并非一蹴而就，而是需要付出更大努力。当前，要进一步加大稳增长政策落实力度，积极培育发展新质生产力，全面深化改革开放，在砥砺奋进、创新突破中积蓄发展新动能。

中国经济从来都是在风雨中成长壮大。始终保持战略定力，持续提升发展质量，我们有信心有能力推动经济持续健康发展。

（新华社北京 2024 年 4 月 16 日电 新华社记者魏玉坤、韩佳诺）

首破千亿元！
科幻产业"含金量"展现"科幻＋"新活力

中国科幻产业总营收首次突破千亿元大关！

4月27日，第八届中国科幻大会在北京首钢园开幕。会上最新发布的报告显示，2023年中国科幻产业总营收达1132.9亿元，同比增长29.1%。

《三体》《流浪地球》等科幻影视作品映照中国科幻新时代，科幻乐园、科幻舞台剧、科幻展览等新业态走红……从科幻小说出圈到科幻电影火爆，再到形成科幻全产业发展的格局，近十年间，中国科幻版图加速拓宽。

首次突破千亿元，科幻产业"含金量"展现出"科幻＋"多元业态的蓬勃活力——

根据报告，2023年度中国科幻产业典型业态包括科幻阅读、科幻影视、科幻游戏、科幻衍生品、科幻文旅五大板块。除科幻衍生品市场规模收缩以外，其他四类业态均实现较好涨幅，科幻游戏和科幻文旅产业分别以651.9亿元和310.6亿元的营收额有力带动科幻产业消费。

具体来看，科幻阅读产业总营收连续6年增长；科幻中短视频创作数量显著增长，助力科幻文化传播及科幻产品推广；科幻文旅产业总营收翻番，品类和市场范围逐步扩大；科幻游戏与中华优秀传统文化实现有机融合，成为文化传播的重要媒介。

梳理发现，从2016年至2018年前后以进口科幻电影为主要增长点，到近年来国产科幻电影、游戏、文旅展现出明显带动效应，中国科幻正逐渐形成"以我为主"的产业格局。

"我国科幻产业呈现出很好的发展态势，各领域的联动作用进一步凸显。科幻影视代表性作品的热映带来了'科幻热'，也进一步促进了科幻消费，科幻IP

开发向线下产品与服务延伸。"报告发布方中国科幻研究中心主任王挺说。

科幻产业"含金量"增长,折射着国家科技实力的跨越发展——

中国全球创新指数排名从 2011 年第 29 位上升至 2023 年第 12 位,公民具备科学素质的比例从 2015 年的 6.20% 提升至 2023 年的 14.14%。自主创新硬实力与科学文化软实力双曲线同步上扬,为中国科幻的"厚积薄发"提供了肥沃土壤。

"现代化进程的快速推进,让中国成为一个充满'未来感'的国家,促进了中国科幻文学的快速成长。"科幻作家刘慈欣说,快速发展的中国也在文化上吸引了世界目光,未来中国科幻将输出到世界更多地方。

载人登月正按计划开展研制建设,脑机接口技术使截瘫患者能用意念控制光标移动,通用智能人"通通"已达到儿童一定智力水平……今年以来,一项项"未来感"拉满的中国科技新突破,让科学幻想加速变为现实。

从《流浪地球 2》用特效技术营造视觉奇观,到 AI 创作的科幻小说《机忆之地》在比赛中获奖,技术革新不仅是科学幻想的源泉和基石,也正切实改变着科幻的内涵和外延。报告预测,人工智能等创新技术对科幻产业的影响将进一步显现,科幻与未来产业深度融合,有望为发展新质生产力提供助益。

传统工业遗存打造沉浸式科幻空间,裸眼 3D、实时动捕、数字人等视觉技术让人仿佛置身浩渺宇宙……在北京首钢园这片"科幻热土"上,大会集中发布展示最新科幻作品和成果,国内外科幻作家和产业从业者共话科幻产业发展和科普科幻教育,同步举办的北京科幻嘉年华则立体展现科幻与民生的深度结合。

科幻源自对前沿科技成果和科学发现的理性拓展,以科学探索的无穷魅力引发对未来和未知的无限遐想,是激发好奇心和想象力的重要源泉。

"自 2023 年起,中国科幻大会被纳入中关村论坛,成为国家级科技论坛的平行论坛,充分体现出科幻在促进科技创新中的重要作用。"中国科协科普部相关负责人说,科幻与科技融合发展、相互促进,也为中国科幻在新时代贡献更多创新活力提供广阔空间。

（新华社北京 2024 年 4 月 27 日电 新华社记者温竞华、阳娜）

117 台全球首发车！北京车展看汽车发展新趋势

全球首发车达 117 台，新能源车型 278 个，来自 13 个国家和地区约 500 家零部件企业及科技公司展出创新成果……2024（第十八届）北京国际汽车展览会吸引着众多车迷的目光。

"车展热"的背后是什么？

34 年前，北京车展第一次举行，我国汽车产量约 50 万辆。彼时，汽车离我们仍显遥远。今天，国产汽车走入寻常百姓家，更远销海外，2023 年产销量突破 3000 万辆。

中国汽车市场上，变革无时不在发生。从简单的交通工具，升级为综合载体，承载信息、休闲、娱乐等多种功能，勾连起新材料、新能源、人工智能等前沿领域。

当说着各国语言的经销商、观摩团、媒体人行走在各大展馆之中谈合作、看新品，北京车展成为一扇窗口，得以观察强起来的中国制造和开放的中国市场，更得以捕捉新时代对新汽车的需求。

更智能——出行工具变出行"伙伴"。

想象高速路上汽车自适应巡航精准控制车速，停车场内车辆自动停入车位，旅途中用智慧投影大灯看一场露天电影，北京车展上的一幕幕应用场景，正是汽车产业加速智能化的缩影。

"智能汽车正成为 AI 技术应用的重要阵地。"小鹏汽车董事长何小鹏说。小鹏汽车 AI 天玑系统在 2024 北京车展全球首发，这一系统可模仿用户驾驶习惯、协助完成用车过程中指令需求等。

智能化的背后，是加速涌现的人工智能企业以及智能芯片、通用大模型等创

2024 年 4 月 30 日，在北京车展上，观众在吉利汽车展区参观一款 AI 数字底盘。（新华社记者张晨霖摄）

新成果，未来的出行将更加"贴心"。

更绿色——驾驶一辆车走进绿色生活。

开一辆电车从北京到南京，中途需要充几次电？

宁德时代的一款电池新品告诉我们：无需充电。新电池实现 1000 公里续航，仅需 10 分钟即可补能 600 公里，相当于从北京开到南京而无需中途充电，新能源汽车的畅行半径大幅拓展。

在本届车展上，传统国际品牌积极"触电"，不少国内外传统车企加快转向电动化，氢能、混合动力汽车新品带来不少惊喜。不断突破的技术给予我们关于新能源汽车更多期待，绿色出行的可能性被大大延展。

更舒适——汽车是下一个新"家"。

超过 3 米的轴距、短前悬设计、更紧凑的同轴电机，释放更多车身空间，极氪的全新架构使汽车座舱空间利用率超过 80%。"更便捷、更舒服的出行体验是创新的源头。"极氪智能科技副总裁杨大成说。

以消费者为出发点，汽车的"软"件体验也不断升级，前沿技术加速应用在汽车产业。

更聚合——是一个产业更是一条产业链。

置身车内，车载屏幕亮了起来，舒适的空调风缓缓吹过，耳边响起优美音乐……一系列操作涉及的系统与零部件很可能来自不同企业。

本届北京车展的零部件展区，51% 是新能源及智能网联企业，超三成是电子及系统企业，其他为部件及组件企业。整车与零部件企业关系正由垂直转向共生，汽车供应链合作模式正在重构。

奇瑞控股集团董事长尹同跃认为，要创造好车，就要做大合作共赢的"朋友圈"。以奇瑞所在的安徽省为例，通过整车、零部件、后市场一体化发展，全省初步形成多个汽车零部件特色产业集群。

未来出行会变成什么样子？无穷的想象背后必然有无限的创新。

伴随着软件的升级、技术的研发、服务的多元，汽车正沿着低碳的轨道，加速驶入智能终端的时代，迎来整个行业生态格局的重新塑造。

车规级芯片、固态电池技术、智能底盘、轻量化材料……车展呈现的一系列创新方向，启示我们要加快突破一项项硬核技术，以创新驱动高质量发展，推动更多"中国造"汽车走向市场、走向世界！

（新华社北京 2024 年 4 月 27 日电　新华社记者严赋憬、张晓洁、吴慧珺、高亢）

向"上"攀！中国小镇里藏着不少"单品冠军"

白墙黛瓦马头墙，回廊挂落花格窗。为期 5 天的 2024 濮院时装周 28 日在浙江省桐乡市濮院古镇落下帷幕。时尚秀演与千年古镇交相辉映，让这个全国知名的羊毛衫集散中心焕发新生。

几乎同一时间，占全球牙刷市场三分之一份额、被誉为"中国牙刷之都"的江苏扬州杭集镇，发布了一款新一代数字化牙刷，运用人工智能、物联网及可视化技术，提供口腔医疗服务。

小镇里藏着大生意。中国的这些小镇里，藏着不少销冠全球的"单品冠军"。新旧动能转换间，这些"小镇冠军"们立足传统经典，以创新为主导，锚定发展新质生产力，向产业链上游攀升，焕发无限生机。

像濮院、杭集这样特色产业集聚的小镇，中国还有很多——

衣服上的纽扣，大概率是浙江永嘉桥头镇生产的；脚上的袜子，很可能来自浙江诸暨大唐街道，这里袜子产量占全世界的三分之一；假睫毛，不少产自山东平度大泽山镇；淡水珍珠，全国 80% 以上产自浙江诸暨山下湖镇。

小镇里的特色产业，有些还极具反差感。

以大熊猫闻名的四川，有一种大多数当地人都不知道的特产——鱼子酱，而天全县思经镇被称为"世界级的鱼子酱重镇"；提起鹅肝，不少人首先想到法国，事实上你可以在安徽霍邱的几个镇找到正宗法式鹅肝味，中国向全球出口的鹅肝中有约一半产自这里。

小镇不仅是文旅的载体，还是中国制造业链条上的聚集点。伴随着改革开放，小城镇的生活设施和交通便利程度极大改善，催生了很多具有顽强生命力和全球竞争力的特色产业。

2024 年 4 月 24 日，在桐乡濮院时尚古镇内，模特在时装秀"THE ATELIER"上展示时装。（新华社记者徐昱摄）

　　为应对新一轮科技革命和产业变革带来的挑战，这些小镇正通过不同路径转型升级，闯出产业发展的新天地。

　　——满足新需求，开拓新市场。山东曹县的大集镇、安蔡楼镇原本"家家做演出服"，伴随国潮文化的崛起，这些小镇抓住汉服需求风口，依托成熟的产业和电商基础，设计、生产马面裙等汉服产品，销售火爆。

　　——加大研发投入，产品迭代更新。江苏省扬州市广陵区的头桥镇被誉为"中国医疗器械耗材之乡"，主要产品是一次性输注器械、镇痛棒、麻醉包等低值医用耗材产品。如今，头桥有了新花样：介入类耗材、穿戴式小型设备、快检产品。

——以链强群，聚势前行。在以生产眼镜闻名的江苏丹阳司徒镇，一些眼镜企业不再只生产镜片，而是探索提供眼健康综合服务，延展产业链条；"丝绸古镇"苏州市吴江区盛泽镇，集聚产销额超亿元企业 80 家，初步形成门类齐全、上下贯通、配套完善的丝绸纺织产业链。

每一个小镇都有着独属于自己的经济故事。依托本地优势资源形成特色产业，助推新旧动能转换，具有中国特色的"小镇经济"将为经济高质量发展注入更多新动能。

（新华社南京 2024 年 4 月 30 日电 新华社记者邱冰清）

首次在华举办！
这个聚焦 AEO 的全球性会议不一般

对广大外贸企业而言，通关速度越快，通关成本越低，越能在激烈的国际市场竞争中赢得先机。

AEO，"经认证的经营者"的英文缩写。这项来自世界海关组织的认证制度，对信用状况、守法程度和安全水平较高的企业给予多项优惠便利，被称作助力企业外贸发展"加速跑"的一张"绿色通行证"。

全球 AEO 大会，被视为世界海关组织最大规模的能力建设活动。

5 月 8 日，第六届全球 AEO 大会在深圳开幕，这是中国首次举办 AEO 领域最高级别的全球性会议。3 天时间里，来自 100 多个国家和地区的政府部门、国际组织、商界、学界代表等 1200 余人将齐聚一堂。

那么，本次大会主要聚焦什么？

从本次大会的主题，我们可以找到答案——"发挥 AEO 制度优势，促进包容和可持续的全球贸易"。

世界海关组织秘书长伊恩·桑德斯在开幕式上说，在当前国际经贸形势面临挑战的背景下，围绕"智慧海关中的 AEO 制度""AEO 制度全球互认与协调""AEO 制度的未来"等议题展开交流，有助于扩大 AEO 制度优势，增强吸引力，谱写更加安全、高效和有韧性的全球贸易篇章。

中国海关致力于当好 AEO 制度的践行者、先行者、推动者，促进关企互利共赢、贸易畅通：从 2012 年签署首份互认协议以来，中国已与新加坡、欧盟等 26 个经济体签署 AEO 互认协议，覆盖 52 个国家（地区），互认协议签署数量和互认国家（地区）数量居全球双第一。

作为高信用的代名词，AEO 可谓是国际贸易的"金字招牌"。据海关统计，截至 2024 年 3 月底，我国 5860 家 AEO 企业累计进出口超 3 万亿元，相当于以 1.19% 的进出口企业占比贡献了近四成的进出口值，AEO 企业成为名副其实的稳外贸"压舱石"。

AEO 制度优势对促进经济全球化和区域经济一体化发挥了重要作用。对企业来说，手持 AEO"金名片"，可以获得哪些红利？

海关总署副署长王令浚的回答简单而形象：通关速度"捷足先登"，贸易成本"胜人一筹"。AEO 企业作为海关最高信用等级企业，可以享受优先办理、减少监管频次、贷款利率折扣、优化服务等一系列优惠管理措施。

以具体企业为例，AEO 专属"福利"更容易理解。

参与此次会议的青岛福生食品有限公司于 2023 年 6 月加入 AEO 队伍，依靠青岛海关研发的快速取样送检系统，企业完成检测通关手续效率比以前提升了 50%，节省不少成本的同时，仅半年时间，公司贸易额就同比增加 7%。

有了 AEO 加持，科园信海（北京）医疗用品贸易有限公司从德国进口的 90 支伏索利肽（伏左高）罕见病药品，北京海关所属天竺海关以分钟计，快速查验放行。现在企业几个小时就能完成从保税区出区到国内，开始国内配送，消费者最快隔天就能收到进口医药产品。

近两年，AEO 企业平均查验率仅为 0.33%，为常规管理企业的五分之一；中国海关帮助 AEO 企业完成优先办理类服务 153 万次，采用"非侵入"方式查验货物 1.1 万批次。

严峻复杂的外部环境下，大会在中国的举办为全球 AEO 制度创新升级搭建了重要桥梁，也将倒逼外贸企业加快能力成长，通过 AEO 认证更好抢抓国际合作机遇。

王令浚表示，中国海关将以承办全球 AEO 大会为契机，携手扩大各成员海关规则、规制、管理、标准等制度型开放，不断完善 AEO 企业认证标准，出台更高含金量的 AEO 企业享惠措施，持续激发 AEO 制度生命力，为全球贸易的未来发展注入新的活力。

（新华社深圳 2024 年 5 月 8 日电　新华社记者邹多为、王丰、丁乐）

出口近 4000 万辆！来看自行车王国的新赛道

从"四轮"到"两轮"，会绽放怎样的魔力？

5 月 4 日，第 18 届北京国际汽车展览会在北京落下帷幕；1 天后，第 32 届中国国际自行车展览会在上海开幕。一北一南，"四轮"与"两轮"，遥相呼应。

数据最有说服力。

中国是自行车生产大国，每年贸易量约占全球六成。2023 年，中国生产了 4883 万辆自行车，出口 3964.8 万辆。

展会数据同样精彩——超过 1400 家企业参展，7300 多个展位对外开放，100 多家海外采购商专程前来洽谈合作……小小的自行车，引发社会大大的关注。

说起自行车，在中国已有百余年的发展历程。铃声响，车轮转，"两轮"跨越的，不仅是遥远的距离，更满载着人们观念的变迁。

曾经，自行车不仅是抢手的代步工具，更与手表、缝纫机和收音机并称为"四大件"，是老百姓家中珍贵的物件，一辆辆"二八大杠"承载了年代记忆。

如今，随着低碳理念深入人心，技术水平快速发展，自行车已不仅仅是代步工具，更兼具科技、时尚、社交等多种属性，成为人们绿色生活的一部分。"自行车王国"在新的时代背景下，开辟新赛道。

——创新，让自行车"骑"得更智能。

运动方式科学、变速过程清脆，速瑞达展位上一套砾石公路车油压碟刹变速器吸引了不少观众。"手指轻轻一拨就变速了，操作非常人性化。"速瑞达自行车零件（佛山）有限公司总经理刘卫兵告诉记者，变速器技术壁垒高，团队用了五年时间进行技术攻关。

展会上，自行车产业的前沿科技成果层出不穷：比传统焊接车架更轻、强度更高的 3D 打印钛合金车架；与一杯水同等重量、却拥有铝锂合金强度的一体式飞轮；支持与手机操作系统连接，拥有地图导航、心率监测等多种智能化功能的电助力自行车……

"这些成果集中展现了自行车产业在智能制造等方面所取得的新成效，也反映出行业逐步向高端化、数字化、品牌化转型的趋势。"中国自行车协会副理事长兼秘书长郭文玉说。

——绿色，让自行车"骑"得更环保。

一款用于车架上色的小小涂料，蕴藏降低碳排放的大学问。

"这款纯水性单液型 PU 涂料烘烤温度只需 95 摄氏度，低于目前标准的 130 摄氏度，能降低四分之一的碳排能耗。"创新示范展负责人张宇说，新涂料产品以纯水替代溶剂，还能在一定程度上减少环境污染。

绿色环保的理念，不仅在原料选择等生产端为企业创造了新的增长点，在消费端也有所体现。

2023 年，抖音平台上与骑行相关的视频播放量增长 94.4%，骑行相关内容的搜索量增长 137.4%，市场上高端运动型自行车销量增长超 10%，碟刹公路自行车成为年轻人追捧的主流产品。

"越来越多人选择骑自行车通勤、健身，绿色出行蔚然成风。"中国自行车协会行业发展部主任郑小玲说。

——开放，让更多自行车"骑"出国门。

"我们公司今年计划在中国采购 60 个集装箱的电助力自行车，销往沙特阿拉伯、阿联酋等国，采购量是去年的 3 倍。"来自也门的采购商阿克说，中国的电助力自行车是海外采购商最青睐的产品之一。

2024 年一季度，中国出口自行车整车 1099.9 万辆，较 2023 年四季度增长 13.7%，出口呈现上扬态势。"越来越多企业着力拓展海外市场，国产自行车品牌的影响力正不断提高。"郑小玲说。

创新是动能，绿色是方向，开放是趋势。面向未来，"自行车王国"将在新赛道上，一路"骑"向更美好的远方。

（新华社北京 2024 年 5 月 9 日电　新华社记者叶昊鸣、黄韬铭）

把"数"用好！
首个聚焦数据要素应用的大赛来了

数字时代，海量的数据在流动。最新信息显示，2023 年我国数据生产总量预计超 32ZB，如何让这些数据创造更多的价值？

由国家数据局会同有关部门举办的 2024 年"数据要素 ×"大赛 9 日在安徽合肥正式启动。这一国内首个聚焦数据要素开发应用的全国性大赛，就是为了让更多人参与进来，把"数"用起来，把"数"用好。

我国数据生产量和存储量持续快速增长，数据资源规模保持全球第二位，金融、工商、交通、电信等领域的数据产品日益丰富，在主要数交所挂牌的产品数量超过 1.3 万个。

今年年初，国家发布的关于"数据要素 ×"的行动计划提出，到 2026 年底打造 300 个以上示范性强、显示度高、带动性广的典型应用场景。

正如国家数据局局长刘烈宏在现场所说，释放数据要素乘数效应，关键是在千行百业中创造更加丰富的应用场景，在创新应用中探索流通路径、提升数据质量。

这场持续约 5 个月、由地方分赛加全国总决赛共同组成的大赛，比的正是数据要素的新应用，赛的正是数据流通的新场景，瞄准的是数字经济这一新赛道上的更多新可能，以推动释放数据要素价值。

不同于一些传统的看得见的技能比赛，一种生产要素如何进行比赛？把"数"用活，靠的是创新举措。

从主体看，企业、事业单位、科研院所、高校等均可参赛，鼓励产学研用等主体联合参赛，通过跨行业、跨专业、跨领域的"跨界融合"，打造创新解决方案。

从内容看，设置了 12 个赛道，以行业真实需求出题，让行业实际应用答题。

本次大赛的参与者将做好数据资源开发利用的"开拓者"和"领航者"，探索有价值、有实效、可复制的优秀解决方案，将行业发展的难点痛点转化为"新增长点"，让数据在促进降本增效、培育新产业新业态中切实发挥作用。

比赛的一个特点是创造更多方案与应用的结合、技术与产业的碰撞，让大赛成为破解行业发展难点的创新高地。

试想一下，对固体废物处理利用等环节数据的创新可帮助促进资源循环利用，共享文物病害数据、保护修复数据以加强文物数字化保护能力，利用科技、环保、工商等多维数据提升实体经济金融服务水平，更多的解决方案将随着大赛走进生产生活，推动数字经济加快发展。

为了让更多的优质项目加快成果转化，进入全国总决赛的团队将获得大赛组委会提供的产融合作资源支持和供需对接渠道支持，符合条件的全国总决赛优秀获奖团队可申报各地方分赛主办单位提供的相关人才招引项目。

接下来，各个省份的分赛将次第展开，因地制宜不断拓展赛道选题。

辽阔的西部地区，风光电资源丰富，清洁能源产业发达，积累大量数据样本，适合探索更多"数据要素 × 绿色低碳"方案；拥有众多制造业企业的长三角和珠三角，便于形成应用范式并在区域内推广，促进工业转型升级，适合开展"数据要素 × 工业制造"项目……

随着更多场景"拿出来"、更多主体"动起来"、更多数据"活起来"，更多数据要素价值将释放出来。

（新华社合肥 2024 年 5 月 10 日电　新华社记者严赋憬、张晓洁、何曦悦）

平均"年龄"约 140 岁！中华老字号历久弥新

什么样的品牌，能称得上中华老字号？入选者能一"老"永逸吗？"百年老店"历久弥新的秘诀是什么？

北京同仁堂、天津狗不理、上海光明……随着 2024 年中国品牌日活动的举办，大家耳熟能详的老字号品牌再次唤起人们的独特记忆。

目前，我国已有中华老字号 1455 家，平均"年龄"约 140 岁。

从琴棋书画到柴米油盐，翻开中华老字号名录，全聚德、同仁堂、老凤祥……一个个熟悉的"名字"映入眼帘。这些与人们生活息息相关的品牌，已经成为中华文化的闪亮名片。

到底多"老"的品牌称得上中华老字号？

2006 年和 2011 年，商务部先后认定了两批共 1128 家中华老字号，其中有701 家中华老字号创立至今超过 100 年，历史悠久的便宜坊到今天已经走过了600 多年岁月。

去年，商务部会同多部门联合印发《中华老字号示范创建管理办法》，结合企业一般存续周期在 20 至 30 年、超过 50 年就称得上"长寿"的发展规律，将中华老字号门槛调整为品牌创立时间在 50 年（含）以上。

今年 2 月，商务部等部门对外公布了第三批中华老字号名单，382 个品牌成功"晋升"为中华老字号。

当然，仅靠资历"老"是不够的，还要拥有世代传承的独特产品、技艺和服务，鲜明的中华优秀传统文化特色和深厚的历史文化底蕴，以及广泛的社会认同和良好的品牌信誉，经得住市场的检验。

为确保老字号"金字招牌"的成色，我国推出了"有进有出"的动态管理机制。

去年年底，北京华女、天津稻香村、重庆冠生园等 55 个品牌没有通过中华老字号复核，被移出中华老字号名录。73 个经营不佳、业绩下滑的品牌，被要求 6 个月予以整改。

巩固"老"的传统优势，坚守匠心工艺、筑牢品质之基——

中国书店，诞生于 20 世纪 50 年代，不久前入选第三批中华老字号。其代代相传的古籍修复技艺，被列入国家级非物质文化遗产。

青砖黛瓦、雕梁画栋，地处北京琉璃厂古文化街的中国书店旗舰店，古色古香的风韵和其古旧书的定位相得益彰。店内，几位工作人员正在忙着修复古旧书。一碗糨糊、一支毛笔、一把镊子、一把剪刀、一把尺子、一个喷壶……凭着看似简单的工具，他们将残破的古旧书"化腐朽为神奇"。

"古籍修复技艺是我们的'看家本领'。半个多世纪以来，这里先后有五代古籍修复传承人，为博物馆、图书馆、文物保护单位以及个人修复了数以万计的古籍。"中国书店总经理助理刘易臣说。

2024 年 7 月 28 日，游客在北京稻香村的"零号寻宝馆"内观看文创糕点展览。（新华社记者李欣摄）

内联升千层底布鞋制作技艺、吴裕泰茉莉花茶制作技艺、杨柳青木版年画技艺……不少耳熟能详的中华老字号都拥有非遗代表性项目。正是这些世代相传的传统技艺、工匠精神和诚信理念，成为老字号企业历经沧桑而生生不息的"传家法宝"。

拥抱"新"潮流，在创新中更好满足群众品质化、多样化的消费需求——

在位于北京前门的"全聚德·中轴食礼"体验店，新中式下午茶受到不少年轻人的喜爱。小巧精致的点心错落有致地摆放在古朴精致的木匣子里，既有甜品制成的北京烤鸭、微缩版的门钉肉饼，也有驴打滚、艾窝窝等经典京味小吃。

京味美食碰撞国潮文化，品牌形象焕新。

"顺应消费习惯的变化，我们加快推进老字号焕新升级，打造'产品＋服务＋场景'的组合模式，将餐饮与文化、科技、艺术相结合，今年一季度喜迎经营开门红。"全聚德集团总经理周延龙说。

推出联名款商品、开设非遗体验馆、试水电商、直播带货……在政策支持和市场需求双重推动下，越来越多的老字号加快求新求变步伐，通过品牌形象的迭代，不断拉近与年轻消费者的距离，创新技术与管理，优化产品与服务，从传统走向现代，从历史走向未来。

传承不守旧、创新不忘本。

今天，中华老字号已覆盖 32 个行业，六成以上分布在食品、餐饮、零售等领域。未来，期待有更多"百年老店"向世界展现中华老字号的独特魅力。

（新华社北京 2024 年 5 月 11 日电　新华社记者潘洁、谢希瑶）

近 1.6 万亿元！
从上市公司研发投入上扬曲线看向"新"力

透过一条研发投入增长的曲线，能看出企业怎样的创新活力？

1.56 万亿元——这是 2023 年我国上市公司研发投入的成绩单，同比增长约 10%。

拉长时间轴看，这是一条不断上扬的曲线：0.99 万亿元，1.24 万亿元，1.42 万亿元，1.56 万亿元……根据新华财经的统计数据，从 2020 年至 2023 年，上市公司研发投入逐年增加。

这条曲线里，蕴藏着怎样的企业夯基蓄能的努力，又能触摸到哪些经济向"新"而行的脉动？

来看更多详细数据。日前，随着 5300 多家境内上市公司年报披露完毕，沪、深、北证券交易所出炉的数据，释放了创新活力的积极信号——

2023 年，沪市主板上市公司合计研发投入近 9000 亿元，同比增长 5%；北交所上市公司研发投入 87 亿元，同比增长 6.37%；深市创业板上市公司研发投入超 1934 亿元，同比增长 10.19%——均实现连续三年增长。

研发强度，即研发投入占营收的比重，体现企业的创新力度。作为"硬科技"公司集中地的科创板研发强度 10.87%，为几个交易板块中最高。其中，有 83 家公司研发强度连续三年超 20%。2023 年，科创板公司研发投入金额超 1500 亿元，同比增长 14.3%，进一步彰显创新活力。

发展新质生产力是推动高质量发展的内在要求。无论传统产业，还是新兴产业、未来产业，企业都要培养向"新"力，加大研发投入是关键一环。

如今，企业在全社会研发投入中占比 7 成以上，如何更好发挥其创新主体作用？

2024 年 4 月 30 日，在北京车展上，观众在宁德时代展区参观。（新华社记者张晨霖摄）

首先要舍得投。利润和订单不错的企业，往往舍得在研发上花钱，以创新获得竞争优势。

宁德时代近 5 年研发投入合计约 500 亿元，2023 年净利润同比增长超 4 成，动力电池市场占有率连续 7 年全球第一。

研发投入增长的"大户"，也往往是表现亮眼的行业。新华财经数据显示，一季度研发投入增速排名靠前的电子、交通运输、汽车等行业，净利润增长也位列前十。

根据深交所数据，2023 年创业板超 8 成研发资金投入战略性新兴产业，新一代信息技术产业、新能源和新能源汽车产业、高端装备制造产业研发投入同比分别增长 6.44%、16.91%、12.39%，这些行业的增加值在中国经济首季报中也成为一抹亮色。

其次要有真本事。研发投入要坚持长期主义，不断锻造技术硬实力。

不追求"短平快"，更多科技成果才能落地生"金"。2023 年，研发费用同比增长近 6 成的中国移动，已沉淀 450 余项 AI 能力，赋能超过 900 项应用；中兴通讯 2023 年研发投入超 260 亿元，公司累计申请约 8.95 万件全球专利……

以"新三样"为代表的创新型企业，如今引领世界潮流。

业界有"技术鱼池"的比喻：企业的自研技术汇聚在一个"鱼池"里，市场需要的时候，就捞一条出来。这道出了创新的智慧：结合自身优势，瞄准客户需求，紧扣时代所需。

创新离不开"软环境"。企业要努力，政策也要给力。"真金白银"的政策，为企业创新发展注入动能。

国家将符合条件的行业企业研发费用加计扣除比例由 75% 提高至 100%，并作为制度性安排长期实施；工信部等 7 部门出台意见，推动未来产业创新发展；中国人民银行设立科技创新和技术改造再贷款，激励引导金融机构加大对科技型中小企业等的金融支持力度。

研发之根扎得越深，应用场景的土壤越肥沃，创新的大树越能枝繁叶茂。相信更多有向"新"力的企业，为中国经济发展注入更多新动能。

（新华社北京 2024 年 5 月 15 日电　新华社记者于佳欣、姚均芳）

逾四成超亿元！ 上市公司订单"剧透"经济"钱景"

订单，企业的生命线。

今年以来，签订重要合同、中标重大项目的上市公司公告不断。上市公司是中国经济中最具活力的板块，它们的订单也"剧透"着宏观经济"钱景"。

从数量上看，上市公司订单出现了"双上升"。根据新华财经的统计数据，截至近期，今年 A 股上市公司已发布了超 900 个中标项目公告，同比上升近 15%。其中新增中标项目超 810 个，同比上升超 9%。

从金额来看，新华财经数据显示，今年以来 A 股上市公司中标项目总金额已超 5370 亿元，逾四成中标项目的金额超亿元。其中，中标金额 10 亿元至 100 亿元的项目占比约 15%，中标金额 1 亿元至 10 亿元的项目占比约 25%。

这些订单中，既有聚焦重大基础设施建设，单一中标项目就接近 300 亿元的大订单，也不乏瞄准新赛道、新领域、新模式的特色订单。

订单结构的改善，也清晰标记着生产力"向新"的路径。

航空母舰、LNG 运输船和大型邮轮，世界

2024 年 1 月 1 日，国产首艘大型邮轮"爱达·魔都号"在上海吴淞口国际邮轮港正式开启商业首航（无人机照片）。（新华社记者丁汀摄）

造船业3颗"皇冠上的明珠",近年来已成功被我国接连摘取。随着世界航运复苏,中国造船业抓住机遇,订单背后,透出制造业结构不断向高端、智能、绿色升级。

从一个企业到一个行业再到整个宏观经济,从订单"聚集地"可以观察到中国经济新动能在诸多行业、"赛道"不断累积。

今天的订单就是明天的业绩。

大型液化天然气(LNG)运输船加速接单,国产首艘大型邮轮"爱达·魔都号"交付运营,豪华客滚船、极地运输船等中高端产品不断涌现……根据中国船舶年报,随着手持订单结构不断改善,该公司净利润出现爆发式增长,增幅超过了1614%。

上市公司中标公告里的暖意,在近期发布的多项宏观指标中得到呼应。

来自中国物流与采购联合会的数据显示,新订单指数连续保持扩张态势。今年3月新订单指数为53.4%,较上月回升1.2个百分点。4月,这个指数继续回升0.3个百分点,达到53.7%。

国家统计局的数据也印证了这种态势。4月中国新出口订单指数为50.6%,企业出口业务总体继续改善。

高质量的订单,关乎企业的好日子。向新、向绿、向智能的"升级版"订单,将不断引领企业业绩释放。

在汽车、电气机械器材等行业,新订单指数和新出口订单指数均位于53%以上,国内外市场对这些中国产品的旺盛需求显而易见,中国制造业的魅力可见一斑。

无论大小,一笔笔订单,传递出各方对中国制造的认可,对中国市场的期待,从中可感知中国经济的韧劲与活力。

（新华社北京2024年5月16日电　新华社记者刘慧）

扫码观看视频内容

400 亿元！ 20 年超长期特别国债正式首发

总额 400 亿元！

5 月 24 日，首期 20 年超长期特别国债在北京证券交易所顺利发行。

"从今年开始拟连续几年发行超长期特别国债，专项用于国家重大战略实施和重点领域安全能力建设"——今年的政府工作报告提出之后，超长期特别国债备受关注。

"国债""超长期""特别"，这一组合代表什么意义？

国债，是国家为了筹集财政资金而发行的一种政府债券。一般认为发行期限在 10 年以上的利率债为"超长期债券"。和普通国债相比，超长期债券有助于缓解中短期偿债压力。

特别国债的"特别"之处，就是具有特定用途、服务专项需求，资金使用针对性强、效果显著。我国曾在 1998 年、2007 年和 2020 年分别发行过 3 次特别国债。从历史经验来看，特别国债发行将对经济社会稳定向好发展产生积极影响。

从支持领域来看，超长期特别国债重点聚焦加快实现高水平科技自立自强、推进城乡融合发展、促进区域协调发展、提升粮食和能源资源安全保障能力、推动人口高质量发展、全面推进美丽中国建设等方面的重点任务。

从今年的发债"日程表"看，自 5 月中旬持续至 11 月中旬，20 年、30 年和 50 年超长期特别国债将分别发行 7 期、12 期、3 期，首发日期分别为 5 月 24 日、5 月 17 日、6 月 14 日。5 月 17 日发行的 30 年超长期特别国债，市场认购热情高涨。

24 日首发的 20 年超长期特别国债有何特点？

据了解，此次发行的 20 年超长期特别国债为固定利率附息债，票面利率通过竞争性招标确定，自 2024 年 5 月 25 日开始计息，每半年支付一次利息。

　　此次招标利率水平可以看作市场欢迎程度的"风向标"。招标结果显示发行利率为 2.49%，市场认购积极。

　　南开大学金融发展研究院院长田利辉介绍，超长期特别国债的利率会根据市场供需关系和投资者的认购热情来确定，市场需求旺盛表明投资者对该国债的接受度较高。

　　"20 年超长期特别国债有助于构筑更加完善的国债收益率曲线，发挥定价基准功能，完善利率传导机制，提升债券市场服务实体经济的质效。"田利辉说。

　　值得关注的是，此次超长期特别国债首次"登陆"北交所，通过财政部北京证券交易所政府债券发行系统进行招标发行。

　　2022 年，北京证券交易所启动国债发行。在国债、地方政府债券实现平稳发行的基础上，北交所此次"上新"，首发超长期特别国债，将更好发挥资本市场服务实体经济的功能。

　　个人能否购买超长期特别国债？

　　据了解，在发行方式上，今年的超长期特别国债均采用市场化方式，全部面向记账式国债承销团成员公开招标发行。个人投资者不能通过发行系统直接参与招标购买，但可以在交易所市场或商业银行柜台市场开通账户购买和交易。

　　老百姓日常购买较多的主要是储蓄式国债，这类国债具有较为稳定的收益特性，比较适合寻求稳定、长期回报的个人投资者。而超长期特别国债属于记账式国债，这类国债可以上市交易，流通性较高，交易价格会根据市场情况波动。

　　专家提示，个人"出手"需谨慎。考虑到超长期特别国债期限较长、收益率波动等因素，建议投资者最好具备一定的投资经验和市场分析能力。

　　业界专家表示，发行超长期特别国债之后，我国宏观政策"工具箱"更加丰富，既利当前，又惠长远。

（新华社北京 2024 年 5 月 24 日电　新华社记者姚均芳、申铖）

196 个，创历届新高！
西洽会签约项目勾勒西部新愿景

现场集中签约重大项目 196 个，创历届新高！

第六届中国西部国际投资贸易洽谈会（以下简称"西洽会"）5 月 23 日在重庆开幕，以"新西部、新制造、新服务"为主题，聚焦"新"字，服务西部地区融入新发展格局、培育新质生产力、塑造新动能新优势。

这是新时代推动西部大开发座谈会后，首场以西部为主题的国际展会。西洽会上，这些重大项目集中签约，勾勒出西部发展的新愿景。

聚焦一个"合"：开放合作

西洽会是西部省区市联通世界、发掘机遇的窗口。沃尔玛、大陆集团等世界 500 强企业，来自 40 个国家和地区以及国内 27 个省区市的 1700 余家企业参展参会，与会者还包括联合国工业发展组织等国内外商协会负责人和专家。

签约项目涉及外资项目 12 个、正式合同额 267.24 亿元，涵盖智能网联新能源汽车、智能装备及智能制造、现代金融等领域，涉及俄罗斯、西班牙、日本等 12 个国家和地区。

西班牙质量检验检测企业艾普拉斯公司检测服务实验室项目、日本 AFC 中国总部生产项目、华特动力大中华区甲醇重整氢燃料电堆研发生产项目……一批外资项目在西部地区落地。

本届西洽会也是西部省区市合作发展的大平台。西部 12 省区市均派出代表参与各项活动，四川连续 5 年担任西洽会主宾省，不仅将搭建主题展台，展示先进的技术、产品，还将举办一系列经贸交流活动，并在重庆进行实地考察洽谈。

着眼一个"新"：创新发展

将"新制造"纳入本届西洽会主题，就是要以会为平台，助推西部地区产业转型升级。

签约项目充分体现"新质生产力"特点：风光发电与新型充电桩便携式储能电池项目、新型合金材料生产基地建设项目、中科纳米新材料西南智造基地项目……新能源、新材料、新一代电子信息等战略性新兴产业在西部地区加快布局。

走进展区，创新元素扑面而来。本届西洽会上，长安汽车面向全球发布长安深蓝 G318、峰米（重庆）创新科技发布小明 V1 Ultra 智能投影仪、七腾机器人发布防爆四足机器人……各种智能网联新能源汽车、产业机器人、基因检测仪器、盲文电子阅读器等创新产品令人目不暇接。

2024 年 5 月 23 日，观众在第六届西洽会参观。（新华社记者王全超摄）

打造一个"通"：高效流通

从能源、交通到科技领域，基础设施项目是本届西洽会签约项目的重点之一，将有利于西部地区补齐基础设施短板。

海晶石油（广安）成品油仓储批发二期项目、华润20万千瓦风电项目、南方电网综合能源项目、联通（西部）数字生态产业园项目……一批基础设施项目瞄准阻碍要素畅通的堵点，在重庆、四川、贵州等西部省区市密集落子。

本届西洽会还专门设置西部陆海新通道展区，将"13+2"省区市高水平共建这条新通道取得的成果，呈现在观众面前。

西部陆海新通道已实现从"一条线"到"一张网"的蝶变，2017年开行之初仅一条物流线路，如今已拓展到全球123个国家的514个港口，西部地区要素流通正变得越来越畅通。

通过西部陆海新通道，从马来西亚进口而来的猫山王榴莲整果，首次亮相西洽会。越来越多的新产品，沿着这条新通道走进西部，赋能西部地区开放发展。

开放、创新、畅通，一个个项目折射出新时代推动西部大开发的新潮涌动，彰显出中国经济的韧劲与活力。

（新华社重庆2024年5月24日电　新华社记者赵宇飞、李晓婷）

占比达 10%！中国数字经济"长"得快

占比达 10%！

24 日开幕的第七届数字中国建设峰会上传来好消息：2023 年，我国数字经济核心产业增加值占国内生产总值（GDP）比重达到 10%。亿万民众畅享"数智红利"。

当今世界，数字经济已成为全球未来的发展方向。2022 年，国务院发布的《"十四五"数字经济发展规划》提出明确目标：到 2025 年，数字经济核心产业增加值占国内生产总值比重达到 10%。

如今，这一目标提前实现。

一个小苗茁壮成长，背后是从技术革新到产业赋能的持续突破。中国数字经济成长为"大块头"，其中蕴含着大智慧。

——以前沿技术不断累积数字经济发展势能

基于多传感器的城市道路车道线识别，工业机器人集成安装与调试，端侧人工智能技术和应用创新……在由数字中国建设峰会组委会主办的 2024 数字中国创新大赛上，一个个选题昭示着未来数字领域的技术新趋势。

数字经济，本身是一门汇聚各种前沿技术的先进产业。

当前，我国 5G 网络、光纤宽带网络和移动物联网络覆盖面更广，先进计算、人工智能等关键核心技术不断取得突破，量子计算、脑机接口等前沿技术研发进度不断加快，2023 年算力总规模居全球第二位……

数字技术日益融入经济社会发展的各领域、全过程，在高质量发展中发挥重要作用，为加快形成新质生产力提供了土壤，不断拓展着经济发展的空间和潜力。

——以数据赋能有力托举产业转型

第七届数字中国建设峰会主论坛上，首批 20 个"数据要素 ×"典型案例一一亮相。

以工业数据空间推进产业链上下游加强信息共享，应用物流运单人工智能识别、智能沙箱等技术提升多式联运承载能力和衔接水平，建立专业化新药研发数据集进行智能化分析以有效降低新药研发周期……一个个典型案例正是以数据要素促进产业转型的真实写照。

在长三角，一家新能源汽车整车厂可以在 4 小时车程内解决所需配套零部件供应。中国"智"造速度的背后，是产业配套能力完备性的体现，更离不开数字化转型这一重要支撑。

数据显示，我国智能制造装备产业规模已超 3.2 万亿元，已培育 421 家国家级示范工厂、万余家省级数字化车间和智能工厂……从供应链到生产线，数实融合进一步提速，不断推动产业提质增效。

——以数字手段打造美好生活

场馆之外，冶山春秋园引入 AR 数字许愿树、泉山摩崖题刻科技拓印等数字艺术形式，打造马球场遗址数字多媒体秀……宋代的青绿福州、闽越开疆图穿越而来，数字手段为人们打开了无限想象空间。

如今，数字化生活日益成为中国社会的重要生活方式：92.5% 的省级行政许可事项实现网上受理和"最多跑一次"，2023 年"网络中国节·春节"主题活动相关内容总传播量达 304.5 亿次，2023 年我国数字阅读用户规模达 5.7 亿……

成绩之下，也要正视我国数据资源管理和利用整体还处于起步阶段的现实，数据多元流通模式待完善、数据价值有待进一步释放等问题也应得到重视。

立足当下，面向未来，一个数字经济大国正不断开拓数字经济新蓝海。

（新华社福州 2024 年 5 月 24 日电　新华社记者严赋憬、颜之宏）

9万列！中欧班列"跑"出开行新纪录

古有丝绸之路驼铃声声，今有中欧班列车轮滚滚。

25日8时40分，伴随着汽笛声在西安国际港站响起，X8157次中欧班列缓缓启动，一路向西驶向波兰马拉舍维奇。

至此，中欧班列"跑"出开行新纪录：累计开行9万列！发送货物超870万标箱，货值超3800亿美元。

这一纪录，是中欧班列成长为亚欧陆路运输新干道的有力见证，也是中国与世界经贸往来愈发紧密的生动缩影。

更硬核——

2016年至2023年，中欧班列年开行数量由1702列增加到超1.7万列，年运输货值由80亿美元提升至567亿美元；开行万列所需时间由开行之初的90个月缩短为现在的7个月……

在国内，经阿拉山口、霍尔果斯、二连浩特、满洲里、绥芬河、同江北六大口岸出境的西、中、东三条运输主通道运输能力大幅提升，时速120公里图定运行线已达87条，联通中国境内122个城市。

在境外，巩固和稳定既有入欧主要通道的基础上，跨里海、黑海的南通道新径路成功开辟，目前已通达欧洲25个国家223个城市，以及11个亚洲国家超过100个城市，服务网络基本覆盖欧亚全境。

更有料——

打开第9万列的货箱：镍钴锰酸锂、汽车配件、百货、液晶显示板等货物装

2024 年 8 月 9 日，一列满载板材的回程中欧班列驶入黑龙江绥芬河铁路口岸（无人机照片）。（新华社发 曲艺伟摄）

得满满当当。

从开行初期的笔记本电脑、打印机等 IT 产品，中欧班列的运输货物品类目前已逐步扩大到服装鞋帽、汽车及配件、日用百货、食品、木材、家具、化工品、机械设备等 5 万余种。

"带货"种类日益丰富，更多定制化班列不断推出，邮政物资、木材、茶叶、食用油、新能源汽车等特色专列提供着高品质的国际物流服务。2023 年以来，电动汽车、锂电池、光伏产品"新三样"成为中欧班列运量新的增长点。

运得多还得跑得好，中欧班列的运行品质也在迈上新台阶。

当前，时速 120 公里中欧班列最大编组辆数和牵引质量分别提高到 55 辆、3000 吨，单列平均运量较开行之初提升 34% 以上，中国与欧洲间铁路运输时间较开行之初普遍压缩 5 天以上。依靠铁路快速通关业务模式，中欧班列全程通关效率和便利化水平明显提升。

更给力——

看看沿线国家的变化：中欧班列让更多电子产品、家电、新能源汽车等"中国制造"以更快速度、更优价格到达欧洲的同时，许多新的物流、工业、商贸中心和产业园区随之涌现。

因为中欧班列的开行，德国杜伊斯堡港吸引了上百家物流企业落户，创造了 2 万多个就业机会；波兰马拉舍维奇口岸站业务量成倍增长，极大促进了当地经济社会发展。

与此同时，义乌小商品通过中欧班列销往世界各地，黄山茶叶、永康五金等地方特色产品也走出国门……

中欧班列还带动了我国内陆城市对外开放，一些不靠海不沿边的城市依托中欧班列，逐步发展成为对外开放新高地。例如，重庆外向型产业产值实现年均 30% 增长，郑州现代国际物流中心建设得到有力支撑。

中欧班列的开行为沿线国家的百姓带去实实在在的获得感，也为国内企业"角逐"海外市场打开了一条便捷通途。

未来，"钢铁驼队"越织越密和越铺越广的线路图，将扩展越来越大的"朋友圈"，创造更多新机遇。

（新华社西安 2024 年 5 月 25 日电　新华社记者唐诗凝、樊曦、夏晓）

"晒"出来的大市场！防晒衣里有"流量密码"

炎炎夏季，防晒衣是很多人的心头好。

云朵凉感、原纱防晒等一众概念走俏市场；从头到脚，从连帽、斗篷等款式到多巴胺配色，防晒穿搭成为夏日潮流。

防晒衣火了，这个产业有多大？艾瑞咨询联合相关品牌发布的数据显示，2023年我国防晒服配市场规模达到742亿元，预计2026年将达958亿元，防晒衣占比将超50%。

消费升级、供给"进阶"、科技赋能……"晒"出来的大市场里，有"流量密码"。

有需求，才有商机——

由"皮肤风衣"发展而来的防晒衣，之所以火爆市场，和防晒需求上升紧密相关。

一方面，大众防晒意识强了。"防晒抗初老""全年防晒"等话题在社交平台上盛行，不仅有流量，也带火了防晒用品、防晒穿搭，不仅女士防晒，儿童、男士防晒也成为市场新增长点。

另一方面，户外生活方式火了。登山露营、亲子出行、徒步骑行……随着人们越来越多地走向户外，防晒衣有了更丰富的应用场景。满足多样化需求的新型防晒产品不断涌现，融合时尚元素也成为防晒服饰的"加分项"。

五一前两周，京东平台儿童防晒衣、户外防晒衣成交额环比增长超100%，男士防晒衣、时尚防晒衣成交额环比增长超80%。

不止是服装，"防晒腮红口罩""冰袖""脸基尼"等也销量剧增。防晒产品正打破单一季节限制和固化标签，在审美和社交属性方面提供更多价值。

从头到脚"捂"起来，防晒衣也讲科技——

随着先进技术"织"入一丝一布,"千丝万缕"正走向"千变万化"。

比如,相比之前的涂层防晒,近期流行的原纱防晒就是在服装的源头——纱线中加入了防晒因子,制作成面料。这种工艺的加持,既保持了防晒效果,也更加透气舒适。

中国纺织工业联合会有关负责人表示,防晒衣卖的不仅是产品,也是功能,还要主打"科技内核"。不仅防晒,凉感、轻薄、透气、时尚同样是研发的主要方向。

这是材料的变化:凉感面料通过纤维材料组合、加工制造技术等,实现穿着干爽清凉;绿色环保的竹纤维和抗皱性强的聚酯纤维织在一起,更加透气吸湿、抗菌防皱……

这有制造的变迁:不少品牌在网络上生成 3D 数字化服装,缩短市场反馈周期,提升开发"爆款"的效率;通过工业互联网,服装、面料拥有"身份证",柔性生产更普及……

防止以次充好,要在真防晒上下功夫——

市场快速增长,防晒衣品种也是纷繁复杂。有些用概念炒噱头,有些虚标功能,有些打"擦边球",单衣、外套都当防晒衣。一些消费者也反映,是否真防晒,有时也"傻傻分不清"。

产品好不好,消费者用脚投票。做到真防晒、满足真需求,防晒衣才能从"网红"到"长红"。

这其中,相关部门要进一步完善防晒产品标准体系和检测体系,加强监管;商家要树立诚信经营的意识,做好产品;企业也要不断创新,创造高品质供给,回应多样化需求。

用供给"晋级"满足消费升级,"防晒经济"才能健康成长。人们期待着,未来能有更多美"布"胜收,在炎炎夏日,来个清爽出行。

(新华社北京 2024 年 6 月 11 日电　新华社记者张辛欣、张晓洁)

跨境电商贸易规模增长超 10 倍！这个"仓"不一般

轻点购物网站，"中国制造"数日后抵达家门口，世界各地的人们正在享受快速便捷的购物体验。

中国跨境电商发展有多快？过去 5 年，我国跨境电商贸易规模增长超过 10 倍。据各地初步统计，全国跨境电商主体已超 12 万家，建设海外仓超 2500 个、面积超 3000 万平方米。

为进一步支持跨境电商发展，商务部等九部门日前发布《关于拓展跨境电商出口推进海外仓建设的意见》，提出推动跨境电商海外仓高质量发展等多项举措。梳理近年来一系列支持外贸发展的政策举措，"跨境电商"和"海外仓"都是关键词。

海外仓是什么"仓"？

海外仓，是在境外通过自建或租用运营的数字化智能化仓储设施，有助于打通跨境贸易"最后一公里"。

业内人士给记者算了一笔账：普通跨境物流方式，海外买家下单后，国内卖家需要通过国际物流进行配送，涉及报关、清关等程序，一般耗时至少 5 至 10 天。直接从海外仓发货的物品，一般 1 至 3 天顾客就能收到。

如果说你对这个"仓"的印象，还停留于货品在海外的"住宅"，那么现在的海外仓，扮演的角色会让你大吃一惊。

让货物下单、发货、运输、配送实现全程可视化、提供消费者画像、定制化数据分析报告……基于数字化管理的海外仓整合物流、仓储、金融、分销等资源于一体，助力跨境电商在技术、模式、供应链等方面形成全新业态。

　　"既提升运输时效，也保障了用户体验感。"深圳市堡森三通物流有限公司销售总监叶汉梅说，2020年以来公司在荷兰、德国、英国建立了3个海外仓。

　　海外仓作为服务跨境电商的重要新型基础设施，直接拉近了中国卖家与国外客户的距离，简化清关流程，加快贸易周转，有利于破解退款、退换货等售后服务痛点，有效提升中国制造的全球竞争力。

　　全球化、互联网＋、大数据时代，外贸发展新业态愈发多样，如何加快建设海外仓？

　　要看到，海外仓并非在海外租建一个仓库那么简单，需要服务商有足够的资金实力和运行经验，以及应对当地政治、文化、法规差异等不确定风险的能力。

　　日前发布的意见有针对性地提出了"加强行业组织建设与人才培养""畅通跨境电商企业融资渠道""提升跨境数据管理和服务水平"等15条具体措施。

　　为推广海外仓建设经验，商务部印发一批实践案例：有的海外仓对上百万件商品进行智能管控，数据准确率达99%；有的海外仓根据当地市场特点，制定专

图为2024年5月1日在美国华盛顿拍摄的电子购物平台TEMU的网页。（新华社记者刘杰摄）

属营销策略；有的海外仓打造境外法务、财务、税务团队，帮助客户避免知识产权侵权等违规行为，规避各类税收风险……

展望未来，海外仓发展空间有多广阔？

从政策端来看，从国家到地方均加大力度支持海外仓建设，并以此为抓手挖掘外贸新动能。

从需求端来看，全球电商市场快速增长，跨境电商产业方兴未艾，海外仓向上成长的空间可观。

拼多多跨境电商平台 Temu 日前上线巴西站点，这是 Temu 开通的第 70 个国家站点，在南美市场布局中迈出重要一步。

阿里巴巴集团运营的跨境平台全球速卖通（AliExpress）2024 年 4 月在韩会员数约为 858 万，比 2023 年 4 月翻了一番。

澳大利亚市场研究公司罗伊·摩根的最新研究报告显示，每月有超过 200 万澳大利亚人在中国跨境电商平台 SHEIN（希音）和 Temu 线上平台购物。德国《商报》称，独家数据显示，1/4 的德国人已经在中国电商平台购过物。

凭借减少贸易中间环节、打破时空限制、完善物流技术与体系等优势，跨境电商成为我国外贸发展的新引擎。

今年一季度，全国跨境电商进出口 5776 亿元，增长 9.6%，其中出口 4480 亿元，增长 14%，占出口比重达 7.8%，拉动出口增长超 1 个百分点。

让全球购物更便捷，随着各项支持政策的进一步落地，以海外仓建设助推跨境电商发展，更多中国品牌将走向全球，更多全球好物将走进中国。

（新华社北京 2024 年 6 月 14 日电　新华社记者谢希瑶）

更快！看中国高铁"新动作"

时速 350 公里！京广高铁复兴号动车组列车全线实现；

夕发朝至！北京至香港仅需 12 小时 34 分，上海至香港仅需 11 小时 14 分。

15 日，中国高铁"新动作"频出，再迎新跨越。

早 8 时，首趟按时速 350 公里高标运营的 G871 复兴号动车组列车从武汉站开出，标志着京广高铁武汉至广州段安全标准示范线全面建成，京广高铁全线实现复兴号动车组列车按时速 350 公里高标运营。

晚 8 时许，D909 次动车组列车从北京西站启动，D907 次从上海虹桥站启动，分别奔向香港西九龙站。以此为标志，京港、沪港间首开高铁动卧列车，京港、沪港间实现夕发朝至。北京、上海至香港的全程旅行时间分别由 24 小时 31 分、19 小时 34 分压缩至 12 小时 34 分、11 小时 14 分。

这一天，复兴号智能动车组技术提升版列车亮相京沪高铁；上海—上海虹桥的超级环线高铁闪亮登场，横跨沪苏浙皖三省一市；全国铁路实行新的列车运行图，客货列车双双增加，铁路运输能力、服务品质和运行效率再提升……

路网越织越密，行程日益便捷。

一个个数据，印证着中国高铁的不断前行：到 2023 年底，全国铁路营业里程达到 15.9 万公里，其中高铁 4.5 万公里，"八纵八横"高铁网主通道已建成 80%、在建 15%，路网布局和结构功能不断优化。

"说走就走"，百姓出行半径随着"高铁经济圈"的扩大而延伸。来自国铁集团的统计数据显示，近年来，高铁的快速发展吸引了大量客流，动车组列车承担客运比重持续提高。

京广高铁本线全线实现复兴号动车组列车按时速 350 公里高标运营后，将进一步压缩沿线及周边城市间旅行时间。北京西、武汉、长沙南至广州南最快 7 小时 16 分、3 小时 17 分、1 小时 59 分可达，较目前分别压缩 22 分、23 分、19 分。

高铁飞驰，同时见证中国创新力的快速提升。

回望中国高铁发展历程，依靠自主创新，中国高铁基础设施和移动装备水平不断提升，一步一个台阶，经历了时速 200 公里、250 公里、300 公里、350 公里。

未来，高铁列车运行时速还将从 350 公里提升到 400 公里。目前，由国铁集团牵头实施的 CR450 科技创新工程正全面推进，其中 CR450 动车组样车正在加紧研制，将于年内下线。

伴随京广高铁武广段复兴号动车组列车按时速 350 公里高标运营，中国高铁安全标准示范线建设刻下新的里程碑。截至目前，我国已有京沪高铁、京津城际、京张高铁、成渝高铁、京广高铁等线路建成安全标准示范线，复兴号动车组列车按时速 350 公里高标运营的高铁营业里程达到 6798 公里。

看速度等级、动车数量、行车密度、运行能力、平稳舒适性和安全可靠性，中国高铁稳居世界领先水平。

在世界舞台上，中国高铁也早已成为一张亮丽的中国名片，展现着中国由"制造"向"智造"不断升级。

未来，中国高铁还将续写新的辉煌。

国铁集团党组书记、董事长刘振芳表示，经过"十四五"努力，到 2025 年全国铁路营业里程将达到 16.5 万公里，其中高铁 5 万公里，铁路网覆盖 99.5% 的城区人口 20 万以上城市，高铁网覆盖 97.2% 的城区人口 50 万以上城市，有力支撑区域协调发展。

高铁飞驰，伴随着中国发展的脚步，流动的中国将更加活力迸发。

（新华社北京 2024 年 6 月 15 日电　新华社记者樊曦、韩佳诺、丁静、王自宸）

延续回升向好！这些指标看 5 月份中国经济

进入年中，中国经济运行态势备受关注。

6 月 17 日，国家统计局介绍 5 月份国民经济运行情况，各项经济指标呈现稳步复苏态势。此前，国际机构纷纷上调中国经济增长预期。

经济稳不稳，基本面很重要——

内需拉动力持续激活。消费端，5 月份社会消费品零售总额 39211 亿元，同比增长 3.7%，比上月加快 1.4 个百分点；投资端，前 5 个月，全国固定资产投资（不含农户）188006 亿元，同比增长 4%。其中，制造业投资、高技术产业投资分别增长 9.6% 和 11.5%。

外需持续恢复向好。今年以来，我国外贸走出了一条殊为不易的反弹曲线。5 月份，我国货物进出口总额同比增长 8.6%，比上月加快 0.6 个百分点。前 5 个月，我国货物进出口总额 175042 亿元，规模创历史同期新高。

宏观政策效应持续释放。5 月份，全国规模以上工业增加值同比增长 5.6%，九成地区和八成行业实现增长。服务业生产指数同比增长 4.8%，比上个月加快 1.3 个百分点。

价格企稳是经济企稳的重要标志。5 月份，居民消费价格走势总体稳定，全国居民消费价格指数（CPI）同比上涨 0.3%。

不少关乎发展质量的指标凸显经济新动能、新活力——

聚焦新质生产力，各地创新热潮涌动。5 月份，全国规模以上高技术制造业增加值同比增长 10%，快于全部规模以上工业 4.4 个百分点。前 5 个月，设备工

2024 年 7 月 26 日，无人叉车在杭州中策钱塘实业有限公司轮胎数字工厂车间内装运物料。（新华社记者江汉摄）

器具购置投资同比增长 17.5%，制造业技术改造投资同比增长 10%，这将更大激发传统制造业中的新质生产力。

数字经济蓬勃发展，反映智能制造的数据十分亮眼。5 月份，智能无人飞行器制造行业增加值同比增长 75%，智能车载设备制造行业增加值增长 19.7%。

而随着电商新业态、新模式丰富消费供给，线上消费市场规模也在持续扩大。1 至 5 月份，实物商品网上零售额同比增长 11.5%，占社会消费品零售总额比重较 1 至 4 月份提高 0.8 个百分点。

也要看到，当前外部环境复杂性严峻性有所上升，国内有效需求仍显不足，内生动能仍待增强。

近段时间，一系列政策持续发力——

自 5 月"开闸"以来，超长期特别国债发行有序推进，于 5 月 17 日、5 月 24 日、

6月7日、6月14日发行共4次，发行总额达1600亿元；

为进一步支持跨境电商发展，商务部等九部门6月发布《关于拓展跨境电商出口推进海外仓建设的意见》，提出推动跨境电商海外仓高质量发展等多项举措；

《公平竞争审查条例》6月13日对外公布，并将于8月1日起施行；

……

各领域政策协同配合，同向发力、形成合力，中国经济转型升级持续推进。

继国际货币基金组织（IMF）上调今年中国经济增长预期至5%，6月14日世界银行发布中国经济简报，将2024年中国经济增长预期上调0.3个百分点。

个中原因，既有我国出口强于预期，也有各项政策实施的影响。世界银行中国局局长华玛雅表示，中国实施结构性改革既有助于在短期内保持增长势头，也有助于实现长期目标。

国家统计局新闻发言人刘爱华在17日举行的国新办发布会上说，中国经济回升向好、长期向好的基本面没有改变，从生产需求、政策支撑等因素分析，经济有望延续回升向好的态势。

中国经济是一片大海，而不是一个小池塘。尽管外部环境复杂多变，国内经济也面临一些困难和挑战，但随着创新动能的不断培育增强、超大规模市场潜力的持续释放，中国经济有底气、有力量破浪前行。

（新华社北京2024年6月17日电　新华社记者潘洁、魏玉坤、韩佳诺）

端牢饭碗！全国"三夏"小麦机收任务基本完成

夏粮，全年粮食生产的第一季。全力以赴抓好夏收，对于端牢14亿多中国人的饭碗至关重要。

目前，全国夏粮小麦收获进度已达96%，"三夏"小麦机收任务基本完成。

今年全国大规模小麦机收于5月下旬全面展开，由南向北快速推进。截至6月18日，西南、黄淮海等麦收重点地区收获基本完成，新疆、甘肃等西北地区小麦机收仍在进行。

麦收机具供给足。

各地共计投入联合收割机60多万台，随小麦梯次成熟，引导跨区作业机具

2024年5月29日，在河南省驻马店市西平县老王坡高标准农田，当地种粮大户联合农机合作社举行小麦开镰收割仪式。（新华社发　赵永涛摄）

自南向北有序转移。麦收高峰期有 9 天单日投入联合收割机在 20 万台以上、最多达 25 万台,小麦机收占比超过 98%。

更多高效低损收获机具投入生产一线,基本做到成熟一片、收获一片。

麦收服务保障强。

各地共设立高速公路绿色通道 2970 多条、跨区作业接待服务站近 3500 个,有力保障了农机跨区通行顺畅。开通农机作业服务保障热线电话 1340 多个,帮助解决麦收困难问题。

气象部门定期分析天气形势,及时发布预报预警信息,为小麦机收和农机转场提供参考。

各地中石油、中石化加油站开设农机优先优惠加油通道 5200 多个,在机收高峰期间开展"送油到田"服务。

麦收收获进度快。

全国连续 16 天日机收面积维持在 1000 万亩以上,麦收速度持续高峰推进,机收进度同比常年快 2 至 3 天,黄淮海重点省份集中机收结束时间均比常年快 5 天左右。

在此期间,局部受降雨影响地区组织开展雨前抢收,做到适收快收,为后续抢抓有利墒情开展机播作业争取充足时间。

麦收机收损失低。

各地在抢抓机收进度的同时,广泛组织开展机收技能培训和减损比武,麦收期间派出农机化技术骨干加强田间巡回指导,切实提升机手作业水平。

麦收完成省份初步监测小麦平均机收损失率维持在 1% 左右的较好水平,优于 2% 的行业标准要求,有力保障了夏粮小麦收获。

眼下,正是"三夏"大忙时节,夏种夏管正抓紧进行。克服高温干旱影响、抢抓农时抓好夏播,各地正在行动,科学调度水利工程,精心做好抗旱保夏播,为秋粮丰收夯基础。

（新华社北京 2024 年 6 月 18 日电　新华社记者郁琼源、于文静）

5 周年！科创板改革再出发

科创板，资本市场不断改革、拥抱创新的"试验田"。

6 月 19 日，在 2024 陆家嘴论坛期间，证监会发布《关于深化科创板改革 服务科技创新和新质生产力发展的八条措施》，这标志着科创板改革再出发，将为资本市场服务新质生产力打开新空间。

2018 年，黄浦江畔，"设立科创板并试点注册制"的宣告，开启了中国资本市场的一个全新板块。经过 5 年多的努力，这片"试验田"孕育科创"繁花"。

科创板改革旨在积极主动拥抱新质生产力

设置多元化上市条件，允许未盈利企业、特殊股权结构企业、红筹企业上市……截至今年 4 月末，科创板上市公司 571 家，一批关键核心技术攻关的"硬科技"企业登陆科创板，在集成电路、生物医药、高端装备等行业形成产业集群。

面对新的改革发展机遇，回望科创板服务科技创新 5 年来的"成绩单"，这片"试验田"逐渐成为战略性新兴产业及未来产业的聚集地，与新质生产力的重点发展领域高度契合。

"去年下半年以来，党中央多次对发展新质生产力作出部署。服务新质生产力发展，是资本市场义不容辞的责任，也是难得的机遇。"证监会主席吴清在 19 日召开的陆家嘴论坛上表示。

吴清介绍，证监会推出"科创板八条"，进一步突出科创板"硬科技"特色，健全发行承销、并购重组、股权激励、交易等制度机制，更好服务科技创新和新质生产力发展。

面对内外形势的不断变化，中国的产业变革必须加快新质生产力的发展。无

2024年6月19日，主题为"以金融高质量发展推动世界经济增长"的2024陆家嘴论坛在上海开幕。（新华社记者方喆摄）

论是培育壮大新兴产业、布局建设未来产业，还是加快传统产业的改造提升，都离不开资本市场更加顺应科技创新和新质生产力发展的规律，提供更有针对性的工具、产品和服务。

这给科创板提出了新的课题。作为新生事物，科创板的发展也还存在"成长中的烦恼"。比如，支持"硬科技"企业发展还不够精准有效、力度也有待加强；新股发行定价、再融资、并购重组、股权激励等基础制度的包容性、适应性还不足等。

市场各方期待，科创板在开板五周年的节点上深化改革，能够进一步激活资本市场能量，更好服务于新质生产力发展，让更多金融资源有效助力中国科技创新乘风破浪。

注册制走深走实需要持续发挥科创板"试验田"作用

这次科创板改革再出发，还有一个重要背景。去年召开的中央金融工作会议指出，"优化融资结构，更好发挥资本市场枢纽功能，推动股票发行注册制走深走实"。这为下一步注册制改革指明了方向。

5年前，注册制改革就是从科创板试点起步，形成了以信息披露为核心、交易所审核和证监会注册相衔接的注册制基本框架和主要制度规则，并逐步复制推广到其他市场板块。

科创板自设立之初就承担了支持科技创新和制度"试验田"的重要使命。本次科创板改革的深化，"试验田"先行先试的特点依旧明显。

无论是开展深化发行承销制度试点，在科创板试点调整适用新股定价高价剔除比例，还是优化科创板上市公司股债融资制度，推动再融资储架发行试点案例率先在科创板落地……科创板对于注册制改革的探索持续向前推进。

要看到的是，注册制改革走深走实、服务新质生产力发展是一项系统工程，政策开创性、敏感性、复杂性较强，需要持续发挥科创板"试验田"作用。

证监会有关部门负责人表示，在科创板上对相关制度规则先行先试，形成可复制可推广经验后，再推向其他板块。这样的路径安排更有利于改革平稳实施，风险也相对可控。

科创板改革有利于完善资本市场"1+N"政策体系

今年4月，国务院印发《关于加强监管防范风险推动资本市场高质量发展的若干意见》。该意见出台后，证监会密集出台了若干配套制度规则，涉及严把发行上市准入关、加强上市公司持续监管、加强退市监管等诸多方面。这些制度规则与意见本身逐步形成了"1+N"政策体系。

随着本次科创板改革的深化，"1+N"政策体系持续完善，传递出"强监管、防风险、促高质量发展"的鲜明信号。

"'科创板八条'坚持目标导向、问题导向。紧紧围绕服务新质生产力发展和高水平科技自立自强，在广泛听取科创板上市公司、行业机构、投资者、专家学者意见建议的基础上，全面梳理科创板存在的体制机制性障碍，通过进一步全面深化改革，及时回应市场关切。"证监会有关部门负责人说。

观察"科创板八条"的改革举措不难发现，在努力提升制度包容性、激发市场活力的同时，加强科创板上市公司全链条监管，从严打击科创板欺诈发行、财务造假等市场乱象，进一步压实发行人及中介机构责任，更加有效保护中小投资者合法权益也得到了重点关注。

（新华社北京2024年6月19日电　新华社记者刘慧、刘羽佳、桑彤）

国家审计：2023 年度"经济体检"报告出炉

审计就像体检，不仅查病，更为"治已病、防未病"。

2023 年中央部门预算执行审计发现各类问题金额 226.26 亿元，2023 年度审计发现并移送重大违纪违法问题线索 310 多件……

25 日，受国务院委托，审计署审计长侯凯向十四届全国人大常委会第十次会议作《国务院关于 2023 年度中央预算执行和其他财政收支的审计工作报告》，是对完整审计年度内政府经济运行情况的一次全面"检查"。

"经济体检"年年搞，今年有何不同？

——覆盖范围更广

"一年来，审计监督兼顾质量和效率，着力消除监督盲区和死角，高质量推进审计全覆盖。"审计署政策研究室副主任林海告诉记者，今年报告共涵盖 140 余个地方、部门和单位的审计情况，除了中央财政管理、中央部门预算执行等审计"传统项目"，还涉及重点民生资金、国有资产管理、重大违纪违法问题等方面。

据林海介绍，一方面，审计要对所有管理使用公共资金、国有资产、国有资源的地方、部门和单位进行监督，形成常态化、动态化震慑；另一方面，要力争审计一个领域或单位，就把最严重、最突出的问题揭示出来，形成实质性震慑。

今年报告更突出发展关切：

聚焦防范化解地方债务风险、4 类国有资产管理等关键环节和重点领域风险隐患；

回应百姓急难愁盼，着重选取教育、就业、乡村振兴重点帮扶县、乡村建设、畜牧水产品稳产保供等 5 项民生资金开展审计；

紧盯发生在基层和群众身边的不正之风，坚决查处"蝇贪蚁腐"，保障财政资金安全，严肃财经纪律。

——揭示问题更深

从审计结果看，2023 年，中央财政管理总体成效较好、中央部门本级预算执行重大违纪违法问题基本杜绝。

然而，主要审计项目下促进稳外贸政策落实不够精准和严格、扩投资相关举措未有效落实、节庆论坛展会加重基层负担、村庄规划与实际不符等具体问题仍在一些地方存在。

报告还充分关注到重大违纪违法问题的查处情况：2023 年 5 月以来，审计共发现并移送重大违纪违法问题线索 310 多件，涉及 1200 多人。

"查"不是目的，"改"才是关键。审计整改"下半篇文章"与揭示问题"上半篇文章"同样重要，必须一体推进。

从审计掌握的情况看，经济社会发展中存在的一些问题，有体制机制制度还不够健全和完善的原因，也与一些地方财经法纪意识淡薄、缺乏担当实干精神、本领不够能力不足、落实改革发展举措不到位等相关。

对此，报告提出一系列具有较强可操作性的审计建议。比如针对地方债务风险，提出完善专项债券项目穿透式监测；针对各类违反财经纪律的问题，提出开展专项整治，依法依规查处曝光一批……

截至今年 4 月，针对 2022 年度审计查出问题已整改 1.07 万亿元，制定完善规章制度 2840 多项，追责问责 2820 多人。

审计一头连着国家命脉，一头关系民生福祉。审计机关将加大对报告反映问题整改情况的跟踪督促力度，通过全面整改、专项整改、重点督办三种方式相结合的审计整改总体格局，更好推动问题整改到位，守护国家账本和人民利益。

（新华社北京 2024 年 6 月 25 日电　新华社记者邹多为）

科技之光，也是时代之光。"新华鲜报"记录的科技之光，彰显着新时代中国与世界同频共振的自信力量。

这是创新的"中国速度"——

每小时 400 公里，新型高铁要来了；5G 异网漫游，边远地区通信也"不掉队"。

这是创新的"中国高度"——

黄河之水天上来，那就到海拔 3300 米建个水电站；400 公里之高的空间站里过完大年，40 万公里开外，月球背面又开始首次"挖宝"。

科技之光

这更是创新的"中国刻度"——

从探访极地，到奔赴星辰；从气象"捕风捉光"，到"洞悉"微观世界；从自主育种把"中国饭碗"端得更牢，到不断敞开全球科创合作大门……梦想拾级而上，亿万中国人脚步不歇，齐力奏响新时代科技创新的畅想曲。

历史的长河，往往在蓦然回首时，更能看清波澜激荡。

一个个创新的"中国时刻"，托举起中华民族伟大复兴的梦想，镌刻下中国式现代化行稳致远的脚步。

新年海上首发！商业航天奔星辰

　　刷新全球运力最大固体运载火箭、我国运力最大民营商业运载火箭纪录……1月11日午间，我国山东海阳附近海域传来好消息：

　　引力一号运载火箭成功首飞，将云遥一号18-20星共3颗卫星送入预定轨道，圆满完成中国航天新年"海上首秀"。

　　冬日暖阳下，震撼的海上发射让前来"追火箭"的人群兴奋不已。大家纷纷掏出手机，记录这一珍贵的时刻。

　　"作为一个中国人，能亲眼看到我们的火箭和卫星上天，真的非常自豪。"

2024年1月11日，人们在山东省海阳市连理岛上观看海上火箭发射。（新华社记者李紫恒摄）

特地从江苏来观看火箭发射的游客李燕由衷赞叹。

让星辰和大海再度"牵手"，引力一号可谓"出手不凡"。

它的高度约为 30 米，足有十层的楼房那么高。

它的起飞质量达到 405 吨，起飞推力为 600 吨，比世界上现役推力最大的固体火箭欧空局"织女星－C"的起飞质量和推力还高出百余吨，可一次发射 30 颗百公斤级的小卫星。

古有"万户飞天"的求索，今有太空逐梦的拼搏。半个多世纪前，一曲《东方红》响彻寰宇。现如今，航天不断实现新突破，中国红闪耀太空。

一头连着太空梦想，一头连着国计民生。通信、导航、遥感……商业航天服务领域日益广泛。

作为当今世界最具挑战性和广泛带动性的高新技术领域之一，商业航天具有高技术、高风险、高效益和长周期的特点，仍有等待攀登的"科技高峰"，有广阔的市场前景等待开拓。

近年来，中国商业航天不断发力，特别是作为进入太空的"天梯"，民营商业运载火箭研制步入"快车道"。

朱雀二号成为全球首枚成功入轨的液氧甲烷运载火箭、力箭一号运载火箭"一箭 26 星"成功发射、谷神星一号运载火箭首次成功实施晨昏轨道发射任务、双曲线二号验证火箭完成垂直起降飞行试验……

捷报频传，中国商业航天加速成长。

不久前，中央经济工作会议明确提出打造商业航天等若干战略性新兴产业。

引力一号的海上首飞只是一个开端。

专家介绍，此次首飞成功，对进一步扩充我国中低轨卫星多样化、规模化发射能力，拓展我国运载火箭型谱、推动空间科学发展意义重大，标志着固体动力在宇航和商业航天运载领域的应用拓展取得了新的突破。

乘着技术创新和政策支持的"东风"，中国商业航天必将奔赴更加绚丽的星辰。

（新华社北京 2024 年 1 月 11 日电　新华社记者胡喆、宋晨）

首次表彰！"国家工程师奖"来了

工程科技是改变世界的重要力量。1月19日，"国家工程师奖"表彰大会在京召开，大会对81名"国家卓越工程师"和50个"国家卓越工程师团队"进行了表彰。

为何设立这个专门面向工程技术人才的"国家级大奖"？

党中央、国务院决定，首次开展"国家工程师奖"表彰，这是我国工程技术领域的最高荣誉，为的是表彰工程技术领域先进典型，激发引领广大工程技术人才埋头苦干、勇毅前行，作出新的更大贡献。

神舟飞天、高铁飞驰、巨轮远航……党的十八大以来，我国重大工程不断"开张"、大国重器接连"刷屏"，背后的"功臣"正是千千万万名一线工程师。

从国家科学技术奖、国家工程师奖等国家级表彰奖励，到未来科学大奖、科学探索奖等民间科学技术奖项，不断丰富多元的各类奖项，激励着广大科研工作者和工程科技人员向科技创新要答案。

此次受表彰的81人、50个团队都是谁？

他们中，有大工程、大装置的核心骨干，也有新技术、新发明的领军人物；有年过七旬依然奋战一线的"老工匠"，也有"初生牛犊不怕虎"的"90后"……他们都是创新路上不停歇的领跑者，坚持把论文写在祖国的大地上。

从建筑、能源与化工领域到装备制造领域，从信息电子领域到农医与环境领域……这些受表彰的卓越工程师们覆盖了很多重点工程领域。来自企业的个人和团队占比较大，凸显了企业科技创新的主体地位。

受表彰的个人和团队会获得什么奖励？

本次表彰对受表彰的个人颁发奖章、证书，授予"国家卓越工程师"称号；

图为 2023 年 7 月 26 日拍摄的"中国天眼"全景（无人机照片，维护保养期间拍摄）。（新华社记者欧东衢摄）

对受表彰的团队颁发奖牌、证书，授予"国家卓越工程师团队"称号。

值得一提的是，庄重大气的奖章，可谓是颇具深意、细节满满——

奖章章体通径为 60 毫米，银镀金材质，约重 115 克，以红、金为主色调，中央的五角星和天安门元素，彰显国家级荣誉的崇高地位和模范引领作用；外圈铺满高铁、大桥等代表性工程技术成果元素，象征我国科技事业发生的历史性、整体性、格局性重大变化。

创新路上，继续奔跑！在科技飞速发展的今天，广大工程技术人员将以这些卓越工程师为榜样，攻坚克难、创新争先，加快实现高水平科技自立自强。

（新华社北京 2024 年 1 月 19 日电　新华社记者温竞华、张泉、彭韵佳）

中国育种新突破！ 这"三鲜"有了"中国芯"

春节临近，人们的餐桌和年货购物车里肉食种类丰富，"地上跑的""水里游的"，国内外产品花样繁多。

根据农业农村部和中国农科院最新统计，我国自主培育的肉牛品种华西牛，近三年冻精市场推广占比 17.8%；自主培育的 12 个南美白对虾新品种，市场占有率达到 35%；国产白羽肉鸡品种市场占有率提升到 25.1%。

种子是农业的"芯片"。中国种子，其实不只是粮食蔬菜，动物种源也是广义的"种子"。鸡、牛、虾，餐桌上看着普通的这些品种，以前种源不同程度靠进口，白羽肉鸡种源甚至 100% 依靠"洋种子"。

这是为啥？

吃得少、长得快、得病少、生得多，是"洋种子"的普遍特点。发达国家发展现代畜禽养殖时间早，基础数据和繁育体系强；我国发展现代畜禽养殖只有数十年，虽然核心种源自给率超过 75%，但育种技术和效率还有不小差距。

只有核心种源攥在自己手里，才能不管国外形势怎样，咱老百姓的餐桌有保障。

三件"宝贝"是如何一步步通过自主培育、到百姓碗里来的？

正如炒菜需要好的食材、炊具、烹饪技术，育种也要有好的种质资源、科研平台、育种技术。近年来，我国三管齐下，加快产学研合作，步步为营。

以"一只鸡"为例，白羽肉鸡适合做快餐、团餐和加工制品，供给量占我国鸡肉市场半壁江山。历经几十年磨一剑，2021 年底三个国产品种通过审定，实现了"从 0 到 1"的突破。如今，自主培育品种市场占有率 25.1%，去年还出口坦桑尼亚，试水国际市场。

鸡、牛、虾，这"三鲜"的一小步，是中国饭碗的一大步。

2021年我国实施种业振兴行动以来，着力推动"一年开好头、三年打基础、五年见成效、十年实现重大突破"。

2023年是实施种业振兴行动第三年。"地上跑的""水里游的"，育种基础打得咋样？

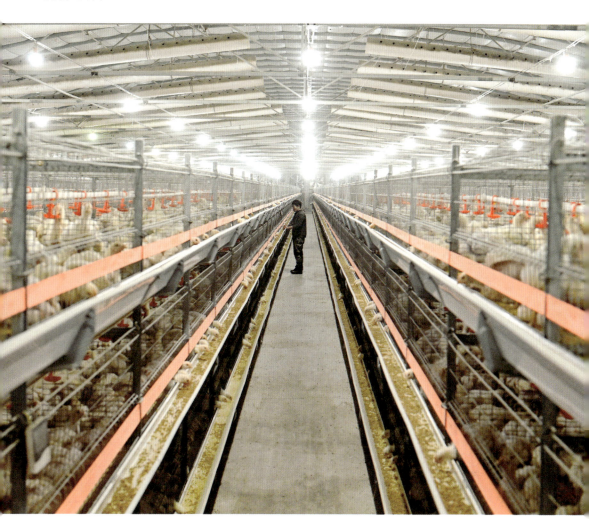

2023年12月16日，河北省滦州市滦城街道办事处杨家院村一家肉鸡养殖合作社的社员在鸡舍内工作。（新华社记者杨世尧摄）

成绩单挺亮眼。全国农业种质资源普查已经完成，其中新发现帕米尔牦牛等畜禽品种资源 51 个，采集制作水产资源 12 万多份。

同时，国家海洋渔业种质资源新库建成运行，畜禽种质资源库加快建设。300 个种畜禽场站、101 个水产原良种场组成良种繁育"国家队"，基本实现猪牛羊禽、鱼虾蟹贝全覆盖。

上述巨大宝库，是我们发展这"三鲜"、培育更多"鲜"的底气。

围绕这些陆海"宝贝"，下一步如何齐发力？

龙头企业将与科研单位、金融机构、种业基地携手，开展关键核心技术攻关和育种联合攻关，农业科研"国家队"将强化应用导向的关键核心技术攻关，提升种源市场竞争力。

"一粒种子可以改变一个世界，一项技术能够创造一个奇迹。"农业科技的进步，终将体现在老百姓餐桌的一蔬一饭，鱼羊为"鲜"。有了"中国芯"加持，中国饭碗、中国味道值得期待！

（新华社北京 2024 年 1 月 24 日电　新华社记者于文静、郁琼源）

南极新地标！秦岭站"中国范儿"

2月7日，习近平总书记致信祝贺中国南极秦岭站建成并投入使用。

今年是中国极地考察40周年，从昆仑站、泰山站到秦岭站，南极考察站"中国范儿"，体现着科学探索精神，也体现着泱泱大国的文化自信。

回答何以"秦岭"，一定程度上也是回答"何以中华"。

习近平总书记说："秦岭和合南北、泽被天下，是我国的中央水塔，是中华民族的祖脉和中华文化的重要象征。"

何为"祖脉"？莽莽秦岭，人文悠悠。距今百万年前，蓝田人就在山谷间繁衍生息，此后半坡人等留下足迹。从八百里秦川看河洛中原，从长安望洛阳，多元而又大一统的中华文化在此发展壮大。

秦岭横亘在祖国大地上，东西绵延1600多公里，用庞大身躯阻挡南北气流，成为中国气候、地理分界线。秦岭无畏风霜，不屈不挠，犹如中华民族的脊梁。

秦岭是生物多样性"自然基因库""天然药库"，"秦岭四宝"朱鹮、大熊猫、羚牛、金丝猴等闻名天下。

昆仑、泰山、秦岭，我们的山在中国，在南极，在炎黄子孙的魂牵梦绕里。

昆仑山，中华民族文化史上的"万山之祖"，中国上古神话传说同昆仑山密不可分。昆仑山脉2500余公里，横亘于青藏高原之上，承载了华夏民族最瑰丽的想象。

泰山有"五岳之首""天下第一山"之称，是中华民族的精神家园，东方文化的一个缩影，具有特殊的历史、文化、美学价值。泰山是联合国教科文组织批准的中国第一个世界文化与自然双重遗产，承载着世代中国人家国天下的梦想与追求。

一位极地工作者特别提出，一定要告诉大家：秦岭站背倚着"另一座秦岭"。

这就是著名的横贯南极山脉。山脉绵延约3500公里，平均海拔4000多米，将南极洲一分为二。这是南极大陆的脊梁，也承载着丰富多样的生命奇迹。

极端环境，使南极大部分地区几乎没有陆地动物，然而在横贯南极山脉及其周边却有一系列独特的动物栖居。

著名的帝企鹅就栖息在山脉及周边冰原和海岸线上。雪鹱、信天翁、南极海豹、南极燕鸥、南极蠓、南极贼鸥等，在冰天雪地之间，证明着生命的美丽与韧性，坚定着我们保护这片美丽净土的信念。

以大山之名承诺，我们要和它们一起，在这颗美丽而脆弱的蓝色星球上繁衍生息。

（新华社北京2024年2月7日电 新华社记者王立彬、周圆）

龙年大吉！中国空间站里过大年

　　2月9日，农历除夕，正在太空出差的神舟十七号航天员乘组从我们的"太空之家"中国空间站送来龙年新春的祝福。

　　贴春联、挂灯笼、系中国结……在浩瀚太空，中国空间站内"年味儿"十足。

　　作为我国载人航天工程进入空间站应用与发展阶段后首个在太空过大年的航天员乘组，3名航天员特意穿上了喜庆的"祥云服"，把中国人自己的"太空家园"仔细装扮了一番。

　　即便身处太空，年夜饭也不可少。今年中国"天宫"里的年夜饭，依旧有饺子、

2024年1月17日，搭载天舟七号货运飞船的长征七号遥八运载火箭，在我国文昌航天发射场点火发射。（新华社记者杨冠宇摄）

桂花芝士年糕、八宝饭，还有寓意"十全十美"的八珍鸡、老汤牛肉等十大菜肴。除此之外，航天员还可以与家人朋友打电话，在轨收看春晚。

在太空中过春节、享"年货"，离不开科技实力的"硬支撑"。

不久前，天舟七号货运飞船从海南文昌出发，除携带多个科学载荷和空间站所需的物资、补给外，还专门为航天员送去龙年春节"年货"和新鲜果蔬大礼包。

天舟七号是世界现役货物运输能力最大、货运效率最高、在轨支持能力最全的货运飞船。如此强大的"带货"能力，离不开航天科技工作者日复一日、年复一年的攻关与探索。如今，我们还在为研制更强大的货运飞船不懈努力。

航天是一项"万人一杆枪"的事业，在飞行控制中心、在测控站、在大漠戈壁、在大山深处，万家团圆时，航天工作者们依然坚守岗位，尽百分百努力，精准实施空间站运行管理，保障航天员在轨健康生活和高效工作。

习近平总书记指出，建造空间站、建成国家太空实验室，是实现我国载人航天工程"三步走"战略的重要目标，是建设科技强国、航天强国的重要引领性工程。

曾几何时，在太空拥有自己的空间站，是一个遥远的梦。经过我国广大科技工作者奋斗拼搏，梦想已经成为现实。

中国空间站的建成和稳定运行，意味着我们距离建设航天强国的目标更近了一步，在勇攀世界科技高峰的征程上再下一城。

除夕的测控大厅大屏幕上，一行红字清晰醒目：天和舱在轨运行 1016 天，神舟十七号乘组在轨驻留 106 天。

这是一组不断更新的数据，未来还将创造更多属于中国的"太空奇迹"。

（新华社北京 2024 年 2 月 9 日电 新华社记者胡喆、李国利）

扫码观看视频内容

"太空之家"过大年！喜气豪气

　　"探宇神舟起龙势，凌霄盛景畅天和"——

　　龙年春节，远在 400 公里高空的中国空间站也和中华大地上的千家万户一样，换上了新的春联，贴满了喜庆的"福"字与窗花，满满的幸福与祥和几乎"溢出屏幕"。

　　"祝福伟大祖国龙腾虎跃、繁荣昌盛，祝福全国各族人民龙年大吉、顺遂安康！"神舟十七号航天员乘组的祝福"从天而至"，斗转星移间，这已是中国航天员第三次在自己的"太空之家"迎新春、过大年。

　　"逐梦飞天同守岁，龙骧虎步共迎春""建强国激流勇进，筑天宫奋楫扬帆"，

2024 年 2 月 9 日，农历除夕，正在太空出差的神舟十七号航天员乘组从我们的"太空之家"中国空间站送来龙年新春的祝福。（新华社发 刘琼编制）

两副分别由神舟十三号、神舟十五号乘组书写的春联文采斐然，字里行间尽是由蔚蓝星球飞向浩瀚星空的勇毅笃行。

这几天来，神舟十七号航天员乘组没有停下训练和工作的脚步，正在为不久后的太空出舱任务和大量科学实验进行充分准备。

曾几何时，九天揽月、遨游苍穹是先辈们苦苦追寻的飞天梦想。而今红彤彤的灯笼映衬着浩瀚星河，绘就出一幅属于中国人独有的浪漫画卷。

灿烂文化积蓄自信底气，中国精神挺起"问天"脊梁。我们的载人飞船叫"神舟"、导航卫星叫"北斗"、月球探测器叫"嫦娥"、太阳探测卫星叫"羲和""夸父"……每一个响亮的名字背后，都闪耀着刻在中国人骨子里的浪漫，彰显着探索、进取、求真的科学精神和更加坚定的文化自信。

栉风沐雨，却行之弥坚，中国航天人自立自强、创新超越，终将千年飞天梦想一步步变为现实，谱写出一曲波澜壮阔、气势如虹的"太空进行曲"。

从天和核心舱成功发射入轨，用时不到两年，我国就完成了以天和核心舱、问天实验舱和梦天实验舱为基本构型的空间站组装建造，建起一座国家级太空实验室。

没有综合国力的坚实托举，没有中国航天人的接续奋斗，就没有中国航天的虎跃龙腾，更不会有中国传统文化的醒目标识印刻在全人类向往的浩瀚太空。此时此刻天宫里的春节气息，更加点燃中国人的喜气、激扬华夏儿女的豪气。

探索浩瀚宇宙，发展航天事业，建设航天强国，是我们不懈追求的航天梦。

神舟十八号载人飞船、天舟八号货运飞船、神舟十九号载人飞船将在这个龙年扶摇直上，巡天探宇。

中国航天，龙行龘龘！

（新华社北京 2024 年 2 月 10 日电　新华社记者宋晨、李国利）

"捕风捉光"，气象服务助力新能源发电

今年 3 月 23 日是第 64 个世界气象日，主题是"气候行动最前线"。面对愈加频繁的极端天气和全球变暖等气候危机，减缓气候变化已刻不容缓。

发展新能源是应对气候变化的重要举措之一，而气象服务对于新能源产业发展不可或缺。

不久前，中国气象局印发《能源气象服务行动计划（2024—2027 年）》，提出加强清洁能源发电精细化服务，助力新型电力系统建设，明确到 2027 年，基本建成适应需求、技术先进、机制完善的能源气象服务体系。

气象服务对新能源发电有多重要？

新能源的大规模开发和精细化选址，少不了气候资源普查"找资源"；千变万化的风光资源有多少能转化成电，要靠天气预报做支撑；极端天气下降低对电力设施的影响，也得紧盯灾害预警……气象服务新能源涉及方方面面。

出门没看天气预报，忘带伞可能会淋雨，对于风光等新能源发电来说，如果天气预报有偏差，整个电力平衡都会受影响。不同于传统煤炭发电可以"随用随发"，新能源发电要"捕风捉光"，随机性和波动性带来巨大挑战。

"假如风速预报偏差 1 米／秒，风力发电功率预测的最大误差可能会达到 30% 左右。"中国电科院新能源研究中心预测预报技术研究室主任工程师王铮借助数据分析发现，天气预报是否精准对新能源出力预测准确率影响很大。

近年来，我国风电、光伏发电等新能源装机规模持续扩大。只有实现精准的天气预报，才能把握新能源发电的"脉搏"，保障电力安全稳定供应。

50 米、70 米、100 米等不同高度的风速、风向，以及辐照度、云量……与我们日常天气预报不同，这些相对陌生的气象指标与新能源发电功率预测息息相关。

图为 2024 年 1 月 10 日在重庆市石柱土家族自治县鱼池镇千野草场拍摄的风力发电机组（无人机照片）。（新华社记者黄伟摄）

新能源功率预测，就是将气象要素预报结论输入发电功率模型，然后计算出风、光电场能发多少度电，再据此形成生产调度计划，从而做好运行安排、电力输送。

"捕风捉光"，精细化的能源气象服务一直在路上。

当前，中国气象局风能太阳能气象预报系统已面向全国省级气象部门下发，使得国省两级均具备新能源气象预报服务能力。多个省份都在加强新能源产业气象服务：湖北持续十余年研发功率预测技术；内蒙古研制短期风速预报订正、未来 10 天逐时精细化预报、未来 50 天逐日风电光伏发电预报产品；江苏打造全国首个海上风电智能气象服务系统……

风能太阳能发电精细化气象服务示范计划于 2023 年正式启动，中国气象局风能太阳能中心科学主任申彦波说："示范计划目前覆盖 4 个直属单位和 21 个省级气象局，通过'赛马制'遴选最优预报产品，在'比武练兵'中持续提高预报准确率。"

"到 2027 年，风电和光电功率预报准确率要分别达到 86% 和 88%。"申彦波说。

那么，如何才能实现这个小目标呢？超算和算法这两把"算盘"是关键。

首先，借助超算可以在空间上将经纬度坐标尽可能精细，预测数据的网格越来越小；从时间上提升预测频率，例如遇到极端天气每小时滚动更新数据。针对沙尘天气下光伏发电出力预测，超算运行模型可以得出不同覆沙厚度对发电的影响。

其次，基于历史天气的大数据样本库，借助算法建立不同地形地貌、季节和台风、寒潮等极端天气影响下风电出力精准预测模型，分类越细致、预报越聪明。

随着大数据、人工智能等数字信息技术的广泛应用，我们掌握天气变化的能力在加速进步。之前"靠天吃饭"，现在"八九不离十"。"气象＋新能源"，让风光发电更"靠谱"。

未来，天气预报还能算得更快、看得更远，相信有了这般加持，新能源发电也会有更多胜"算"在握。

（新华社北京 2024 年 3 月 23 日电　新华社记者唐诗凝）

"超级显微镜"上新!
中国散裂中子源二期工程启动建设

探索科学前沿,如何拥有透视物质材料微观结构的超级"慧眼"?答案就藏在广东省东莞市松山湖科学城一片依山而建的建筑群里。

这里是世界第四台、我国第一台脉冲型散裂中子源——中国散裂中子源的所在地。在一期工程运行5年多的基础上,3月30日,中国散裂中子源二期工程启动建设,将为解决国家重大需求和产业发展关键问题提供更加坚实的支撑。

听起来有点"不明觉厉"?简单来说,散裂中子源的原理就是首先想办法产生大量中子,再把中子作为探针,研究物质材料的微观结构。这样的一台"超级显微镜",它的作用主要是服务于各个领域的前沿研究。

来自中国科学院的数据显示,一期工程至今,中国散裂中子源已完成11轮开放,每年运行时间超过5000小时,开放时长和效率都处于国际同类装置的领先水平。目前,注册用户超过6000人,已完成1500多项课题,不少来自国外。

中国散裂中子源对于解决国家重大战略需求和前沿科学诸多领域的关键问题有着重要意义,目前已在航空航天关键部件、锂离子电池、稀土磁性、新型高温超导等重点领域取得了一批科技创新成果。

从航空关键部件的金属疲劳到高铁车轮的寿命长短,从电动汽车的电池性能到高温超导材料的自旋涨落,过去5年,依托散裂中子源,科研人员在能源、物理、材料、工程等多个前沿交叉领域取得了一系列重要科技创新成果,悄悄地改变了人们的生活。

就连治疗癌症的新手段——硼中子俘获治疗装置(BNCT),也是散裂中子源在医疗领域产生的重大科技成果转化项目，由散裂中子源建设过程中积累的技术转移转化而来。该装置目前已经在东莞市人民医院部署，今年将开展临床研究。

"超级显微镜"不断扩容，二期工程有哪些提升值得期待？

据中国科学院高能物理研究所副所长、中国散裂中子源二期工程总指挥王生介绍，二期工程建设周期预计 5 年 9 个月，主要有两个重点方向：一方面是建设 11 台中子谱仪和实验终端，二期工程建成后中子谱仪总数将达到 20 台，新建的中子谱仪将聚焦磁性超导量子材料、生命科学、催化材料等研究领域，还要新建国内首台缪子实验终端和高能质子实验终端；另一方面是提升装置的核心性能指标——加速器打靶束流功率，设计功率将从一期工程的 100 千瓦提高到 500 千瓦。

"二期工程建成后，散裂中子源在同等时间内将产生更多中子，不仅能够有效缩短实验时间，还能使实验分辨率更高，测量更小的样品，捕捉更快的运动过程，中国散裂中子源的研究能力将基本覆盖中子散射所有应用领域。"王生说。

庞大、精密的科研设施，离不开我国雄厚的科研实力和制造能力。没有一定水平的工业技术，没有坚实的工业基础，很难建设这样的大装置。

目前，中国散裂中子源二期工程已经在关键技术预研方面取得重要进展，国内首台高功率高梯度磁合金加载腔已正式投入运行，P 波段大功率速调管顺利通过验收。此外，中子探测器、中子导管、中子极化器的研制也取得了突破。

从一开始解决"有没有"的问题，到现在直面"好不好"，一批"大国重器"正瞄准重大科技基础设施的国际先进水平提升性能，为加快培育新质生产力提供不竭动力。

（新华社广州 2024 年 3 月 30 日电　新华社记者陈宇轩、梁希之）

平均海拔 3300 米！黄河流域在建海拔最高、装机最大水电站首台机组并网发电

黄河之水天上来。4 月 1 日，玛尔挡水电站首台 5 号机组正式并网发电，青海省果洛藏族自治州玛沁县拉加峡谷，奔腾的水流一泻而下，在黄河"几"字形流势上添上一笔新"绿"。

玛尔挡水电站位于青海省海南藏族自治州同德县与果洛州玛沁县交界处的黄河干流上，总装机容量 232 万千瓦，项目所在地平均海拔 3300 米，正常蓄水位 3275 米，是黄河流域在建海拔最高、装机最大的水电工程。

玛尔挡水电站规模有多大？

记者在现场了解到，机组厂房地下距大坝顶部 167.8 米，由 30 多个洞室群组成，25 层楼高，总面积可容纳 32 架 C919 国产大飞机。配套的 750 千伏超高压云杉变电站也是国内海拔最高的超高压变电站。

事实上，黄河流域已建在建的水电站超 20 座。1976 年，从我国开建黄河上游第一座大型梯级电站——龙羊峡水电站，到如今，玛尔挡水电站首台机组顺利并网发电，每一步都在迈向一个新起点。

选择在高海拔地区建设水电站有哪些优势？

国家能源集团玛尔挡公司总经理陈玉林介绍，建设地周边山顶海拔 4000 米以上，风速快，利于风力发电站建设。同时，当地空气洁净，日照辐射强，开发利用价值高。其特殊的地形地质特点，适合建设抽蓄电站，可将光伏、风力电能转化为重力势能储存起来。

当前，探索使用水能、风能、光能和抽水蓄能实现多种能源相互补充发电，成为破解新能源高比例运行的关键技术，玛尔挡水电站建设具有示范作用。

从治理黄河到开发保护，股股奔流转化出澎湃绿电，照亮万家灯火，产生清洁能源正成为推动黄河流域绿色发展的重要力量。

图为 2024 年 4 月 1 日拍摄的玛尔挡水电站（无人机照片）。（新华社记者张龙摄）

预计今年底，玛尔挡水电站机组将全部投产发电，平均年发电量将达到 73.04 亿千瓦时，可满足 182.5 万个年用电量 4000 度的家庭正常用电需求，改善当地藏区的交通、电力、通讯等基础设施条件，带动当地经济发展。

高海拔建水电站非一时之功。中国水利水电第三工程局有限公司玛尔挡项目党支部书记、经理张成说，高反、低含氧量，每年冬季长达 6 个月、最低气温可达零下 30 摄氏度，这让劳动者的体能和设备的工作效率大幅下降。

2021 年至今，大坝填筑、厂房开挖、机组安装、首台机投产……关键节点目标都如期实现，创造了高海拔地区、高山峡谷多项施工方法的新突破和工期的新纪录。

以往，冬季室外无法浇筑混凝土，项目方探索实施暖棚法、伴热带加热及棉被覆盖保温措施，创新给排水管"穿衣服"，给作业面"搭棚子""烤炉子"、给混凝土"盖被子"等，将原设计的 4 个月冬歇期转化为施工期，有效提升冬季混凝土施工质量和进度。

玛尔挡水电站这项大工程的实践，是高海拔水电施工技术的创新之举。中华大地上，一项项重大能源工程，跨越山水，"风""光"无限，不断为大国能源供应和安全积蕴动能。

（新华社西宁 2024 年 4 月 1 日电　新华社记者解统强）

行程 8 万海里:"雪龙兄弟"带回来什么?

4月16日,执行中国第40次南极考察的"雪龙"号、"雪龙2"号全部返回上海母港。

翻阅航行日记、数据库、样品箱,看看考察队都带回了哪些成果。

这是一组定格在中国南极考察史上的新纪录:

首次由"雪龙"号、"雪龙2"号、"天惠"轮3船保障实施的南极考察;历时5个多月,总航程8.1万余海里;"雪龙2"号创历史纪录地8次穿越"咆哮西风带";建设完成中国南极考察站里面积最大的单体建筑——5120平方米的秦岭站主体建筑;直升机单日最高吊运物资211吨……

于中国极地考察40周年之际开展的这次考察,成果不断、看点颇多。

——看一个"新"字:建成一座新站

2月7日,经过52天奋战,我国第5个南极考察站秦岭站建成。

新考察站,新在建筑设计。外观呈南十字星造型,一体式设计别具一格;采用高效便捷的模块化安装,模块化率达到45%;新能源占比超60%等。可以说秦岭站为极地建筑树立了新标杆。

新考察站,也新在科研价值。罗斯海被认为是地球上最后一个海洋原始生态系统,历来是南极考察的热门区域。美国、新西兰、意大利、韩国等在此纷纷建站,足以窥见其重要性。

展望未来,融新理念、新技术于一体的秦岭站,将为全球评估南极生态环境和气候变化提供基础支撑,为了解罗斯海区域自然特征提供重要保障。

——看多个"首次"：探秘"5站5海"

460多人组成的考察队脚步遍布长城站、中山站、昆仑站、泰山站、秦岭站，宇航员海、阿蒙森海、南极半岛海域、普里兹湾、罗斯海。

先看看"5站"。考察队完成了5个考察站度夏调查，取得一批重要进展和成果。其中，昆仑站首次开展了近红外天文观测及近地空间环境全时段监测，为开展全年空天观测提供了坚实基础。

再说说"5海"。有研究者指出，我们对这些海域的了解并不比月球背面多多少。本次考察队围绕气候变化对南极生态系统的影响和反馈等前沿科学问题，开展了一系列研究。特别是布放了我国在极地的首个生态潜标，有助于更好分析南极主要生物种群状态及气候变化潜在影响。

"极地生态系统评估和海陆空立体观监测能力全面提升。"考察队领队、首席科学家张北辰如是总结。

——看"国"字号：应用多套国产装备

冰雪大陆上时常能见到"中国智造"，这次尤其多。

在内陆腹地，测试和应用自主研发的近红外望远镜、可移动太赫兹望远镜系统、南极无人值守智慧能源系统等。在大洋考察中，生态潜标的主要生态传感器是自主研发。在秦岭站建设现场，国产机械设备占比超90%……

——看极地科普：连办3场公众开放日

考察船护航科考，也是科普极地知识的窗口。本航次，"雪龙"号和"雪龙2"号共计举行了3场公众开放日。其中"雪龙2"号更是首次到访香港，一系列科研交流、科普讲座活动，掀起一场"极地热"。

正如"雪龙2"号访港筹备委员会主席马逢国所言，原本陌生的"雪龙2"号和"极地科考"成了香港市民熟悉的词语，尤其是激发了年轻人对极地科研的兴趣和热情。

南极万里之遥，考察成果离我们并不远。

比如，广受关注的南极磷虾。它是南大洋最大的潜在渔业资源，蛋白质含量也远高于牛肉和一般鱼类，目前主要制作成精饲料和虾油。一系列磷虾调查，能更好地了解和开发磷虾资源。

再比如，海洋中微塑料的危害之一，是通过食物链进入海洋生物体内，如果人类食用这些生物，身体健康将受到威胁。本次考察队南大洋业务化调查项目之一就是分析海洋中微塑料含量。

此外，气象保障员每天定时记录气象数据，能够有效丰富数值模式，提高气象预报准确度；一些设备在极端环境中测试和应用，相关技术未来可能出现在你我身边……

8.1万余海里，相当于绕地球赤道约四圈，"雪龙兄弟"船舱和储存盘里更多的宝贝，未来的日子将陆续为我们揭晓。

（新华社"雪龙2"号2024年4月16日电 新华社记者王立彬、周圆）

时速 400 公里！CR450 动车组样车年内下线

高铁，我国自主创新成功的一个范例，在领跑世界的同时将如何书写更快的"中国速度"？

记者 4 月 18 日从中国国家铁路集团有限公司了解到，由国铁集团牵头实施的 CR450 科技创新工程目前正全面推进，其中 CR450 动车组样车正在加紧研制，将于年内下线。

据国铁集团科技和信息化部负责人介绍，CR450 科技创新工程主要包括 CR450 动车组和时速 400 公里高铁线路、桥梁、隧道等基础设施技术创新。CR450 动车组的研制是在 2017 年下线的复兴号中国标准动车组 CR400 的基础上又一次技术突破，

2023 年 6 月 28 日，CR450 动车组试验列车在湄洲湾跨海大桥交会运行，单列最高运行时速达到 453 公里。（铁科院集团公司供图）

列车运行时速将从 350 公里提升到 400 公里。

提速 50 公里,意味着什么?

50 公里,不仅仅是一个数字,更是一种时空距离的重构。研究表明,乘坐时速 200 公里以上的动车组,最佳旅行距离在 800 公里以内;时速 300 公里的高铁,最佳旅行距离在 1200 公里左右;时速 400 公里等级,最佳旅行距离将延长到 1600 公里。

50 公里,意味着整个高铁产业链的提质升级。一列复兴号动车组大概由 50 多万个零件组成,涵盖了机械、冶金、材料、电力电子、化工、信息控制、计算机、精密仪器等众多技术领域。CR450 动车组列车在时速提高的同时,噪音和能耗等环保指标都不超过 CR400 复兴号列车。这就为轻质高效的新材料、新技术提供了广泛的应用空间,也带动了高铁产业链不断提质升级。

根据已知的试验数据,CR450 车体的重量比既有的 CR400 复兴号列车减少 12% 左右,同时运行阻力、能耗指标各降低 20%;制动性能和牵引效率分别提升 20% 和 3%,让列车在制动距离、噪音、能耗指标不变的情况下,实现运营时速提高 50 公里。

目前,时速 400 公里基础设施技术创新和更高速度综合试验段建设取得重要进展。CR450 动车组已完成顶层指标和总体方案制定,进入施工设计和样车研制阶段,样车将在年内下线,并将开展一系列行车试验。

回望中国高铁发展历程,依靠自主创新,中国高铁基础设施和移动装备水平不断提升,一步一个台阶,经历了时速 200 公里、250 公里、300 公里、350 公里。

如今,中国高铁已经形成全球最大的运营网络,国内通车里程超过 4.5 万公里,复兴号通达 31 个省区市。

未来,CR450 科技创新工程取得的相关科研成果将广泛运用于铁路建设和运营领域,进一步提升铁路科技自立自强能力,巩固扩大我国高铁技术世界领跑优势。让我们一起期待。

（新华社北京 2024 年 4 月 18 日电　新华社记者樊曦）

更大更先进！第二艘国产大邮轮要来了

造船工业"皇冠上的明珠"——大型邮轮又传来好消息！第二艘国产大邮轮开始总装搭载，建造进入加速期。

4月20日，长341米、宽37.2米、总吨位超14万吨的"大家伙"——国产大型邮轮"2号船"进入中国船舶集团上海外高桥造船有限公司的2号船坞，这标志着我国邮轮建造批量化设计建造能力基本形成。

2023年11月，首艘国产大型邮轮"爱达·魔都号"命名交付，让中国在全球大型邮轮设计建造领域有了一席之地。今年1月，"爱达·魔都号"正式开启商业首航，驶入百姓生活。

如今，第二艘国产大邮轮要来了，和第一艘有哪些不一样？

它更大了。相较于首制船，总吨位增加0.64万吨达14.19万吨，总长增加17.4米达341米，型宽37.2米，客房数量增加19间达2144间。通过优化设计布局，"2号船"的公共区域和户外活动休闲区域面积也较首制船分别增加了735平方米和1913平方米，达到25599平方米和14272平方米，休闲娱乐的体验感也会进一步提升。

虽然体量更大了，建造速度却加快了。"2号船"相较于首制船建造效率计划提升20%，预计2026年3月底出坞，2026年底之前就可以命名交付。截至目前，"2号船"总体进度超20%，设计、建造、采购、物流等工作正有条不紊推进中。

大型邮轮以其"巨系统"工程的复杂集成和精益工艺被称为造船工业"皇冠上的明珠"。高端装备本身就是创新能力的"试炼场"，每走一步都不容易。

"2号船"更加"本土化"。上海外高桥造船有限公司在持续加强国际合作的同时不断提升本土配套率。目前，邮轮上应用的主要大宗材料如叠轧薄板、油

图为 2024 年 5 月 26 日在上海浦东新区上海外高桥造船有限公司 2 号船坞拍摄的第二艘国产大型邮轮建造现场。（新华社记者龚兵摄）

漆、型材和舾装物资等已全面实现国产化配套。针对部分关键设备，积极引导国际供应商与国内建筑建材、交通装备、电力电气等工业领域优质供应链跨界对接，推动中国元素不断融入全球邮轮供应链、产业链，推动建设本土邮轮配套产业集群，打造完备的邮轮产业链条。

"重器"自有乾坤大。大型邮轮不仅在于百万级、千万级零部件的体量之大；更在于综合研制、集成创新的难度之大；还在于对关键攻关、产业升级的带动之大。

中国船舶集团上海外高桥造船有限公司总经理陈刚说，尽管与国际一流的大型邮轮相比，国产大型邮轮仍处于起步阶段，但完成这一从无到有的跨越，标志着我国造船工业实现全谱系建造能力。国产大型邮轮集纳了全球"1+100+1500"（即 1 家总装企业 +100 家总包商 +1000 家供应商）的邮轮供应链生态，形成的邮轮供应链"图谱"，为大型邮轮批量化建造打下坚实基础。

"通过大型邮轮项目，有助于构建起集技术需求、产品开发、技术创新、技术验证、产业化于一体的工业创新体系。"中船邮轮科技发展有限公司董事长杨国兵说。

中国船舶集团上海外高桥造船有限公司副总经理周琦介绍，当前，除了国产大型邮轮"2号船"，上海外高桥造船还在加快研究超大型、中小型邮轮的设计研发，以期形成邮轮产品的谱系化、规模化发展，形成一支国产大型邮轮船队，乘风出海。

（新华社上海 2024 年 4 月 20 日电　新华社记者贾远琨、狄春）

世界首套！我国为月球绘制高清地质"写真集"

月球从未如此清晰！4月21日零时，世界首套高精度月球地质图集在京正式发布。这套图集由我国科研团队绘制，主要基于嫦娥工程科学探测数据，比例尺为1∶250万，是目前精度最高的全月地质"写真集"。

月球表面的陨石坑什么样？月球上有哪些岩石和矿产？月球经历过怎样的地质活动？在这套"写真集"里，都可以直观地看到。

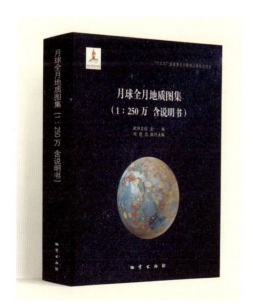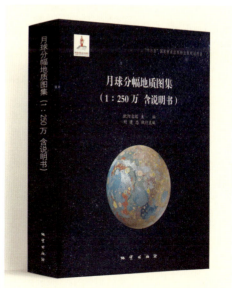

2024年4月21日零时，全球首套高精度月球地质图集正式发布，图集包括《1250万月球全月地质图集》和《1250万月球分幅地质图集》（中英文版，含说明书）。（新华社发 中国科学院地球化学研究所供图）

为什么要绘制这套"写真集"?

月球是离我们最近的星体,千百年来,人类从未停止过对月球的探索。随着美国"阿波罗"、苏联"月球"、中国"嫦娥"等探月活动的开展,人类对月球的认识水平前所未有地提升。

"月球地质图是月壳表层地质构造、岩浆活动、矿产分布等信息的综合表达,能够集中、直观地呈现人类对月球的观测、研究成果。"中国科学院地球化学研究所研究员刘建忠介绍,绘制月球地质图,能够帮助人们更好地认识月球,也能为月球科研与探测,乃至月球基地建设提供有力支撑。

长期以来,国际上使用的月球地质图,主要是基于美国阿波罗计划获取的数据和资料。随着当前国际上月球探测研究的加速发展,这些月球地质图已明显滞后。

"这些地质图中,精度较高的只有局部图,覆盖全月的只有1:500万的比例尺精度。"刘建忠说,这些月球地质图的绘制年代较早,人类近几十年来的最新研究成果并没有得到充分体现。

有鉴于此,2012年,中国月球探测工程首任首席科学家欧阳自远院士提出开展新的月球地质图编研的设想。

此后,来自中国科学院地球化学研究所、吉林大学、山东大学等多家单位的科研人员组成的编研团队"十余年磨一剑",绘成了这套"写真集"。

"编制月球地质图,需要月球起源演化理论的指导,也离不开现实观测数据的支撑。"刘建忠说,编研团队始终将地质编图与综合研究紧密结合。

编研团队创造性地建立了"三宙六纪"的月球地质年代划分方案,建立了以内、外动力地质演化为主线的月球构造和岩石类型分类体系,构建了月球撞击盆地和盆地建造亚类的分类体系,搭建起月球地质图的"骨架"。

我国嫦娥工程科学探测数据则令月球地质图"血肉丰满"。"这些数据为我们区分月海与非月海区域、识别撞击坑物质、分析盆地构造等工作提供了支撑。"刘建忠说。

这套"写真集"精度如何？

得益于嫦娥工程科学探测数据的高精度，这套"写真集"的比例尺为1∶250万，精度达到此前月球全月地质图的约2倍。

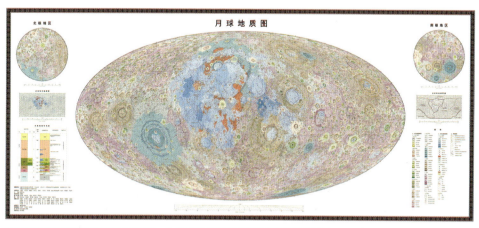

我国科研团队绘制的全月地质图。（中国科学院地球化学研究所供图）

这套图集包含一幅月球全月地质图（主图）、一幅全月岩石类型分布图、一幅月球构造纲要图和30幅月球标准分幅地质图。

在主图上，可以看到全月12341个撞击坑、81个撞击盆地，辨别出17种岩石类型、14类构造。人类探测器着陆点、特殊高程点等一些特殊要素，在图集中也有显示。

"目前，该图集已集成至我国科学家搭建的数字月球云平台上，未来我们还将编制更高精度的月球地质图，服务于月球科学研究、科普教育以及我国月球探测工程。"刘建忠说。

（新华社北京2024年4月21日电　新华社记者张泉）

神舟飞天、月球科研……这个航天日不一般

酒泉卫星发射中心，神舟十八号飞行乘组迎来首次公开亮相；国际月球科研站新增3个成员，嫦娥七号确定将搭载6台国际载荷，探月合作朋友圈"扩容"……

4月24日是"中国航天日"，会场内外、线上线下，一条条令人振奋的消息，让这个航天日显得格外不一般。

图为2024年4月24日拍摄的2024年"中国航天日"主场活动在湖北武汉开幕的现场。（新华社记者杜子璇摄）

在今年航天日主场活动举办地湖北武汉，来自50多个国家的航天机构、国际组织、驻华使领馆和科研机构的外宾参加主场活动；一批批院士专家、航天员走进校园进行科普宣讲；航天科普、航天产业展馆内人潮涌动、人声鼎沸。

航天，升腾着无数国人的自豪与自信，中国建设航天强国的步履铿锵。

今年，中国航天重大工程任务将密集实施：探月工程四期嫦娥六号任务将着陆月球背面南极－艾特肯盆地并采样返回；载人航天工程将实施神舟十八号、

十九号载人飞行任务；商业航天首次被写入政府工作报告，将打造新增长引擎。

"日月安属？列星安陈？"楚国诗人屈原仰望苍穹发出的《天问》，正由当代中国航天人接力探索。

从长征一号运载火箭搭载"东方红一号"卫星直冲云霄，到神舟飞天、北斗引路、嫦娥探月、天问探火……向宇宙进发的脚步，因为笃行创新之道而行之弥坚。

"为我们国家在航天领域取得的成就感到由衷骄傲和自豪。"来到正在武汉国际博览中心举办的航天科普系列展览，当见到空间站核心舱等比科普互动模型，华中师范大学第一附属中学高三学生倪睿雪难掩心中激动。

极目楚天，共襄星汉。

今年"中国航天日"活动期间，近500场系列活动正在全国开展，航天科普系列展览、科普讲座等与公众面对面的互动让"航天"飞入寻常百姓家，人们排队体验VR太空探索，触屏感受月球科研站，开启奇妙的"太空之旅"。

向"新"而行，商业航天跑出"加速度"——

在武汉，从小卫星智能生产线，到快舟火箭产业园……换上航天"引擎"帮助武汉这座工业"老城"跑入"新赛道"，也让这座经历过辛亥炮火、抗日烽烟、特大洪水、抗击疫情等考验的城市如滚滚长江般，奔涌不息，焕新生机。

立揽月九天之志，中国航天未来定精彩——

中国工程院院士、中国探月工程总设计师吴伟仁介绍，未来四年，我国计划发射三个"嫦娥"月球探测器；国际月球科研站建设将按照两个阶段分步实施，计划2035年前建成基本型；我国已经开始筹划建设世界首个火星样品实验室，纵观世界各国的进展，我国有望成为第一个火星采样返回的国家……

中国航天事业的每一步，寄托了无数国人的"航天梦"，每一个"飞天"奇迹，都激励鼓舞着大家奋勇向前。星辰大海的征途上，必将留下更多更精彩的中国足迹。

（新华社武汉2024年4月25日电　新华社记者胡喆、侯文坤、田中全）

敞开全球科创合作大门！ 2024 中关村论坛来了

今天，一年一度的科技盛会如约而至，世界目光再次聚焦这个"村"——

4 月 25 日，2024 中关村论坛年会开幕。来自 100 多个国家和地区的顶尖科学家、知名企业家、投资人齐聚中关村这片创新热土，围绕科技创新引领社会进步、民生改善、可持续发展等议题，共话开放创新，共谋发展机遇。

"村"里开论坛，为啥如此高规格？

这个"村"可不一般。从最初的"电子一条街"到中国第一个国家自主创新示范区，中关村已是中国创新发展的一面旗帜。创办于 2007 年的中关村论坛，走过了十余年历程，成为面向全球科技创新交流合作的国家级平台，为引领支撑高质量发展、深化科技开放合作作出重要贡献。

据主办方介绍，本届论坛年会为期 5 天，以"创新：建设更加美好的世界"为主题，将举办论坛会议、技术交易、成果发布、前沿大赛、配套活动 5 大板块近 120 场活动。

论坛活动精彩纷呈，我们重点看什么？

看科技前沿"路在何方"。今年论坛年会将围绕 6G、脑机

图为 2024 年 4 月 27 日在中关村展示中心常设展中拍摄的"北脑二号"脑机接口。（新华社记者任超摄）

接口、区块链、合成生物制造等科技前沿领域开展思想碰撞和科技交流，还特别将 4 月 27 日设置为人工智能主题日，集中研讨大模型、具身智能、可信 AI 等前沿热点话题。

看创新成果密集"上新"。国家级科技成果转化"首秀"、高精尖产品"首发"……聚焦碳达峰碳中和、医疗健康、清洁能源等民生科技领域，来自 40 多个国家和地区的 3000 多项科技成果将亮相本届论坛年会。一批重大原创成果、重磅创新政策、最新研究报告也将面向全球发布。开幕式现场，全模拟光电智能计算芯片、量子云算力集群等十项重大科技成果率先亮相。

看顶尖大咖"华山论剑"。诺贝尔生理学或医学奖获得者巴里·马歇尔将围绕创新和好奇驱动的研究作主旨演讲，菲尔兹奖获得者丘成桐将以"女性与科学发展"为主题作报告，图灵奖获得者约瑟夫·斯发基斯和姚期智将分享人工智能大模型前沿方向的最新进展和未来趋势……

当前，新一轮科技革命和产业变革深入发展，世界经济复苏面临诸多不确定性，人类要破解共同发展难题，比以往任何时候都更需要国际合作和开放共享。

开放促创新，合作促发展。

打造全球科技创新交流合作盛会，开放合作始终是中关村论坛的题中之义。本届论坛年会既有政府间科技合作对话，又有国际科技组织、科学家、创新型企业、投资人广泛参与交流，外籍致辞演讲嘉宾占比超 50%，前沿大赛中国际项目占比超 40%。

从"中关村"到"地球村"，让科技创新成果为更多国家和人民所及、所享、所用。以中关村论坛为窗口，中国向世界展示着科技创新发展的速度与激情，传达着携手同行、共创美好未来的理念和愿景。

（新华社北京 2024 年 4 月 25 日电　新华社记者温竞华、高亢、张漫子）

启动！中国 5G 异网漫游向你我走来

数字时代，没有什么比连接更重要。信号不畅，会让网络体验打折扣。

好消息来了！5月17日，在浙江宁波举行的2024世界电信和信息社会日大会上，中国电信、中国移动、中国联通、中国广电联合宣布，启动5G异网漫游商用推广，让边远地区畅游5G"不掉队"。

什么是5G异网漫游？

通俗地讲，就是不换卡、不换号，当我们所用的运营商没有5G网络覆盖时，手机可以自动切换，使用其他运营商的5G网络。

在一些边远地区、农村地区，基站铺设没那么密，会出现覆盖面不够、信号弱的现象。5G异网漫游，对加快5G网络覆盖，特别是提高边远地区、农村地区的网络覆盖水平意义重大。

让超过8亿的5G用户都能畅享高速的移动通信网络，并不寻常。

首先就是"一盘棋"。实现5G异网漫游，靠的是网络共享，讲究的是运营商以及产业链的合作。我国幅员辽阔，不论是建设基站还是运维网络，都不可能靠单打独斗。

在工业和信息化部的统筹指导下，中国电信、中国移动、中国联通、中国广电

图为2023年9月20日在玉树州曲麻莱县黄河源流域约古宗列曲拍摄的中国移动5G基站（无人机照片）。（新华社记者韩方方摄）

不断推进网络的共建共享。四个"大块头"形成合力，才能不断降低建设成本、提升效率、优化服务，让用户享受到更多便利。

其次要有技术的突破。比如，"5G 核心网漫游"这种方式，不仅要求运营商部署独立的 5G 移动核心网，还要实现网间互通，完成跨网移动性管理、安全管理等。

在无国际先例和可用标准的前提下，4 家运营商与产业链上下游通力合作，创新制定 5G 异网漫游技术方案，先后完成实验室测试、外场测试和现网试点。

去年 5 月，5G 异网漫游在新疆试商用，验证了商用可行性。接下来，相关省份将制定具体推进计划，加快推广落地。

不管是"漫游"到哪家运营商，都要有一定的基站覆盖规模。实现 5G 异网漫游，还要靠完备的网络基础作为支撑。

多年来，我国坚持适度超前的原则，持续加快网络基础设施建设。截至今年一季度，累计建成 5G 基站 364.7 万个，为加快 5G 网络覆盖和异网漫游提供了坚实的基础。

对一个 14 亿多人口的大国来说，把网建好、把网用好，每一步都不简单。

如今，10.92 亿人的网民规模，超过 50 万亿元的数字经济体量，人工智能、工业互联网等大量创新，都靠持之以恒地加快网络发展作为支撑。

启动"信号升格"专项行动，推广 5G 异网漫游，移动通信网络正向"更快"和"更广"突破。人们期待，网络更通畅，为生活带来更多便利，为经济发展创造更多可能性。

（新华社杭州 2024 年 5 月 17 日电　新华社记者张辛欣、张晓洁）

向科技工作者致敬！中国科学家博物馆开馆

一座以科学家为名的博物馆，构筑起科技工作者的精神家园。

5月30日，"全国科技工作者日"，中国科学家博物馆开馆！

14.7万件实物、34.5万件数字化资料、上百万分钟音视频……500余位科学家的学术成长历程浓缩于此。在北京奥林匹克中心区的这座特殊博物馆，闪耀着共和国科学家的璀璨星光。

博物馆内的藏品，主要依托"老科学家学术成长资料采集工程"十余年的收集积累。行走在展馆内，目之所至，一封封书信，一页页手稿，一件件证章，静静诉说着科学家们的坚守与奉献。

这是矢志报国的赤子之心——

一张陈旧的普渡大学坐标纸，上面精心绘制着五星红旗的图样。这是1949年10月，正在美国留学的洪朝生听到新中国成立的消息，怀着激动的心情所绘。1952年，洪朝生毅然归国，后来成为我国低温物理与低温技术研究的开创者。

超声学家应崇福在回国途中给美国导师去信，深情写道："那个名为中国的国家是我的祖国"；海归战略科学家黄大年在入党志愿书上写下誓言："做一朵小小的浪花奔腾"……为中华之崛起、为民族之复兴，一代代科技工作者的拳拳之心，印刻在穿越时空的墨迹中。

这是求真务实的严谨学风——

一张展柜内，整齐排列的小盒子里分装着不同的黄土样本；旁边，几本摊开的野外考察笔记上，是地方景观手绘和地质情况记录。而这样的考察笔记竟足有

300 多本。

这些样本和笔记都来自国家最高科学技术奖获得者刘东生。他扎根黄土研究 60 余年，为科研涉险滩、登峭壁、踏极地。正是这样的执着求真，让他带领中国在古全球变化研究领域跻身世界前列。

手稿、打字机、计算尺……一件件实物资料，记录着科学家最普通不过的科研工作，也勾勒出共和国科技发展的非凡历程。

这是勇攀高峰的创新精神——

展墙上，一张旧报纸记录下那激动人心的时刻：1965 年 9 月，我国在世界上第一次人工合成结晶牛胰岛素！

从 1958 年 12 月我国提出并确立人工合成牛胰岛素项目开始，三个单位联合研究，数百位人员参与，历时近 7 年，证明了中国人能够攀登世界科研高峰。

中国"芯"研发、干细胞研究、量子反常霍尔效应……一项项展陈彰显出新征程上科研人员紧盯世界科技前沿，产生的原创性、引领性成果。

一部科学史，也是一部科学家的精神史。

科学成就离不开精神支撑。国家最高科学技术奖获得者曾庆存特意来到现场，见证中国科学家博物馆首展的重要时刻："博物馆为展示中国科学家形象、弘扬科学家精神提供了鲜活、丰富的素材，为科技工作者攻坚克难提供了不竭的精神力量。"

华罗庚、周培源、钱三强……一个个闪亮的名字、一段段动人的故事，激励着 9000 多万科技工作者担起实现高水平科技自立自强的使命，接力精神火炬，勇攀科技高峰。

（新华社北京 2024 年 5 月 30 日电　新华社记者温竞华）

中法天文卫星启航！共探宇宙深处奥秘

"Bravo！""太棒了！"

6月22日15时00分，西昌卫星发射中心，中法天文卫星（SVOM）在长征二号丙运载火箭的托举下升空，随后进入预定轨道，发射任务圆满成功，将开启探秘伽马暴的重要任务。这是中法两国在航天领域的又一重要合作成果。

今年是中法建交60周年。从2005年启动论证到成功发射，中法天文卫星倾注了两国科学家和工程团队的心血和努力，成为两国友谊的生动见证。

中法天文卫星肩负着一项重要任务——探秘伽马暴。

伽马暴是除宇宙大爆炸外最剧烈的爆发现象，被称为"宇宙深处的烟花"。此前，我国高海拔宇宙线观测站"拉索"精确测量了迄今最亮伽马暴的高能辐射能谱。而随着此次中法天文卫星的发射，对伽马暴的研究将向更高处攀登。

2024年6月22日15时00分，西昌卫星发射中心，中法天文卫星（SVOM）在长征二号丙运载火箭的托举下升空，随后进入预定轨道，发射任务圆满成功，将开启探秘伽马暴的重要任务。（新华社发　陈昊杰摄）

中法天文卫星中方首席科学家魏建彦介绍，伽马暴来自数十亿乃至上百亿光年外的"宇宙深处"，对其进行深入观测和研究有助于人类解决天体物理学、物理学以及基础科学中的若干重大问题，还有望揭开更多宇宙诞生之初的科学奥秘。

据介绍，此次中法天文卫星的科学目标是：发现和快速定位各种类型的伽马暴；全面测量伽马暴的电磁辐射性质；利用伽马暴研究宇宙的演化和暗能量；快速后随观测引力波等天文暂现源。

剧烈且短暂的伽马暴如何"捕捉"？

伽马暴是令天体物理界着迷的天文现象，同时又是基础物理领域青睐的"极端物理实验室"。然而，它的出现不定时、不定地点，且变化非常快、持续时间短。要想"捕捉"到伽马暴，既需要"广撒网"，又需要迅速精准观测，难度可想而知。

为了更好地探测伽马暴，中法天文卫星配置了中方研制的伽马射线监视器、光学望远镜和法方研制的硬X射线相机、软X射线望远镜4台科学载荷，观测波段覆盖了从高能到近红外波段，是迄今为止全球对伽马暴开展多波段综合观测能力最强的卫星。

4台科学载荷中，伽马射线监视器和硬X射线相机为大视场探测仪器，负责"张开大网"，使得观测视野范围角度面积在1万平方度左右，相当于覆盖全天的四分之一，可以捕捉天空中无法预测的伽马暴。光学望远镜和软X射线望远镜则负责高精度观测。一旦发现目标后，卫星会自动转向目标，利用两个小视场望远镜对准开展长时间的高精度观测。

中法天文卫星启航，也是中国奔赴星辰大海，推进国际合作的见证。

了解和探索宇宙是全人类的共同梦想。从2018年中法海洋卫星成功发射，到嫦娥六号探测器搭载欧空局、法国、意大利、巴基斯坦的国际载荷，再到今天的中法天文卫星成功发射……中国航天持续展现"国际范"。

"我们建立了深厚友谊，也见证了中国航天事业的迅速发展。"中法天文卫星法方首席科学家贝特朗·科迪尔说。

探秘宇宙，需要国际社会携手向前。参与中法天文卫星项目的中法两国科学家表示，期待中法天文卫星带来更多的科学发现，也期待两国进一步加强航天交流与合作，共同实现航天梦想。

（新华社西昌2024年6月22日电 新华社记者徐鹏航、袁睿）

国家最高科学技术奖获得者薛其坤：
科学报国 探秘量子世界

首次观测到量子反常霍尔效应、首次发现异质结界面高温超导电性……他用一个个重量级科学发现，助力我国量子科学研究跻身世界第一梯队。

6月24日，中国科学院院士、清华大学教授薛其坤站上了2023年度国家最高科学技术奖的领奖台。

一路奋进，他始终把服务国家作为最高追求。"要为国家的强大作点贡献！"年过花甲，他朴素的话语依然掷地有声。

抢抓机遇 "力争取得引领性的原创成果"

清华大学，薛其坤团队的实验室仿佛一个科幻世界，复杂的管线连接着一台台实验仪器，组成一套超高真空互联系统。这个量子材料精密制备和调控平台，是探索量子世界的"实验利器"。

量子科技是新一轮科技革命和产业变革的前沿领域。量子反常霍尔效应，被认为是量子霍尔效应家族最后一个重要成员，是探索更多量子奥秘的重要窗口，同时推动新一代低能耗电子学器件领域的

薛其坤肖像（新华社记者金立旺摄）

发展。

在实验中观测到量子反常霍尔效应是多国科学家竞逐的目标。然而，量子反常霍尔效应观测难度极大，自 1988 年被理论预言之后的 20 多年里，国际物理学界没有任何实质性实验进展。

"做基础研究，要把握世界科学前沿的主流发展方向。当重大科研机遇出现时，我们一定要抓住机遇，力争取得引领性的原创成果，助力国家科技水平不断提升。"对薛其坤而言，量子反常霍尔效应就是这样一个重大科研机遇。

"谁率先取得突破，谁就将在后续的研究和应用中占得先机！"薛其坤带领团队分秒必争，历经 4 年时间，先后制备测量 1000 多个样品，破解一系列科学难题。终于在 2012 年底，他们在实验中观测到量子反常霍尔效应。

世界首次！这项成果在国际学术期刊《科学》发表后，诺贝尔奖获得者杨振宁说："这是从中国实验室里，第一次发表出了诺贝尔奖级的物理学论文！"

薛其坤和团队抓住的另一个重大科学机遇是高温超导。超导是一个典型的宏观量子现象，因巨大的应用潜力而备受关注。寻找更多高温超导材料是科学界孜孜以求的目标。

经过多年努力，2012 年，薛其坤和团队首次发现了界面增强的高温超导电性，这是 1986 年铜氧化物高温超导体被发现以来，常压下超导转变温度最高的超导体，同时也为探究高温超导机理开辟了全新途径。

科学报国 "要为国家的强大作点贡献"

"我们赶上了科学研究的黄金时代。现在，国家给我们创造了这么好的科研条件，我们应该倍加珍惜，力争取得更多'从 0 到 1'的突破。"薛其坤的大部分时间，都在办公室或实验室里。

1992 年起，他先后赴日本、美国学习和工作。在国外的 8 年里，"恋家"的他时刻没有忘记祖国。亲身感受到当时祖国和发达国家的差距，他暗下决心，"要为国家的强大作点贡献！"

为尽可能多地学习先进的实验技术，他几乎每天早上 7 点就来到实验室，夜里 11 点才离开。这种习惯在他回国后一直保持至今。

为了提升扫描隧道显微镜的观测效果，他曾亲手制作 1000 多个扫描探针针尖；为了赶实验进度，他曾深夜出差回来就直接赶往实验室。

发现量子反常霍尔效应和异质结界面高温超导电性后，荣誉、奖项接踵而至。薛其坤淡淡一笑："成果的取得，得益于我国科技实力的持续壮大和基础研究的长期深厚积累。荣誉属于团队中的每一位研究者，更属于国家。"

如今，薛其坤仍奋战在科研第一线，带领团队为解决高温超导机理、高温量子反常霍尔效应和拓扑量子物态的应用、拓扑量子计算的实现等前沿科学问题持续攻关。

"遨游在世界科学的海洋，我始终是一艘从沂蒙山区驶出的小船。"他乡音未改，初心依旧。

奖掖后学　"要敢于挑战重大科学难题"

"一谈科研眼睛就放光"。在同事眼中，薛其坤"非常聪明""物理直觉非常好"。但他时常勉励年轻人，想在科学研究上取得成就，就要靠 1% 的天赋加 99% 的努力。

薛其坤在带领团队开展科研攻关的同时，也十分注重人才培养。

科学实验遇到瓶颈，他热情洋溢地给团队鼓劲打气，和团队一起寻找解决途径；各类学术交流中，他总能敏锐捕捉到有价值的研究方向，鼓励年轻人大胆探索。

"要有学术自信""要敢于挑战重大科学难题"。他对科研的激情深深感染着身边的人，鼓舞着青年人才。

如今，薛其坤的团队成员和学生中，已有 1 人当选中国科学院院士，30 余人次入选国家级人才计划。

"在量子基础研究领域，无论研究水平，还是人才质量，中国都达到了国际一流水平。"展望未来，薛其坤充满信心："中国必将在全球新一轮信息技术革命中贡献重要力量。"

（新华社北京 2024 年 6 月 24 日电　新华社记者张泉、顾天成）

国家最高科学技术奖获得者李德仁：
巡天问地 助力建设"遥感强国"

从百姓出行到智慧城市，从资源调查到环境监测，从灾害评估到防灾减灾……高分辨率对地观测体系是我国经济社会发展不可或缺的战略基石。

攻克卫星遥感全球高精度定位及测图核心技术，解决遥感卫星影像高精度处理的系列难题，带领团队研发全自动高精度航空与地面测量系统……两院院士、武汉大学教授李德仁几十年如一日，致力于提升我国测绘遥感对地观测水平。

6月24日，李德仁作为2023年度国家最高科学技术奖获得者，在北京人民大会堂戴上沉甸甸的奖章。

坚持自主创新 攻克卫星遥感核心技术

高精度高分辨率对地观测体系是宛若大国"明眸"的国之重器。

坚持自主创新，李德仁及团队开发出的遥感技术及工具，都具有完全自主知识产权。这样的一份成绩单，凝着着他们的心血——

在我国遥感卫星核心元器件受限、软件受控的条件下，他带领团队攻克卫星遥感全球高精度定位及测图核心技术，使国产卫星影像自主定位精度达到国际同类领先水平；

他主持研制了我国自主可控的3S集成测绘遥感系列装备和地理信息基础平台，引领传统测绘到信息化测绘遥感的根本性变革；

他创立了误差可区分性理论和粗差探测方法，解决测量数据系统误差、粗差和偶然误差的可区分性这一测量学界的百年难题……

作为国际著名测绘遥感学家、我国高精度高分辨率对地观测体系的开创者之一，李德仁研制的我国遥感卫星地面处理系统，实现了"从无到有""从有到好"的跨越式发展。

追上世界先进水平 "我的目标是国家急需"

"一个人要用自己的本领为国家多做事。把自己的兴趣、所长和国家需求结合在一起，正是我所追求的。"回忆在科研道路上的选择，李德仁这样说。

1939 年，李德仁出生于江苏，自小成绩优异。1957 年中学毕业后，他被刚成立一年的武汉测量制图学院航测系录取。

新中国成立初期，我国大规模经济建设和国防建设急需地图资料，发展测绘

2024 年 5 月 13 日，李德仁在武汉大学的办公室里。（新华社记者熊琦摄）

技术迫在眉睫。

"我的目标是国家急需，治学方向应符合强军、富国、利民的需求。"怀揣这样的理想，1982 年，李德仁赴联邦德国交流学习。

当时，导师给了他一个航空测量领域极具挑战的难题，题目是找到一个理论，能同时区分偶然误差、系统误差和粗差。

李德仁像海绵一样吸取知识，每天工作十几个小时，最终仅用不到两年的时间就找到了问题的解决方法，并用德语完成了博士论文，第一时间回到祖国。

回国后，李德仁带领团队经过科学调研，决心自主突破与研发高分辨率对地观测系统。

2010 年，我国高分辨率对地观测系统重大专项（简称"高分专项"）全面启动实施。

随着"高分专项"的实施，比西方国家晚了近 30 年的中国遥感卫星研究，实现了从"有"到"好"的跨越式发展，卫星分辨率提高到了民用 0.5 米，追上世界先进水平。

从跋山涉水扛着机器测量，到航空遥感再到卫星遥感，再到通信、导航和遥感一体融合……在中国人"巡天问地"的征程上，李德仁仍未停步。

给本科新生授课 "我的责任是传授学问"

在武汉大学，有一门被学生们誉为"最奢侈的基础课"，由李德仁等 6 位院士联袂讲授。

李德仁坚持按时给大一学生讲授"测绘学概论"。这门有 28 年历史的基础课程，每次都座无虚席。

"未来世界科技的竞争，关键是人才竞争。"李德仁认为，要把测绘科学能为国家"干什么"、学科能达到的"高度"告诉学生，引导他们主动思考、勇于攀登。

2024 年 5 月，"珞珈三号"科学试验卫星 02 星顺利进入预定轨道，这颗卫星具有 0.5 米分辨率全色成像，首席科学家正是李德仁的学生、中国科学院院士龚健雅。

······

谈及学生们的研究，李德仁如数家珍。迄今他已累计培养百余位博士，其中1人当选中国科学院院士，1人当选中国工程院院士。

"我的责任是传授学问。"李德仁说，"学生各有建树，就是我的最大成果。"

一代又一代，一茬又一茬。武汉大学已建成世界上规模大、门类全、办学层次完整的测绘遥感学科群，遥感对地观测学科在世界大学排名中心等学科排名中连续多年名列全球第一。

老骥伏枥，志在千里。李德仁告诉记者："最终的目标是使遥感技术造福国人，乃至为世界作出中国的贡献。"

（新华社北京 2024 年 6 月 24 日电 新华社记者顾天成、张泉、梁建强）

科技金融首次明确"施工图"！七部门合力破难点

科技兴则民族兴，科技强则国家强。如何让"科技之花"绽放得更绚丽？

一份由中国人民银行等七部门近日联合印发的文件，首次明确了科技金融的"施工图"。这份《关于扎实做好科技金融大文章的工作方案》提出，要"加强基础制度建设，健全激励约束机制""为各类创新主体的科技创新活动提供全链条全生命周期金融服务"，为金融"活水"浇灌科技创新指明方向。

科技金融，就是支持科技创新的金融。2023年召开的中央金融工作会议提出做好五篇大文章，科技金融居首位。

科技金融为何被放在这么重要的位置？

当前，科技革命与大国博弈相互交织，高技术领域成为国际竞争的最前沿和主战场。攻克关键核心技术、培养战略性新兴产业和未来产业、改造传统产业技术……每一个科技创新的重点领域都迫切需要资金保障，需要科技金融发力。

这些年，为了支持科技创新，金融部门一直在努力。

银行纷纷设立"科技金融中心""科技支行"，创业板、科创板、北交所等直接融资渠道不断拓宽，政府引导基金迅猛崛起……可以说，我国金融体系已形成支持科技创新的共识。

一组数据最具说服力：过去5年，高技术制造业中长期贷款余额年均保持30%以上的增速；科技型中小企业获贷率从14%提升至47%；科创票据累计发行8000亿元；超过1700家专精特新企业在A股上市；创业投资基金管理规模达3万亿元……

即便如此，仍有不少科创企业"喊渴"，一些金融机构"喊难"。科技金融需要破解的难点、痛点依然突出。

一个重要原因是科技创新往往高投入、高风险、长周期，科技企业在不同生命周期阶段，需求也有所不同，我国金融体系还未能提供与之相匹配、相适应的金融服务和产品。

此次，中国人民银行、科技部、国家发展改革委、工业和信息化部、金融监管总局、中国证监会、国家外汇局等七部门联合印发工作方案，提出了一系列有针对性的工作举措，攻坚克难的"施工图"一目了然。

"天使投资—创业投资—私募股权投资—银行贷款—资本市场融资"，方案为科技金融描绘了一幅多元化接力式的金融服务图景。

大中小银行差异化发展，资本市场各板块多层次支持，证券、融资担保、保险等机构加强合作，各地科技金融联盟聚合资源……可以预见，科技金融生态圈将越来越丰富完善，促进科技金融持续健康发展。

有宏观愿景，也有具体举措。

构建科技金融专属组织架构和风控机制，完善绩效考核、尽职免责等内部制度……如果金融机构能将方案中的这些政策安排落到实处，科技型中小企业可以期待与自身适配的风险评估模型、"量体裁衣"的科技金融产品、"贴身服务"的科技金融团队。

如何支持"科技繁花"结出"产业硕果"？前不久召开的"科技三会"强调，要做好科技金融这篇文章，引导金融资本投早、投小、投长期、投硬科技。

这意味着，金融支持科技型企业要更具包容性和可持续性。不论是深入推进区域性股权市场创新试点，还是丰富创业投资基金资金来源和退出渠道，方案提出的多项举措都旨在将有耐心、更长期的资本引向种子期、初创期科技型企业。与此同时，在促进科技成果转化应用的过程中，金融体系也在产业转型升级中实现着自身高质量发展。

改革创新永不停步，金融"活水"加速奔流。期待在科技金融的强力支撑下，科创沃土开出朵朵绚丽的"科技之花"，为中国经济高质量发展注入不竭动能。

（新华社北京 2024 年 6 月 30 日电　新华社记者吴雨）

震撼！超级工程深中通道正式通车

从昔日"叹零丁"，到今日"跨伶仃"，这是一个时代的见证。

6月30日，举世瞩目的超级工程——深中通道，正式通车试运营。这是全球首个集"桥、岛、隧、水下互通"为一体的跨海集群工程，路线全长约24公里，深圳至中山的车程将从此前约2小时缩短至30分钟。

历时141天实现西人工岛合龙、8万吨沉管在海底一次性精准安装到位……迎着疾风、踏着巨浪，上万名建设者在珠江口连续奋斗7年。

频发的台风、高盐高湿的环境、复杂的海底情况……这是世界上建设难度最高的跨海集群工程之一。

这个海上奇迹有多强？数据最能体现——

世界最大跨径全离岸海中钢箱梁悬索桥：深中大桥主跨达1666米，加上两边边跨，总跨达2826米；

世界最高通航净空海中大桥：深中大桥主塔高270米，大桥桥面距离海平面高达91米，船舶通航净空达76.5米，未来可满足30万吨散货轮和3万标箱集装箱船的通航需求；

世界最长的双向八车道海底沉管隧道：深中通道海底隧道，双洞双向8车道，长约6.8公里，其中海底隧道沉管段长5035米，由32个重达8吨的管节和一个最终接头连接而成；

世界首例水下高速公路枢纽互通—机场互通立交：深中通道东人工岛全岛陆域面积34.38万平方米，相当于48个国际标准足球场，岛上隧道工程包括长480米的堰筑段隧道、长855米的岛上主线隧道，以及实现交通转换的4条匝道隧道……

2024 年 6 月 19 日，在广东中山翠亨新区大尖峰顶拍摄的即将通车的深中通道夜景。（新华社记者刘大伟摄）

这个跨海超级工程再次擦亮中国基建名片：

研发出超高强主缆钢丝索股、革新外海超大尺度沉管管节浮运安装工艺……深中通道建设以来，已获得发明专利 200 余项、行业协会奖项数十项。

4 月，深中通道深中大桥获得了拥有桥梁界"诺贝尔奖"美誉、国际桥梁大

会授予的"乔治·理查德森奖"。

"这是对中国基建技术的又一次检验，这是向世界展示中国基建实力的新窗口。"中交公路规划设计院深中通道岛隧设计总负责人徐国平说。

作为环珠江口交通网络的关键一笔，深中通道背后的意义不仅是车程缩短，更代表粤港澳大湾区互联互通迈出重要一步，激发更多发展活力。

作为一道天然屏障，珠江口曾让两岸城市拥有不同的发展特色——

东岸，先进制造业实力雄厚，科技创新能力强大，产业链供应链体系相对完整，但面临着发展空间受限、要素成本上升的问题。

西岸，可利用可发展产业空间广阔，土地使用和租金成本相对较低，但亟需进行产业转型升级、"输血造血"。

通车带来的便利，让"深圳总部＋中山制造""深圳研发＋中山转化"等产业合作新模式成为现实。

"作为粤港澳大湾区新的'交通脊梁'和'A'字形交通网络骨架的关键一'横'，深中通道自构思设计阶段便肩负着推动珠江口东西两岸更好连接、融合的重要使命。"广东省交通集团董事长邓小华说。

一桥飞架，超级工程让"东西两岸"变为"大桥两端"，隔海相望的珠江两岸实现"海上"牵手，将助推大湾区迈向美好未来。

（新华社深圳 2024 年 6 月 30 日电　新华社记者叶昊鸣、田建川）

特别关注·嫦娥六号

探月新一步！鹊桥二号中继星成功发射

3月20日8时31分许，海南文昌淇水湾，海浪拍岸、涛声阵阵，随着一声惊雷，火光喷涌而出、巨箭拔地而起，鹊桥二号中继星成功发射，迈出了我国探月工程四期任务的重要一步，将架设地月新"鹊桥"，为嫦娥四号、嫦娥六号等任务提供地月间中继通信。

"明月几时有？把酒问青天。"月亮，自古以来寄托了无数人的向往和梦想。鹊桥二号中继星的成功发射，奏响了探月工程新的乐章。

2024年3月20日，搭载探月工程四期鹊桥二号中继星的长征八号遥三运载火箭在中国文昌航天发射场点火升空。（新华社记者杨冠宇摄）

探测月球的意义在哪里？正如中国科学院院士、航天科技集团五院技术顾问叶培建所言，面对当今世界局势，探月、探火的意义已经远远超过科学探索本身，它是大国力量的象征。

嫦娥四号首次实现人类探测器月背软着陆、嫦娥五号采集到迄今为止"最年轻"的月壤……即使已经在月球探测上取得了如此多的成果，我们还是坚定不移选择"向云端"，继续出发！

由于月球始终有一面背对地球，因此月背不仅是我们从地球上观测不到的"秘境"，更有着"不在服务区"的烦恼。作为探月工程四期后续任务的"关键一环"，鹊桥二号中继星将为正在运行的嫦娥四号和即将开展的嫦娥六号、嫦娥七号、嫦娥八号及后续国内外月球探测任务等提供中继通信服务。

国家航天局探月与航天工程中心副主任葛平介绍，我国探月工程四期后续将开展着陆探测以及采样任务的地点主要位于月球南极和月球背面，因此需要功能更广、性能更强的中继星。

对鹊桥二号而言，发射成功只是第一步，后续鹊桥二号还需进行轨道中途修正、近月制动等一系列重要动作，在进入 24 小时周期的环月大椭圆冻结轨道后还将进行对通测试，确保鹊桥二号建立对地对月中继通信链路。

鹊桥二号中继星不仅仅是地球月球的"鹊桥"，也是国际合作的"鹊桥"。中国探月的合作之门始终敞开，在以往的探月工程任务中已有很多生动案例和共赢成果。当前，国际上掀起新一轮探月热潮，中国探月工程始终坚持共商、共建、共享的原则，愿同世界各国和国际组织在平等互利的基础上开展多层次、多类型的合作。

从 20 年前中国探月工程正式批准立项，到 20 年间如期圆满完成"绕、落、回"三步走目标，"嫦娥"和"玉兔"书写了一个个精彩的"月宫故事"，铸就了"追逐梦想、勇于探索、协同攻坚、合作共赢"的探月精神。

中国探月再谱新篇，待到地月架"鹊桥"，"嫦娥"传捷报。

（新华社海南文昌 2024 年 3 月 20 日电　新华社记者胡喆、宋晨、陈凯姿）

投入月球"怀抱"！
嫦娥六号探测器成功实施近月制动

5月8日10时12分，在北京航天飞行控制中心的精确控制下，嫦娥六号探测器成功实施近月制动，顺利进入环月轨道飞行。

近月制动是嫦娥六号探测器在飞行过程中的一次关键轨道控制。嫦娥六号探测器飞临月球附近时，实施"刹车"制动，使其相对速度低于月球逃逸速度，从而被月球引力捕获，从地球"怀抱"投入月球"怀抱"，实现绕月飞行。

不要小看"刹车"的难度，如果"刹车"力度不够，速度没有降下来，嫦娥六号探测器将滑入外太空。反之，如果"刹车"过猛，则可能与月球碰撞。

嫦娥六号探测器由轨道器、返回器、着陆器、上升器组成。为了踩好这一脚"刹车"，嫦娥六号轨道器配备了1台3000牛推力的轨道控制发动机，以进行引力捕获时的制动减速控制。然而，在这样的地月转移过程中，发动机工作时温度会升高，如果热防护做不到位，轨道器就会被高温"烧伤"。

为此，研制团队开创性设计了二次热防护复合系统，为轨道器穿上"超级防护服"。一方面使用复合隔热层，将发动机高温辐射影响尽量降低；另一方面，根据不同设备的温度需求个性化定制，进行二次热防护。层层防护让轨道器上重要载荷单机远离高温的"烘烤"，为嫦娥六号轨道器打造舒适的"旅行"体验。

探月工程四期由国家航天局牵头组织实施，包括嫦娥四号、嫦娥六号、嫦娥七号和嫦娥八号等4次任务，嫦娥四号已实现世界首次月球背面软着陆。

早在今年3月20日，鹊桥二号中继星成功发射，为地月间中继通信架设了新"鹊桥"，迈出了我国探月工程四期任务的重要一步。5月3日晚间，嫦娥六号探测器由长征五号遥八运载火箭在中国文昌航天发射场成功发射，之后准确进入地月转移轨道，由此开启世界首次月背"挖宝"之旅。

在鹊桥二号中继星的支持下，嫦娥六号探测器将调整环月轨道高度和倾角，择机实施轨道器返回器组合体与着陆器上升器组合体分离。之后，着陆器上升器组合体实施月球背面南极－艾特肯盆地软着陆，按计划开展月球背面采样返回任务。

（新华社北京 2024 年 5 月 8 日电　新华社记者宋晨、徐鹏航）

成功着陆！嫦娥六号将开始世界首次月背"挖宝"

这是人类探索月球的历史性时刻！6月2日清晨，嫦娥六号成功着陆在月球背面南极－艾特肯盆地预选着陆区，开启人类探测器首次在月球背面实施的样品采集任务，即将"蟾宫挖宝"。

北京航天飞行控制中心响起热烈的掌声，嫦娥六号着陆器和上升器组合体在鹊桥二号中继星支持下，成功着陆在月球背面南极－艾特肯盆地预选着陆区。

自5月3日发射入轨以来，嫦娥六号探测器经历了约30天的奔月之旅，在经过地月转移、近月制动、环月飞行等一系列关键动作后，完成了这世界瞩目的"精彩一落"。

相比于降落在月球正面，降落在月球背面可谓环环相扣、步步关键。特别是此次任务的预选着陆区——月球背面南极－艾特肯盆地，落差可达十多公里，好比要把一台小卡车成功降落到崇山峻岭中，每一步都不能掉以轻心，充满着中国航天人的智慧和创造。

"渐次刹车"减速接近月表——着陆器和上升器组合体实施动力下降，搭载的7500牛变推力主发动机开机，逐步将探测器相对月球速度降为零。其间，组合体进行快速姿态调整，逐渐接近月表。

"火眼金睛"选择理想落点——着陆器和上升器组合体通过视觉自主避障系统进行障碍自动检测，利用可见光相机根据月面明暗选择大致安全点，在安全点上方100米处悬停，利用激光三维扫描进行精确拍照以检测月面障碍，最终选定着陆点，开始缓速垂直下降。

"关键缓冲"确保安全落月——即将到达月面时，发动机关闭，利用缓冲系统保障组合体以自由落体方式到达月面，最终平稳着陆在月球背面南极－艾特肯盆地。

月背着陆时间短、难度大、风险高，放眼世界也仅有我国的嫦娥四号探测器曾在 2019 年初成功实现月背软着陆。此次嫦娥六号不仅要实现月背软着陆，更将按计划采集月球背面

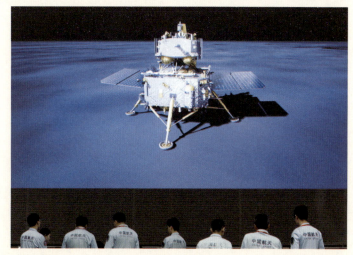

2024 年 6 月 2 日，在北京航天飞行控制中心，工作人员在监测嫦娥六号着陆器和上升器组合体工作情况。（新华社记者金立旺摄）

的月壤，走别人没走过的路。

2004 年，中国探月工程正式批准立项。从嫦娥一号拍摄全月球影像图，到嫦娥四号实现人类首次月球背面软着陆；从嫦娥五号带着月壤胜利归来，再到如今嫦娥六号即将月背"挖宝"……20 年来，中国探月工程不断刷新人类月球探测的纪录。

成功着陆月背，只是开始。后续着陆器将进行太阳翼和定向天线展开等状态检查与设置工作，随后正式开始持续约 2 天的月背采样工作，通过钻取和表取两种方式分别采集月球样品，实现多点、多样化自动采样。

同时，本次任务还将开展月球背面着陆区的现场调查分析、月壤结构分析等科学探测。让我们继续期待嫦娥六号"再接再厉"，不断传来更多好消息！

（新华社北京 2024 年 6 月 2 日电　新华社记者宋晨、徐鹏航）

世界首次！嫦娥六号携月背"土"特产启程回家

月背"挖宝"顺利结束，嫦娥六号启程回家！

6月4日7时38分，嫦娥六号上升器携带月球样品自月球背面起飞，随后成功进入预定环月轨道。嫦娥六号完成世界首次月球背面采样和起飞。

月球背面南极–艾特肯盆地，被公认为月球上最大、最古老、最深的盆地。在这里开展世界首次月背采样，对进一步认识月球意义重大。

6月2日至3日，嫦娥六号顺利完成在月球背面南极–艾特肯盆地的智能快速采样，并将珍贵的月球背面样品封装存放在上升器携带的贮存装置中，完成了这份宇宙快递的"打包装箱"。

2024年6月4日7时38分，嫦娥六号上升器携带月球样品自月球背面起飞，随后成功进入预定环月轨道。嫦娥六号完成世界首次月球背面采样和起飞。（新华社记者金立旺摄）

从挖到取再到封装，一气呵成，干得漂亮！这源于敢为人先的创新设计——

"挖宝"主打"快稳准"。受限于月球背面中继通信时长，嫦娥六号采用快速智能采样技术，将月面采样的有效工作时间缩短至不到20个小时；同时，探测器经受住了月背温差考验，克服了测控、光照、电源等难题，通过钻具钻取和机械臂表取两种方式，分别采集了月球样品。

"取宝地"一次"看个够"。嫦娥六号着陆器配置的降落相机、全景相机、月壤结构探测仪、月球矿物光谱分析仪等多种有效载荷正常开机，服务月表形貌及矿物组分探测与研究、月球浅层结构探测、采样区地下月壤结构分析等探测任务。这些"火眼金睛"不但能"看清"月球，还能"看明白"月球。

月背之旅，拍照"打卡"不能少。着陆后，嫦娥六号着陆器和上升器组合体携带的"摄影小车"，自主移动并成功拍摄回传着陆器和上升器合影。

"做科研"凸显"国际范儿"。嫦娥六号着陆器携带的欧空局月表负离子分析仪、法国月球氡气探测仪等国际载荷工作正常，开展了相应科学探测任务；安装在着陆器顶部的意大利激光角反射器成为月球背面可用于距离测量的位置控制点。中方和合作方科学家将共享科学数据，联合开展研究，产生更多成果。

"挖宝"完成后，起飞分"三步走"。与嫦娥五号月面起飞相比，嫦娥六号上升器月背起飞的工程实施难度更大，在鹊桥二号中继星辅助下，嫦娥六号上升器借助自身携带的特殊敏感器实现自主定位、定姿。上升器点火起飞后，先后经历垂直上升、姿态调整和轨道射入三个阶段，顺利进入了预定环月飞行轨道。后续，月球样品将转移到返回器中，由返回器带回地球。

还有这鲜艳的一抹红——表取完成后，嫦娥六号着陆器携带的五星红旗在月球背面成功展开。这是我国首次在月球背面独立动态展示国旗。

"中国红"亦承载着人类的共同梦想。祝愿嫦娥六号归途顺利，我们在地球等你！

（新华社北京2024年6月4日电　新华社记者温竞华、宋晨、蔡金曼）

扫码观看视频内容

嫦娥六号完成"太空接力"
月背珍宝搭上"回家专车"

6月6日14时48分,嫦娥六号上升器成功与轨道器和返回器组合体完成月球轨道交会对接,并于15时24分将月球样品容器安全转移至返回器中。

这是继嫦娥五号之后,我国航天器第二次实现月球轨道交会对接。

护送月背珍宝回到地球,需要先将其送上"回家专车"返回器。这个过程堪称一场精彩绝伦的"太空接力"——

首先是上升器向轨道器和返回器组合体"飞奔而来"。携带月壤的嫦娥六号上升器自4日上午从月球背面起飞,先后经历垂直上升、姿态调整和轨道射入三个阶段,进入环月飞行轨道。

接下来是双方"步步靠近"。当上升器在轨道器和返回器组合体前方约50公里、上方约10公里位置时,轨道器和返回器组合体通过近程自主控制逐步靠近上升器,完成轨道交会。

最后一步是"精准交棒"。上升器和轨道器同时在轨高速运动,轨道器必须抓住时机,精准捕获并紧紧抱住上升器,完成对接。为了让上升器稳稳投入轨道器的怀抱,研制团队设计了抱爪式对接机构——轨道器配置的3套K形抱爪对准上升器连接面的3根连杆,通过将抱爪收紧实现两器紧密连接。这一过程就像运动员用手握住接力棒的动作。

之后,装载着珍贵月球背面样品的容器从上升器安全转移至返回器中,月背珍宝稳稳搭上了"回家专车",完成了嫦娥六号此次月背采样返回任务的又一关键环节。

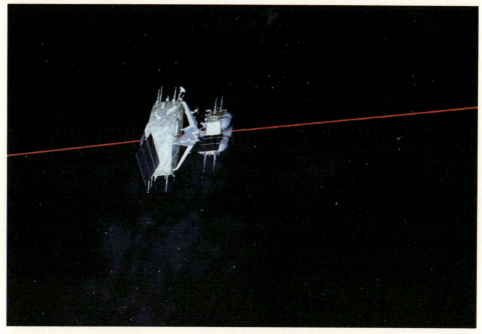

2024 年 6 月 6 日在北京航天飞行控制中心大屏幕上拍摄的嫦娥六号月球轨道交会对接与在轨样品转移动画模拟画面。（新华社记者金立旺摄）

在这场环环相扣、步步关键的"太空接力"中，还有"一双明眸"——双谱段监视相机，记录下距离地球 38 万公里外的浪漫牵手。

后续，嫦娥六号轨道器和返回器组合体将与上升器分离，进入环月等待阶段，准备择机实施月地转移轨道控制，经历月地转移、轨道器和返回器分离等关键步骤后，返回器将按计划携带月球样品着陆在内蒙古四子王旗着陆场。

让我们一起期待月背珍宝平安回家！

（新华社北京 2024 年 6 月 6 日电　新华社记者宋晨、温竞华）

历史性时刻！嫦娥六号携月背珍宝回家了

嫦娥六号回来了！

25日14时7分，嫦娥六号返回器准确着陆于内蒙古四子王旗预定区域，工作正常，探月工程嫦娥六号任务取得圆满成功，实现世界首次月球背面采样返回。

25日13时41分许，嫦娥六号经历了回家路上惊心动魄的时刻——返回器在距地面高度约120公里处，以接近第二宇宙速度（约11.2千米/秒）高速在大约大西洋上空第一次进入地球大气层，实施初次气动减速。

当下降至预定高度后，返回器在大约印度洋上空向上跳出大气层，到达最高点后开始滑行下降。之后，返回器再次进入大气层，实施二次气动减速。

在降至距地面约10公里高度时，返回器打开降落伞，完成最后减速并保持姿态稳定，随后准确在预定区域平稳着陆。

从5月3日成功发射到6月2日精准着陆在月球背面"挖宝"，再到6月25日顺利着陆"回家"，嫦娥六号每一个"动作"环环相扣、顺利进行，这场长达53天的太空探索终获成功！

嫦娥六号在人类历史上首次实现月球背面采样返回，是我国建设航天强国、科技强国取得的又一标志性成果。

按计划，回收后的嫦娥六号返回器在完成必要的地面处理工作后，将空运至北京开舱，取出样品容器及搭载物。国家航天局将择机举行交接仪式，正式向地面应用系统移交月球样品，后续开展样品储存、分析和研究相关工作。

"成功返回是嫦娥六号旅行的终点，也是我们开展相关研究的起点。"嫦娥六号任务总设计师胡浩说，未来还将按计划开展国际合作，进行联合研究，相关成果也将择机发布。

图为 2024 年 6 月 25 日拍摄的嫦娥六号返回器回收现场。（新华社记者金立旺摄）

　　嫦娥六号太空之旅成功的背后是中国探月工程 20 年来一代代航天人的接续奋斗。从嫦娥一号拍摄全月球影像图，到嫦娥四号实现人类首次月球背面软着陆；从嫦娥五号在月球正面取回的月壤中发现新矿物"嫦娥石"，到今天嫦娥六号月背"挖宝"返回……

　　让我们一起期待，从嫦娥六号带回的月背珍宝中取得更多科学成果。

（新华社北京 2024 年 6 月 25 日电　新华社记者宋晨、温竞华）

亮相！嫦娥六号标志性成果令人惊喜

刚刚结束了53天月背之旅的嫦娥六号返回器，已运抵北京并"开箱取宝"。

嫦娥六号任务有哪些创新之处？探测器在月背收获如何？国际载荷带回了哪些"纪念品"？国家航天局等单位在27日举行的国新办新闻发布会上给出答案。

——创新：实现"三大技术突破"和"一项世界第一"。

国家航天局副局长卞志刚介绍，嫦娥六号任务是中国航天史上迄今为止技术水平最高的月球探测任务，实现了"三大技术突破"和"一项世界第一"。即突破了月球逆行轨道设计与控制技术、月背智能采样技术、月背起飞上升技术，实现了世界首次月球背面自动采样返回。

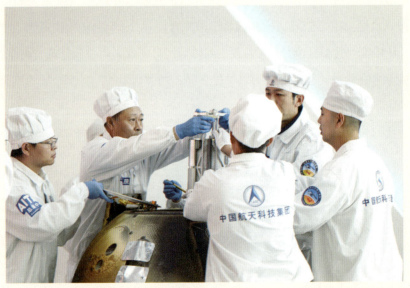

2024年6月26日下午，科研人员对嫦娥六号返回器进行开舱，检验关键技术指标完成情况。（新华社记者金立旺摄）

月球背面无法直接与地球通信，在月球背面采样和着陆必须依靠中继星。嫦娥六号任务副总设计师、中国科学院国家天文台研究员李春来说，这对深空通信技术是一个重要的验证和提升。

此外，月球背面采样返回还面临地形复杂等挑战，加大了任务实施的难度和风险。中国航天科技集团有限公司副总经理林益明说，考虑到月背的光照、测控条件等多种约束，设计了逆行的轨道飞行方案，做到了整个系统设计最优、最高效。

"我们把探测器、火箭的'身体健康'放在第一位。"嫦娥六号任务总设计师胡浩说，"在嫦娥六号执行任务前，我们把上天产品和地面产品的质量和可靠性进行深入梳理，使整个系统能够更健全、更健康、更可靠。"

人们关心，嫦娥六号带回多少月壤？胡浩透露，嫦娥六号样品容器可容纳2公斤左右月球样品。月背采集到的月壤状态和月球正面月壤细腻、松散的状态"似乎不太一样"。

据了解，取回的月壤重量很快将对外公布。

——探秘：传回科学数据"大礼包"。

此次一同"搭车"月背旅行的，还有来自欧空局、法国、意大利、巴基斯坦的4台国际科学载荷。

5月8日，在嫦娥六号探测器实施近月制动后，巴基斯坦立方星成功分离，拍摄并成功回传了月球影像图；5月10日，中国国家航天局向巴方交接了立方星数据。

其他3个国际载荷，则在嫦娥六号着陆月球后顺利开展工作。

其中，意大利激光角反射器状态正常，法国氡气探测仪在月面工作时间达32小时，欧空局月表负离子分析仪在月面工作3小时50分钟。

"这几台国际载荷工作都非常出色。"国家航天局国际合作司负责人刘云峰说。

——后续：我家大门常打开，开放怀抱等你。

刘云峰介绍，国家航天局先后制定了月球样品管理办法和月球样品及科学数据的国际合作实施细则，详细公布了月球样品研究的申请流程和开展月球样品国际合作的具体信息。"中方欢迎各国科研人士按照有关流程提出申请，共享惠益。"

此外，嫦娥七号任务已经遴选了 6 台国际载荷；嫦娥八号任务向国际社会提供约 200 公斤的载荷搭载空间，已收到 30 余份合作申请。

在国际月球科研站项目中，国家航天局已经与 10 多个国家、国际组织签署了合作协议，将与合作伙伴一起就未来项目的任务、设计、联合实施和科学数据共享等开展多种形式的合作。

深空浩瀚无垠，人类求索无限。卞志刚说，后续嫦娥七号、嫦娥八号，行星探测工程天问二号、天问三号等任务正在按计划推进，我们期待与更多国际同行携手，深入开展多种形式的航天国际交流合作。

（新华社北京 2024 年 6 月 27 日电　新华社记者温竞华、宋晨、徐鹏航）

人类首份月背样品，1935.3 克！

"经测量，嫦娥六号任务采集月球样品 1935.3 克！"

6 月 28 日上午 10 时许，在热烈的掌声中，国家航天局局长张克俭向中国科学院副院长丁赤飚移交了装有嫦娥六号样品的容器。

当覆盖嫦娥六号样品容器的红布被揭开时，现场的科研工作者赞叹：

"人类首份月背样品，是咱中国人采回来的！"

"比嫦娥五号采样更多，探月工程更进一步。"

"近两公斤的月背样品，是 53 天太空之旅突破重重困难带回的，也是中国探月 20 个年头的重要突破。"

在嫦娥六号任务总设计师胡浩眼中，这些成果来之不易。1935.3 克的月背采样体现着新型举国体制的独特优势，更凝结着广大航天工作者的心血智慧。

张克俭表示，数万名科学家、工程师，勇挑重担，协同攻坚，放弃节假日和休息时间坚守阵地，无私奉献，实现了这一中华民族乃至人类航天史上的伟大创举。

据介绍，嫦娥六号包括 4 台国际载荷在内的所有设备，均获取到珍贵的科学数据或影像资料，是中国携手国际合作伙伴和平探索利用外空构建人类命运共同体的又一个生动实践。

"嫦娥六号是一次令人赞叹的任务，我们非常高兴能够参与其中。"欧空局月表负离子分析仪（NILS）载荷技术官员尼尔·梅尔维尔－肯尼说，太空探索让我们认识到地球和各国人民都是不可分割的整体。在太空探索中，国际合作非常重要，通过合作我们将取得更大成就。

"从外观上看，我们发现嫦娥六号样品相较其他样品比较黏稠，还有结块的现象。期待后续通过系统科学研究取得新的科学发现和成果。"嫦娥六号任务新闻发言人葛平表示,将进一步发扬"追逐梦想、勇于探索、协同攻坚、合作共赢"的探月精神,与国际社会共享中国探月科学成果。

中国科学院国家天文台多功能厅,科研人员早早迎候在此。上午 11 时许,月球样品顺利运抵,现场响起热烈的掌声。在多位院士专家的见证下,嫦娥六号任务月球样品正式交接给国家天文台,并转运至国家天文台月球样品实验室。

"人类首份月背样品在科学上具有独特意义,将进一步增进人类对月球演化的认知,加快人类和平探索利用月球资源的脚步。"国家天文台台长刘继峰说,后续将认真做好月球样品的存储、制备和处理,继续以月球样品研究为契机,进一步加强合作交流,夯实各类科研和学术交流平台,广泛汇聚科研力量,加快实现原始创新重大成果产出。

此前,通过对嫦娥五号月球样品的深入研究,在月球形成与演化、太空风化作用及资源利用等多个领域,取得了重大科学成果,月球第六种新矿物"嫦娥石"、月球最"年轻"玄武岩等 80 余项成果在国内外重要期刊发表。

人类首份月背样品是全人类的共同财富,期待后续研究成果为月球探索带来更多惊喜。

(新华社北京 2024 年 6 月 28 日电 新华社记者宋晨、张泉、徐鹏航)

嫦娥六号任务总设计师胡浩：为了月背近 4 斤土，拼了！

6 月 25 日下午 2 时许，内蒙古四子王旗阿木古郎草原，嫦娥六号任务总设计师胡浩终于迎回了自己牵挂 53 天的"六姑娘"——实现人类首次月背采样返回的嫦娥六号探测器。

定位、搜索、检查状态……返回器工作正常，任务圆满成功，胡浩悬着的心才放下来。

虽然嫦娥六号如期从月背带回近 4 斤土，这几天胡浩依然在奔波中：护送返回器回京并开舱"取宝"、部署安排轨道器后续拓展实验、见证月背样品开启科学研究……忙碌间隙，他第一次向新华社记者聊起嫦娥六号不为人知的故事。

"六姑娘"将带来新知，"我充满期待"

采集 1935.3 克人类首份月背样品，再入返回比嫦娥五号更加精确，国际载荷收获科学数据"大礼包"……谈及"六姑娘"的任务成果，胡浩的脸上满溢自豪，语声爽朗。

"嫦娥六号任务是我国迄今为止最复杂的深空探测任务，飞控事件多、环节紧凑、控制过程复杂。"胡浩说，"六姑娘"采用智能快速采样技术，实际工作效率相较"五姑娘"提升了 30% 左右。根据着陆区地质情况和钻取作业情况，最终钻取采样深度达到了 1.1 米。

返回器着陆精度体现着任务的技术控制水平。嫦娥六号返回器的落点预报精度十几米、开伞点精度 200 多米、落地精度 16 公里，高质量完成回家最后一步。

嫦娥六号搭载的 4 台国际科学载荷，此行也收获颇丰。其中法国氡气探测仪传回科学数据 158M，欧空局月表负离子分析仪传回科学数据 3.9M，这两个项目都进入了后期数据处理和论文发表的准备阶段；意大利激光角反射器相当于在月球上"钉了一枚钉子"，有利于今后在月球开展任务时标定位置。

"'六姑娘'的国际合作也超出预期，提升了我们在月球探测领域的国际影响力，促进了与搭载载荷国家的友好交往。"胡浩说。

6 月 28 日，月背样品正式移交给月球科学研究的牵头单位中国科学院，胡浩难掩兴奋："'六姑娘'会带来什么新知？我充满期待。"

"把方案做到极致"，在不确定性中寻找确定性

3 年多来，胡浩带领团队开展了大量适配和优化设计，实现月球逆行轨道设计与控制、月背智能采样、月背起飞上升等三大技术突破，使嫦娥六号任务成为中国航天史上迄今为止技术水平最高的月球探测任务。

最大的悬念是能否准确降落到月背预定区域。月球的图精度较低，最高分辨率仅能达两米左右，而且由于月背没有实时图像数据，仅能依靠遥测数据进行判断。

采样环节则像"开盲盒"。由于事先无法判断月表下的状态，必须设计钻取和表取作为"相互备份"。万一钻取不行，挪动位置的代价很大，就要通过表取来"保底"。

"嫦娥六号任务的可靠性是乘积关系，一个环节 0.9，再一个环节 0.9，整个系统可靠性就降到 0.81 了。"再回首已是云淡风轻，听来却处处惊心动魄。

比如，在月背实施无人采样、封装、转移，精密性要求高且难度大，而且月球的真空度很高，进入一点大气就可能污染样品，研制团队在地面模拟平台进行大量实验，以毫米级精度确保样品始终如一。

"我们把方案做到极致，在不确定性中寻找确定性，就算中继星失灵，嫦娥六号依然可以自主开展采样、起飞。"胡浩说着，打了一个手势，干净利落、绝无冗余。

一路陪伴"嫦娥"长大，"航天人已投入新的战斗"

2007年，以地球轨道卫星为基础研制的嫦娥一号探测器仅重2.35吨；2024年，嫦娥六号任务将超过 8 吨重的探测器送上月球。17 年来，中国探测器进入空间的能力实现跨越式提升。

一路陪伴"嫦娥"长大，胡浩经历了从副总指挥到总设计师的几次身份转变，不变的是"总是在面对新问题，迎接新挑战"。

地外天体采样与封装，月球轨道无人交会对接，以近第二宇宙速度再入返回……2020 年，由胡浩担任总设计师，嫦娥五号任务创造了多项"中国首次"，实现了较大的技术跨越。

"开门看到老虎、毒蛇不可怕，可以想办法对付它们；可怕的是门外一片漆黑，这一步是迈还是不迈？"胡浩用一个形象的比喻，道出了向未知进发的巨大压力和挑战。

一项项创新突破，一次次闯关夺隘，胡浩用四个"信"字总结一路走来的感受——

"坚定信念，才能十年磨剑，向一个共同的梦想迈进；保持信心，才能在不断面对新的挑战时迎难而上、实现突破；相互信任，才能在复杂的大系统工程中统一步调、协同攻坚；言而有信，才能让国内外相关单位愿意与我们开展合作。"

2030 年前实现载人登月、2035 年前建成国际月球科研站基本型……未来蓝图已绘。

"嫦娥五号和嫦娥六号证明，中国人设计的这条往返月球的技术路线是可行的。"胡浩的语气，自信又果决，"航天人已投入新的战斗！"

（新华社北京 2024 年 6 月 30 日电　新华社记者温竞华、宋晨）

洞见活力中国

新华社『新华鲜报』

"生活不止眼前的苟且，还有诗和远方"。"诗和远方"的背后，是每个人都有的对美好生活的向往。

有了如此多的向往，"尔滨"火了，"村超"热了，天水的麻辣烫红了；一次次奔赴，流动的中国，活力十足，春节旅游"热辣滚烫"，清明假期"不负春光"，五一假期韵味十足。

远方有诗意。河南安阳，洹水之滨，多少人来殷墟赴一场"千年之约"；琉璃瓦下，文华殿中，紫禁

诗与远方

城与凡尔赛宫重逢；战国，金戈铁马的时代，武王墩墓引人遐想楚人生活；跨越 2000 余年，"东方睡美人"辛追 AI 重现，带你越千年，聊汉室纷纭 12.9 亿人次"打卡"博物馆，只因这里连接过去、现在、未来，有无尽的"诗和远方"。

"新华鲜报"带你越大江南北、览古今中外；带你品文化创造，看烟火日常。用行走拉长生命的跨度，用悦读充盈人生的厚度。

冰雪节开启 火出圈的"尔滨"再掀热潮

1月5日晚，在漫天烟火的照耀下、在欢快悠扬的歌声中、在此起彼伏的欢呼声中，第40届中国·哈尔滨国际冰雪节在哈尔滨冰雪大世界启幕，来自四面八方的游客共同领略这场冰雪盛宴。

"这里宛如冰雪王国，特别壮观！这座城市非常洋气！人非常热情！我很喜欢。"在开幕式现场，山东游客王家琪和朋友连连为"尔滨"点赞。

冰雪节，对哈尔滨人来说，是一个特别的假期。据《哈尔滨市人民政府办公厅关于2024年哈尔滨市部分节假日安排的通知》，1月5日全市公休1天。

本届冰雪节围绕冰雪节庆、冰雪文化、冰雪艺术、冰雪体育等七大板块，推出百余项特色活动。自1985年哈尔滨举办首个以冰雪活动为主题的国际性节庆活动以来，中国·哈尔滨国际冰雪节已成为与日本札幌冰雪节、加拿大魁北克冬季狂欢节和挪威奥斯陆滑雪节齐名的四大冬令盛典之一。

不仅有排队打卡的冰雪大世界，还有市井气洋溢的红砖街早市，行李箱摆成小山的洗浴中心，排号起码一小时的铁锅炖……冰雪节，只是为近来火出圈的"尔滨"再添把火。

这几天，来自广西的11个"砂糖橘"引发网友"追更"。这群小朋友北上研学，受到"尔滨"无微不至的照顾。冰雪节当天，广西方面传来消息，多批砂糖橘紧急发往冰城，赠送东北"老铁"，"投橘相报"。

为了举办一场别开生面的"凤凰飞天秀"表演，沈阳将两台"金凤凰"造型的无人机借给哈尔滨，不仅给哈尔滨"上新活儿"，也加强了兄弟城市之间的交流与合作。

5日，除了冰雪大世界、中央大街等热门景点，在侵华日军第七三一部队罪证陈列馆前，有大批参观者在寒风中排起长队，"铭记历史，吾辈自强"为旅程增添厚度。

中国旅游研究院1月5日发布的"2024年冰雪旅游十佳城市"中，哈尔滨位列榜首。2024年元旦3天假期，哈尔滨市累计接待游客304.79万人次，实现旅游总收入59.14亿元，均达到历史峰值。

"尔滨"出圈，为什么？

有人说，这一切缘于"尔滨"变了。切块摆盘的冻梨，新鲜出炉的索菲亚大教堂甜点，1.5米长的冰糖葫芦，撒糖的豆腐脑，用勺子吃的烤红薯……这座东北城市仿佛一时间开悟，让人们感到"熟悉又陌生"。熟悉的是每年冰雪季都喧嚣热闹，陌生的是旅游业催生出一系列"倾我所能、尽我所有"。

"南北方在饮食、语言习惯上存在不少差异，我们尽量满足游客的需求。"哈尔滨一家餐厅的服务员周立娟说，以往人们熟知东北人语言的霸气和豪爽，如今出圈的"公主请上车""王子请吃饭"则代表着"尔滨"的热情与友善。

"以前旅游季人也多，但没今年这么火爆。现在最火的店一天翻台400桌左右，接待能力接近饱和。"山河屯铁锅炖创始人姚立龙说，为了更好地照顾"小土豆""小金豆"，公司组织了爱心车队，在各个景区提供免费接送服务。

看似偶然，"尔滨"的爆火实则有迹可循。"我姓哈，喝阿哈，五湖四海谁都夸……"去年9月以来，哈尔滨文旅部门策划推出颇具"网感"的宣传片，"欢迎来北境""霍格沃茨哈尔滨分校"等符合年轻人喜好的短视频密集发布，为冬季旅游积累人气。

一波波热度袭来，"尔滨"继续"上大分"，"一天一个新花样"。地铁方面推出免费"地铁摆渡票"，文旅部门发布大雪人地图和旅游攻略，中央大街为地下通道铺地毯，交通指示牌被连夜更换，暖心志愿者免费提供红糖姜茶……"尔滨""有求必应"，政府部门和普通市民满腔热忱，感染着四方游客。

"哈尔滨厚积薄发，为这波爆火做足了准备。"中国旅游研究院院长戴斌分析说，游客满意度高不高、经营主体竞争力强不强、发展动能新不新，是新时代旅游业高质量发展面临的必答题。要以游客满意为导向，进一步完善冰雪旅游商

2024年1月5日，游客在哈尔滨冰雪大世界园区内游玩。（新华社记者王建威摄）

业环境，打造更为便利的基础设施和高质的公共服务。

哈尔滨国际冰雪节前夕，哈尔滨市委宣传部、市文明办在全市启动"激情迎亚冬·窗口展风采"文明服务品质提升专项行动。以客为先、以客为尊、以客为亲，并围绕服务品质提升开展"滨滨有礼"行业风采展示活动、"窗口服务体验官"活动等6项主题活动，聚焦"吃住行游购娱"，共同打造"冰雪文化之都"。

按照哈尔滨市有关发展规划，这里将打造冰雪旅游"吃住行游购娱"全产业链，同时着力提升旅游行业的市场化运营、标准化建设、规范化管理和智慧化赋能水平，推进各类景区景点提档升级，满足个性化、差异化消费需求。

"在绝对实力和真诚面前，任何技巧都不足以破解'网红'变'长红'的难题，期待哈尔滨和更多城市以更高的智慧、更久的耐心，夯实城市旅游发展的硬基础和硬实力，拥抱文旅消费的春天。"戴斌说。

（新华社哈尔滨2024年1月5日电　新华社记者杨思琪、戴锦镕）

"村超"开启新赛季
来看贵州榕江追"球"新活力

队旗招展、芦笙悦响、锣鼓喧天……1月6日一早，冒着淅沥小雨，在贵州省黔东南苗族侗族自治州榕江县的"村超"球场，欢快的多耶舞和炫目的烟花过后，2024年"村超"赛季正式拉开帷幕。

绿茵场上，一颗小小的足球在活力四射的口寨村足球队和苗本村足球队的球员之间来回滚动。新赛季，62支村队、超1800名球员会聚在一起。1月6日至2月24日进行的预选赛上，所有球队分成10组，每组取前两名，将决出"20强"竞逐于3月至5月举行的总决赛阶段总冠军。

"村超"有多火？来自榕江县"村超"办公室的数据显示，2023年系列赛事，全网浏览量超580亿次。5月13日至10月28日系列赛事举办期间，当地累计接待游客超519万人次，实现旅游综合收入59.86亿元。

"2024年必将是'村超'的又一个非凡之年！"榕江县委副书记、县长徐勃表示，全称为贵州榕江（三宝侗寨）和美乡村足球超级联赛的"村超"赛事，让更多的人在追"球"的同时生发了更加远大的人生追求。

2023年，以"村超""村BA""村排"为代表的民间赛事，掀起"体育＋"的热潮，火爆"出圈"，折射出人们对乡村发展的新需求、新期待，从心底释放出更为浓厚的乡土情结，为美好生活迸发出更为积极的创造力。

"村超"新赛季吸引了大量新村队参赛，从2023年的20支村队增加至2024年的62支。"2023年'村超'爆火的时候，就有很多村民为本村未能组队参赛而懊悔!""村超"组委会成员之一、榕江县第一中学体育教师赖洪静说,新赛季,他们将用积蓄已久的激情和力量去争夺总冠军,追逐更加精彩的人生。

村民凑钱为球队筹集费用、缝制队徽为球队献上祝福、举办出征仪式为球队助威壮行、准备盛装和美食为球队加油鼓劲……各支参赛球队通过"村超"、通过足球团结和凝聚起来的村民力量,让这一赛事显露出超越绿茵场的巨大魅力。

"'村超'让榕江群众对自身文化、对家国情怀充满了自信和底气!"口寨村足球队教练员、"村超"解说员杨兵深有感触地说。

新赛季,榕江"村超"采取了严格而规范的外援制度,每支球队允许引入 5 名非榕江籍的贵州籍业余球员参赛。"村超"组委会成员之一、车民小学校长杨亚江说,这将进一步助推贵州民间足球运动更好发展。

"村超"将让更多的人爱上足球,爱上运动,进而更好地热爱生活!这样的愿景正在逐步实现。

2023 年"村超"落幕后,榕江通过举办辐射全国的美食足球友谊赛,搭建起民间足球交流的巨大舞台。"'村超'新赛季开赛前,榕江每周都有数十场足球交流赛,来自全国其他各地的球队占了不小比例。"贵州"村超"运营管理负责人彭西西说,榕江已跃升为民间足球交流"高地",带动了基层足球的运动氛围。

"村超"孕育于乡村,也正在反哺着乡村。"村超""村排"、龙舟赛等民间赛事经与当地特色文化成功"嫁接",开启了"乡村嘉年华"的多元价值功能,打开了观察中国式现代化的一扇窗。

"融合了足球运动和民族文化的'村超'赛事,是乐子,更是路子!"徐勃说,2024 年"村超"赛季结束后,榕江将继续举办"村超"全国女子足球友谊赛、辐射全国的美食足球友谊赛、"一带一路""村超"友谊赛等系列赛事,更好展现中国乡村的活力满满。

（新华社贵阳 2024 年 1 月 6 日电　新华社记者罗羽）

"尔滨"引发南北文旅拉歌：
掏出"家底"请你来

这个冬天，哈尔滨成为 2024 年开年首个"顶流"城市。以此为开端，从北方冰雪旅游到南方"花海经济"，新年伊始中国旅游市场就火了起来。

回顾 2023 年，各地丰富文旅融合新业态，激发游客消费热情，一桌难求的淄博烧烤是文旅市场强劲复苏的缩影。而"尔滨"的火爆"出圈"则让人对今年的旅游市场更加期待。

不止哈尔滨，东北三省持续加大冰雪旅游投入力度，推动冰雪经济不断升温，并掏出"家底"欢迎各地游客。辽宁省沈阳市文旅局局长喊话"小砂糖橘"，欢迎来沈阳站一站、看一看。吉林省延吉市也拿出中国朝鲜族民俗园、烤串、米糕、辣白菜等热情相邀。

记者发现，"掏出'家底'请你来"的南北文旅业隔空喊话，应者云集。

为了感谢东北"老铁"的照顾和宠爱，广西南宁、桂林、柳州等地连夜把砂糖橘送往东北。同时，广西的德天跨国瀑布景区、凭祥友谊关景区等 45 个景区，免费向东北"老铁"开放。

湖北省恩施市文旅局文旅推荐官张晓霞带着土家烧饼、溶洞风景等花样喊话。社交媒体上，还有山东网友在为小朋友去东北叫啥而犯愁："小煎饼"还是"小挖机"？

气候温暖、风光旖旎的云南也发出邀约。"'小冻梨'们，欢迎来暖和的西双版纳'解冻'！我们有野象、热带雨林……"云南省西双版纳傣族自治州景洪市文旅局局长隋剑飞说。

"'北北'，这次换我们'南南'宠你！从'尔滨'到云南，大江南北的旅

2024 年 1 月 4 日，昆明市区的冬樱花绚烂绽放。（新华社记者胡超摄）

游火起来，祖国各地一家亲！"云南省德宏傣族景颇族自治州芒市文旅局副局长莫含蕾热情洋溢。

记者从云南省文旅厅获悉，作为回礼，云南还特意准备了鲜花饼、松茸饼干各 1 万份，拟于近期送往哈尔滨，让东北"老铁"尝尝鲜。

眼下，除了东北地区，冰雪资源富集的新疆也推动冰雪产业提档升级，形成"冰雪＋运动""冰雪＋观光""冰雪＋温泉"等多种旅游产品。

"冰雪热"还在"小土豆""小菌主"的家乡兴起。元旦前，云南省会泽大海草山滑雪旅游度假区正式"开板"营业，不少滑雪爱好者慕名而来。

同样火热的，还有贵州"村超"的足球热情。1 月 6 日，"村超"归来，战火重燃，由 62 支村队报名参加的"村超"新赛季打响揭幕战，引来天南海北的关注。

受访文旅业人士认为，此起彼伏的文旅喊话和旅游热潮，犹如春节旅游旺季正式启幕前的拉歌，声音洪亮、热情真挚，拉出了感情、传递了友谊，彰显出祖国大家庭的温暖有爱，也是各地大方自信的城市推介。

此时，北方白雪皑皑，南方繁花似锦，南北风景、美食、民俗等差异催生出巨大的文旅市场。这股强劲的南北双向奔赴旅游热潮背后，是全国统一大市场的日趋完善和现代旅游业体系的愈加健全。

寒假即将到来，春节长假也不远，面对这波"出圈"机遇和爆发式的游客增长，各地正努力提升服务水平、做强特色文旅，吸引各地更多"小土豆""小菌主""小折耳根"们。

（新华社北京 2024 年 1 月 7 日电　新华社记者吉哲鹏、孙敏、严勇）

中国萌娃"大串门"，南北联欢"带劲"！

10日晚，11个"小砂糖橘"在东北尽兴玩了11天之后，平安回到广西南宁。

当天下午，15个"小东北虎"从黑龙江到了桂林，开启游漓江、爬溶洞、嗦米粉的旅程；一天前，另一个"小东北虎"游学团已到广西柳州，受到热情接待。

这个冬天，"小熊猫""小折耳根""小枸杞"纷纷来大东北看雪，多地文旅部门喊话"欢迎做客"……这是少有的"萌娃大串门"，也是难得的南北大联欢！

11个来自广西南宁的孩子，小的才3岁半，大的6岁，在3位幼儿园老师的带领下，见世面，被呵护。各路网友纷纷帮忙"云看娃"："请家长们放心，一个都不会少"……

从"尔滨"到漠河，从长春到延吉，大东北用诚意和实在展现"宠娃模式"。

在哈尔滨，参观哈工大看机器人跳舞、火箭模型发射；在漠河，孩子们"打卡"中国最北哨位，唱国歌，向边防战士敬礼……

文旅部门全程保驾护航，铁路、林业、公安、教育等部门站站接力、层层守护……

"小砂糖橘"被宠，也许他们尚不理解"宾至如归"，但大东北的叔叔阿姨暖了孩子的心，以至"小砂糖橘"还哭着要把东北警察叔叔带回家。"这趟旅程最大的收获，是孩子们在'爱'中成长。"带队老师在南宁机场对记者说。

从自然景观到爱国主义教育，从感受东北民俗到领略地大物博……没有比这更生动更鲜活的课堂。

受"小砂糖橘"的鼓舞，多地"云养娃""大串门"纷纷开启：广东江门"小醒狮"在哈尔滨与七台河开启游学之旅；重庆"小火锅"也出征大东北；东北漠河"小蓝莓"到达云南西双版纳……网友直呼"还没过年就浓浓的串门气氛了，今年年

2024年1月6日，11名来自广西南宁的小朋友——"小砂糖橘"结束漠河游学之旅，来到哈尔滨极地公园，与企鹅亲密互动。（新华社记者张涛摄）

味肯定很足！"

祖国大地你来我往，线上线下暖流涌动。

这一趟趟游学之旅，不仅帮孩子们开阔视野、拓展知识，更在他们幼小的心灵播下种子，深化对不同地域文化的认识，体会"中华民族共同体"的深意。

"有朋自远方来，不亦乐乎""礼尚往来，往而不来，非礼也"……从小受中国文化熏陶的孩子们，在"大串门"中有了更好的感受。

"谢谢东北的叔叔阿姨，快来我们广西南宁玩吧！"一个"小砂糖橘"回到南宁后，"奶声奶气"发出了邀请。

就在"小砂糖橘"在东北玩得正"嗨"时，他们的家乡广西连夜剪砂糖橘送往东北。多地"文旅君"发话，近200家景区面向东北"老铁"推出免门票或打折优惠政策。黑龙江即刻"回礼"蔓越莓和五常大米。云南"小野生菌"结束哈尔滨之旅后，云南送去两万盒鲜花饼和松茸饼干作为回礼……

网友们赞叹，"这就是相亲相爱的一家人"。这互助互爱的中华传统美德，能量满满，"这就是中华民族生生不息的密码！"

（新华社北京2024年1月11日电　新华社记者陈露缘、黄凯莹）

90 亿人次！"春运"里的活力中国

再过 10 天，春运即将拉开帷幕。

来自交通运输部的最新数据显示，今年春运期间全国跨区域人员流动量预计将达到 90 亿人次，创历史新高。

1954 年，"春运"二字首次出现在媒体上。那时，春运的"主力选手"是学生、机关干部等，大家坐着绿皮火车，慢慢"颠"回家乡。

70 年过去，人们乘坐的交通工具越来越先进、越来越多样，路途的时间越来越短，春运的新鲜事儿也越来越多。

作为疫情防控转段后的第二个春运，今年出行需求大释放。根据预测，今年春运铁路、公路、水路、民航等营业性客运量将达 18 亿人次，与 2023 年相比，多 2 亿多人次。按一个人来回需要乘坐 4 次车计算，相当于多了 5000 万人口在流动。

解决几亿人同时出行的难题，靠的是更多新开的线路，更优化的出行时刻，以品质促提升，用速度换时间。

1 月 10 日，我国铁路实行新的列车运行图，更好服务春运出行。成都到乌鲁木齐的单向旅行时间最长压缩 9 小时 24 分，长春到南宁最多可节省 16 小时 19 分……对于游子来说，回家的距离没有变，但家却感觉更"近"了。

让人人有更好的出行体验，是交通运输部门的追求。实行新的列车运行图后，在东北、西南、西北地区，铁路部门专门安排了 20 列乡村振兴旅客列车，增加脱贫县停站的频次，持续开好公益性"慢火车"，为推进乡村全面振兴提供更多支撑。

作为人类规模最大的周期性迁徙，如此大范围的出行，靠的是越来越发达的综合交通网络。

新年伊始，各地重大交通基础设施项目建设陆续提上议程。高速铁路网、高速公路网连片成群，民航建设持续推进，交通基础设施建设畅通区域发展"大动脉"、方便人民群众出行的同时，也成为拉动内需的"火车头"。

说完营业性客运量，再来谈谈非营业性客运量。

今年自驾出行可以说非常火爆，根据预测，高速公路及普通国省干线非营业性小客车人员出行量约有 72 亿人次，占全社会人员出行量的 80%，是 2023 年同期的 2 倍多。

自驾出行成为春运出行的绝对主流，原因何在?

一方面，私家车保有量的攀升为自驾出行提供更多可能，导航技术的成熟发展为自驾出行保驾护航，越来越多的人愿意开车出门"兜兜风"。经济社会全面恢复常态化运行让人们旅游、休闲的愿望日益强烈，选择与亲友团聚的方式不再只局限于回到家乡，还可以走出家门、国门，去户外追寻"诗与远方"，去热门商圈"买买买"。

另一方面，公众自驾出行有了更多保障措施。今年春节假期小型客车免费通行时段为 2 月 9 日至 17 日，达 9 天，开车回家费用将更少;服务区停车、充电、加油、餐饮等服务管理持续提升，遇到应急突发事件，清障救援将更及时，开车回家更舒心。

春运，是续接百业振兴之势的起点。90 亿人次的穿梭往返，呈现的是一个生机勃勃、拥有旺盛活力的中国。

（新华社北京 2024 年 1 月 16 日电　新华社记者叶昊鸣、王聿昊、樊曦）

大幕开启！春运走过 70 年

26 日，2024 年春运，开启！

40 天里，90 亿人次出行，其中 72 亿人次自驾出行，都将创历史新高！开着新能源汽车回家，也成了春运的新符号！

自 1954 年"春运"一词通过媒体进入社会大众视野，这场"全球最大规模人口迁徙"已经走过 70 年。

90 亿人次，如果放在 70 年前，别说能不能"运"走这么多人，光运输方式就没得选：坐上绿皮车是首选，有的地方连路都难通。

如今，"海陆空"任君选：

天上飞的——除了以往服务春运的航班外，今年 4 架 C919 迎来春运首秀；

地上跑的——时速 300 公里以上的"子弹头"成为铁路春运的主力军；开车回家成为今年春运最主要的出行方式；

水里游的——琼州海峡、长江干线等重点水域航线的船舶已整装待发，我国国产首艘大型邮轮"爱达·魔都号"春节航次的船票已售罄。

谈到春运，不少人记忆中会浮现带着大包小包的"摩托大军"。但近几年，"摩托大军"的身影却越来越少了。

今年要从广州回到贵阳老家的老韩道出了缘由："以前骑摩托车，为的是省钱。现在收入高了，票比以前好买了，坐火车更舒服，有的老乡干脆自己开车回家。"

"摩托大军"少了，"私家车大军"多了。今年 72 亿人次的自驾出行，足足是去年同期的 2 倍。

人多了，车多了，目的地也多了。

过去，春运的方向只有一个——回家。如今，去"尔滨"赏雪，去三亚看海，在腾冲泡温泉，在长沙逛夜市……人们开始实现"诗与远方"与"天伦之乐"的有机结合。

人多了，车多了，需求也多了。

微信小程序"e路畅通"上线，路况资讯、道路救援、服务区信息等一键了解；手机扫码即可"召唤"移动充电机器人进行充电，"人找充电桩"变成了"充电桩找人"；天冷，新能源车续航是个问题，多个高速服务区不断增设充电桩……从"走得了"到"走得好"，春运考验的不仅是"硬实力"，也检验着"软服务"。把服务做得更优一些，回家的道路才能更舒心一点。

再来看看回家的"主角"。最新数据预测，全国铁路春运首日预计发送旅客量1060万人次。放在过去，大包小包、肩扛手提让回家成了"囧途"。2010年，一张"春运母亲"的照片，触动无数游子的心。

现今，人潮虽拥挤，但并不失序。一个大号的拉杆箱、几盒包装精美的特产，让大多数人"轻装"返乡。网购、物流的发达，让一些游子能够将"心意"提前寄回老家。

人多了，车多了，基础设施的保障力更强了。

举个例子，1988年之前，我国没有一条完整的高速公路；如今，综合交通网络总里程超过600万公里，其中公路通车里程超过535万公里。

建成全球最大的高速铁路网、高速公路网、世界级港口群，航空航海通达全球。日趋完善的交通网络，拉近的是回家的路途，彰显的是大国制造的底气与实力。

70年春运，恰似一列时光列车，一代代中国人乘坐在上面，"运"育了最丰富的情感记忆，也见证着中国经济社会的巨大变迁。

（新华社北京2024年1月26日电　新华社记者叶昊鸣、樊曦、王聿昊）

"村晚"开场！中国乡村文化 IP 释放新活力

一场中国人独有的乡村"年会"正在开场，"村晚"这个中国乡村文化最大 IP 以实力圈粉，释放出更多活力。

2 月 3 日，文化和旅游部主办的"欢欢喜喜过大年"春节主题重点项目之一，2024 年全国春节"村晚"主会场活动在广西柳州三江侗族自治县精彩上演。此前，文旅部 1 日发布 2024 年春节"村晚"示范展示名单，共有 91 个示范展示点入选，比去年增加 17 个。

品年味，看乡村，C 位当属"村晚"。孕育于乡野、植根于乡村，很多乡亲们每年就数着日子等着看"村晚"。

3 日，正值南方小年，广西三江侗寨群众舂糍粑、打油茶、炸油果，聚在风雨桥、鼓楼坪和戏台，表演自编自导文艺节目，让游客们沉浸式体验三江侗族春节民俗和群众文化活动。

在贵州省黔东南州榕江县村超足球场，"村晚""村超"合体亮相。"我们 50 个人来自栽麻镇不同村寨，包车走约四十分钟山路来到县城参加这场'村晚'表演。"榕江县栽麻镇宰荡村的侗族大歌传承人杨秀珠高兴地告诉记者。

一台"村晚"如何出炉，又是如何在各地舞台荡漾开来？

20 世纪 80 年代初，在浙江丽水市庆元县举水乡中心学校操场上，诞生了农民自编自导自演的乡村春晚。一件热闹的"村里事"，一传十、十传百，走上各地舞台，不断成长为中国乡村文化 IP。

放下锄头去排练，放下筷子当演员。多地"村晚"主办方这样说，村民自编自导，他们成为自己精神文化的主角，摆上"'最懂你'的乡宴"。

小年前，百余名江苏游客乘坐"丽水村晚"新春高铁专列，专门去体验"村晚"

的魅力。"土味十足，热闹，带劲！"游客们说，"村晚"犹如观察中国乡村的一扇窗，从这里领略到乡村之美、文化之美，唤起了心底的乡愁和记忆。

在刚刚过去的 2023 年，由文化和旅游部主办的全国"村晚"示范展示活动举办 2 万余场、参与人次约 1.3 亿，目前登记在册的群众文艺团队超过 46 万个。

在 2024 年春节"村晚"91 个示范展示点，"村晚"IP 各具特色，"乡"味浓郁，"舞动"乡间烟火，演进更多村民和网民的心头。

入选今年示范展示点的四川泸州市叙永县叙永镇鱼凫社区，"红色村晚"2日开演。以红色文化打造"村晚"，首个节目舞龙舞狮《红红的年》把观众带到了 1935 年春天，一起追忆那个难忘年。

很多村民发现，今年自家门口的"村晚"舞台更大了、节目单更精彩了、内容更丰富了。在欢声笑语、乡邻共庆、人头攒动间，"村晚"升腾着年味。

文化和旅游部相关负责人表示，"村晚"将当地各具特色文化与群众喜闻乐见的乡土味、年味融合创新，为展示乡村新图景提供了绝佳的窗口。文化赋能高质量发展，为实现乡村全面振兴注入了澎湃动力。

"村晚"的热闹劲儿，不仅在线下，更活跃到"云端"。在抖音、微博等社交平台上，各地"土且特"的"村晚"频频吸引来大流量，"村晚舞台上藏着才艺天花板"的话题热度持续攀升。

2024 年 2 月 2 日，游客在"村超村晚"年货大集市上游玩。（新华社记者刘续摄）

湖南省凤凰县腊尔山镇苗寨中，4 个"90 后"苗族小伙组成乐队自办"村晚"，规模不大，唱火家乡；山西临汾的村民们用簸箕、黄豆当乐器，配合唢呐和非遗晋南威风锣鼓，直播连线上千公里外的苗乡，南北大联欢释放独特的精彩，吸引在线观众近 800 万人……

"2022 年 12 月至 2023 年 12 月，约 5000 场'村晚'主题直播上演，累计观看人数达 2297 万，相当于平均每天有 13 场'村晚'直播，场均观众超 4500 人。"抖音直播相关负责人介绍说。

一场"村晚"，盘活"一池春水"，激起更多涟漪。

南京雨花茶、恩施腊肉、五常大米……2024 年全国村晚市集暨乡约新春赶大集活动日前启动，围绕"采年货""赶年集"等主题开展乡村好物推荐，赶大集的群众也可以一站式买齐特色年货。

"咱们村线上直播累计观看人数超过了 200 万，现场农特产品卖了 3 万元，直播'带货'销售了大约 33 万元！"安徽省黟县柯村镇柯村村党支部书记柯文平兴奋地向村民公布来自"村晚"当天的大数据。

"乡村文旅流量密码"在田间地头释放开来——

凿冰冬捕、鱼王争霸赛、头鱼拍卖、品鱼宴……内蒙古鄂尔多斯市达拉特旗树林召镇东海心村"村晚"3 日举行，"爱上黄河鱼"的冬捕系列活动等精彩开锣；上海市闵行区严家湾"村晚"2 日喜庆"开席"，融新春集市、特色村晚、文旅体验于一体，邀请村民和国际社区友人齐聚"美丽乡村"，赏民俗、展非遗、品美食、看表演、游乡村，共庆新年。

承载着亿万乡亲乐起来舞起来的"村晚"，像一盏灯，照亮一个活力满满、热气腾腾的乡村图景，照进老百姓的温暖记忆。

（新华社北京 2024 年 2 月 3 日电　新华社记者朱青、刘美子、罗羽、黄凯莹、覃广华、安陆蒙）

4.74亿人次创新高！春节旅游"热辣滚烫"

全国国内旅游出游4.74亿人次，同比增长34.3%，按可比口径较2019年同期增长19.0%；国内游客出游总花费6326.87亿元，同比增长47.3%，按可比口径较2019年增长7.7%。

2024年春节，旅游格外"热辣滚烫"。文化和旅游部2月18日数据显示，春节假期出游人次和出游总花费等多项指标创历史新高。8天"超长"假期里，人们既享受旅游迎春，又拥抱国风国潮，绘就这个春天的动感画卷。

春节期间，位于山东济南大观园景区的城南往事大观楼，佳肴满桌、座无虚席。"一桌难求！"餐厅经理王一举说，除夕和大年初一基本都是济南本地顾客，初二开始外地游客明显多了起来。

前半程团圆，后半程出游。"打开"丰富多彩的春节假期，旅游带来了什么新鲜玩法？

"花式"团圆，全家出游——从在家守岁，到出门接福，团圆不止一种方式。大家的出游距离和出游时间双双拉长，携家带口"南来北往"趋势明显。

据商务部大数据，从腊月二十三到大年初七，全国重点商圈客流总量同比增长73%。各具特色的商圈满足着不同人群的消费需求。

飞猪数据也显示，国内中长线游同比增长超3倍，自由行平均旅行天数同比增加30%。北方游客青睐前往广东、海南、福建等地温暖过年，南方游客则倾向于到黑龙江、吉林等地感受"冰雪奇缘"。

有"里"有"面"，各取所需——老人想要浓郁年味，中年人享受"慢生活"，年轻人追逐"网红"地标。长假里，人们的多样需求充分释放，对文旅产品品质提出更高要求，带动行业"卷"起来。

文化和旅游部推出包含7大板块共计25项主体活动的"欢欢喜喜过大年"2024年春节主题文化和旅游活动、湖北发放60万张文化旅游特别惠民券、河南

2024年2月20日晚，在湖北省宣恩县城兴隆老街上，鱼灯巡游在人群中。（新华社发　宋文摄）

洛阳部分热门博物馆延长开放时间……游客更有幸福感、获得感。

国风劲吹，年俗更"潮"——一年又一年，不改中国味。从西安、泉州，到大同、正定，从苏州平江路，到天津古文化街，年轻人穿上汉服拍照、举起花灯夜游，国风游热度居高不下。

社交网络上，威武雄壮的潮汕英歌舞刷屏短视频平台，一路舞到海外。在携程平台，龙年春节灯会搜索量同比翻倍。在各地举办的新春灯会、舞龙表演、庙会市集、非遗秀场中，传承千百年的民俗更显生机勃勃。

"金龙"伴休闲，旅游过大年。火热的春节旅游背后，有群众不断增长的文化自信、有古老传统的绵延赓续、有人文与经济的水乳交融……越是热闹，越值得细细品味。

这个春节，我们享受了"诗和远方"的满满慰藉，一定能以龙腾虎跃、鱼跃龙门的干劲闯劲开启新的一年。

（新华社北京2024年2月18日电　新华社记者徐壮）

超 80 亿元，春节档电影市场如何"红红火火"？

龙年春节，迎来了我国电影市场的又一次龙腾虎跃。

国家电影局发布的数据显示，2024 年春节档电影票房达 80.16 亿元。这是我国春节档电影票房首次突破 80 亿元，创造了该档期新的票房纪录。

人们竞相走进电影院，看《热辣滚烫》中贾玲瘦了 100 斤，看《飞驰人生 2》精彩的赛车场面，看《第二十条》展现人民群众对公平正义的期待，看"熊出没"这一动画 IP 如何经久不衰……

今年春节档为何如此火爆？

2024 年 2 月 18 日，观众在贵州省黔西市横店电影城电影海报前留影。（新华社发 范晖摄）

从时间上看，今年春节档更长了。一般来说，春节档影片会在大年初一上映，在初六迎来收尾。今年由于假期安排的缘故，春节档得以延续到大年初八。这就使得今年的春节档实际较往年足足多出了两天时间。

从内容上看，"喜剧 + 动画"成为今年春节档主流，影片质量整体较高。这类题材高度契合春节期间"合家欢"的观影氛围，影片口碑也得以在春节期间持续发酵，吸引更多观众走进影院。

银幕上，人们透过电影镜头语言，领略社会万象，感悟人生百态。

相比以往，今年春节档缺少了诸如《流浪地球 2》《长津湖之水门桥》《刺杀小说家》等场面恢宏、工业化程度高的"大片"。创作者们深入生活，不约而同把触角伸向平凡人的喜怒哀乐，塑造了寻找自我的杜乐莹、追逐梦想的赛车手张驰、迎难而上的检察官韩明等诸多精彩的普通人形象，令人印象深刻。

走出影院，热度不减。"只要想开始一切都来得及，战胜自己就是赢""通过底层小人物身上百折千回的遭遇，宣扬公平正义的法律精神""直面恐惧和失败，与自己和解"……对于电影的讨论延伸到网络，观众一字一句表达着自己对影片内容的理解和共鸣。

有关专家分析表示，今年春节档走势印证，电影创作要始终回应人民期待，尊重市场规律。只有投入精诚的创作态度，创作精良的作品内容，才能促使更多观众走进影院。

在春节档票房的带动下，截至目前，我国 2024 年电影总票房已突破 110 亿元。与此同时，一批题材多样、类型各异的影片已宣布将在三、四月上映，更有"五一档""暑期档""国庆档"等多个热门档期虚位以待。

从春节档开始新的出发，我们期待越来越多的电影创作者用镜头记录万千气象，推动我国电影市场持续复苏向好，为我国从电影大国迈向电影强国提供动力。

（新华社北京 2024 年 2 月 18 日电　新华社记者王鹏）

殷墟新馆！来赴这场"千年之约"

河南安阳，洹水之滨。一座青铜色的博物馆大气庄重，与殷墟宫殿宗庙遗址隔河相望——这是殷墟博物馆新馆。2月26日，这里正式面对公众开放。

1928年10月，位于安阳市西北郊的小屯村，考古学家董作宾在此挥出第一铲，中国考古人科学发掘殷墟的序幕就此拉开。90多年时光倏忽而过，今天，这片土地上文明的过往与辉煌再次浓墨重彩地呈现在世人面前。

这是一场与商文明的千年之约。

青铜器、陶器、玉器、甲骨……约2.2万平方米的展厅内，近4000件套文物令人目不暇接。展陈文物数量之多、类型之全，都是商代文物展览之最。它们静默无声，却生动而鲜活地"讲述"着"商"是一个何等伟大的文明。

在新馆一楼车马遗迹专题展厅内，考古工作者正在仔细清理殷墟遗址出土的马车实物标本。1000多平方米的展厅内，集中展示了殷墟出土的23辆马车。

手铲微微倾斜，轻轻刮落表层泥土，再用竹签沿着土层纹路慢慢清理，最后用刷子扫去表层浮土，一个清晰的车轮遗迹便在考古工作者手中显露出来。这场开在博物馆的"考古公开课"载着游客穿越3000年时光，一窥当年"车辚辚，马萧萧"的壮阔景象。

新馆三楼，110余片首次展出的甲骨记录了一位商朝小王子的生活日常。考古工作者推测"子"是商王武丁和王后妇好的儿子，是一位热衷于占卜的问卜者。其中一条"子其疫，弗往学"的卜辞，引起了许多游客的兴趣。

"这条卜辞记录着'子'入学后有一日生病，但又不敢无故旷课，于是他就占卜，这次的疾病是否严重？我是否能去上学？"殷墟博物馆讲解员胥怡雯说，

图为 2024 年 2 月 26 日拍摄的河南安阳殷墟博物馆新馆内展出的刻辞卜甲。(新华社记者李安摄)

这条卜辞被称为"3000 年前的请假条"。

90 多年的考古成果积淀之下，商，不再只是《史记》中 3000 余字的记载。它有血有肉、真实而立体，中华文明连续性、创新性、统一性、包容性、和平性蕴藏其中。

认识历史离不开考古学。回望过去的 2023 年，三星堆博物馆新馆开馆，古蜀文明之光辉煌灿烂，目之所及、皆是惊叹；良渚古城及水利系统遗址考古取得新突破，彰显出良渚文化在我国新石器时代文明起源过程中的重要意义；南海西北陆坡沉船遗址等水下考古项目成果将一段段写在深海之下的历史与记忆进一步廓清……

鉴往知远，行之愈坚。

"殷墟博物馆新馆的建设，致敬殷墟90余年的丰硕考古成果和一代又一代的考古学家，致敬中国考古学百年辉煌。"国家文物局考古司司长闫亚林说，大量精美绝伦的文物，从不同的角度展现出3000多年前青铜文明的鼎盛面貌，也让观众近距离感受商代巧夺天工的技术工艺。

千年之约，不仅是展厅中的风景，更是静水深流的力量。开馆当天，从四川远道而来的游客郝明宇刚刚走出展厅，就对记者感慨道："不得不说，我可能并不了解这些文物，但走近注视它们时，没有人能抵挡住它们的魅力。"

"为中华文明点赞！""感觉能在里面泡一天""列入我的旅游目的地清单"……许多游客这样在网上给博物馆留言。

目前博物馆已经具备了面对公众开放的条件，但相关的工作远未结束。"我们将加快推进以车马坑为代表的土质文物保护与展示工作，进一步加强殷商文化的研究与阐释，及时展示最新考古发掘及研究成果。"中国社会科学院考古研究所所长、殷墟博物馆馆长陈星灿说。

泱泱中华，历史何其悠久，文明何其博大，这是我们的自信之基、力量之源。你，准备赴这场"千年之约"吗？

（新华社郑州2024年2月26日电　新华社记者唐健辉、施雨岑）

别让"尔滨"们变昙花，
代表委员呼吁文旅 IP 繁花常在

春节期间，"尔滨"冰雪旅游站上顶流，拉满了群众对 2024 年文旅市场的期待。冬去春来，雪融花开的"尔滨"们会否昙花一现？能否让文旅 IP 繁花常在，成为参加全国两会不少代表委员关心的话题。

"8 天 164 亿元，'尔滨'春节旅游市场活力满满，'尔滨'IP 值得更多期待。"3 月 3 日，刚刚抵京的全国人大代表、黑龙江省总商会副会长陆晓琳边说边向记者展示特意带来的哈尔滨文创冰箱贴。

黑龙江代表团一些代表表示，将持续开展夏季避暑旅游、冬季冰雪旅游两个"百日行动"，放大冰雪旅游热度溢出效应，推进四季全域旅游。"我们对东北的文旅产业发展更加充满信心！"

出席全国两会，更多代表委员在思考：从淄博烧烤到贵州村超、村 BA，再到哈尔滨冰雪火出圈，如何打造文旅"爆款"产品，让"尔滨"们的"流量"变"留量"？

代表委员认为，以文塑旅、以旅彰文，才能涌现出更多独具特色的文旅产品。

在融合上发力——从西安大唐不夜城的古今交融，到内蒙古"十四冬"的文体旅同频共振，再到全国各地争相推出的智慧旅游沉浸式体验新空间……文旅融合的火花，带来无限灵感。

四川的张建明委员建议，成都在建设公园城市的同时，把更多有历史底蕴的空间场所与文创艺术、消费体验相结合，为游客带来更多精神享受；河北的王春生代表提出，把京张体育文化旅游带建设好，与长城文化旅游带、大运河文化旅游带等一起，共同构建起环京津旅游风景道体系。

向科技要助力——沉浸式互动体验、虚拟现实和人工智能技术广泛运用,激活文旅新业态。

湖南省湘绣研究所有限公司执行董事、总经理成新湘代表提出关于科技赋能带动传统文化发展的建议。江苏无锡拈花湾文化投资发展有限公司董事长吴国平代表建议进一步加快人工智能在文旅行业中的应用。

用真心换倾心——在冰雪季节这轮旅游热潮中,让人印象最深的莫过于"尔滨"引发南北文旅拉歌,各地掏出"家底"喊话游客,主打一个"双向奔赴"。

网民也注意到,"尔滨"背后有着用心用情的筹备。去年十四届全国人大一次会议期间,黑龙江代表团在京召开新闻发布会,一项内容就是大力推介黑龙江旅游资源,并承诺"为游客打造安心放心舒心的旅游环境"。

代表委员表示,如果文旅有味道,它应该是"热辣滚烫"的;"诗和远方"的距离,就是心与心之间的距离。

中国旅游研究院院长戴斌委员说,今年上会,将继续关注文化和旅游深度融合、旅游业高质量发展、入境旅游品质提升等国家战略,也会关注游客在入住酒店、民宿等场景中的隐私保护和放心消费等具体问题。

最是一年春好处。各地发出春天的邀约:到江西、新疆看花海,徜徉金色油菜花田,漫步如雪杏花林;去山东、广西听海声,相约赶海、骑行;相约贵州、浙江上春山,览春日江山无限好……

我们期待,过去的那个冬天有多火热,这个春天就有多和煦,更多"尔滨"如春日繁花绽放,上演四季多彩的故事。

（新华社北京2024年3月4日电　新华社记者徐壮、刘赫垚）

40 天超 84 亿人次！看春运里的"流动中国"

3 月 5 日，2024 年春运落下帷幕。

交通运输部数据显示，40 天里，全社会跨区域人员流动量预计超 84 亿人次，其中公路人员流动量预计达 78.3 亿人次，创下新纪录。车流穿梭、人来人往，汇成一幅流动中国的长卷。

今年春运，自驾出行是绝对主力。合宁高速吴庄收费站是安徽路网车流量最大的收费站，春运高峰期日均十几万辆机动车从 36 个车道闸口驶过。沪宁高速阳澄湖服务区，小桥流水、飞檐翘角、粉墙黛瓦，优美的环境带给过往车主舒心的休息体验……四通八达的公路网络，承载着春运大潮的活力涌动。

公路之外，铁路、民航同发力。春运高峰期，中原"米"字形铁路枢纽郑州东站，每 78 秒就有一趟高铁驶出；千里之外，全国航班起降量最大的机场——广州白云机场，日均超过 1500 个航班在这里起降……

变化背后，是更密的路网、更强的运力。数据显示，我国综合交通网络总里程超过 600 万公里。2023 年，新开通高铁 2776 公里，新建改扩建高速公路 7000 公里，新增和改善航道 1000 公里，运输航空机场达到 259 座。

条条通途上，有"回家团圆"，也有"诗和远方"。

同程旅行数据显示，哈尔滨、长春、沈阳等地在春运期间成为冰雪旅游主要目的地。随着新加坡、泰国等国家免签政策落地，春节期间出境游也迎来高峰。航旅纵横大数据显示，春节假期民航日均出入境旅客量超 20 万人次，泰国、韩国、新加坡等航线客流爆满。

春运热带来旅游热，旅游热带动消费热。文旅部门数据显示，8 天的春节假期，哈尔滨累计接待游客超 1000 万人次，吉林长白山景区接待游客同比增

2024 年 2 月 5 日，国产大飞机 C919 执飞的东航航班上，乘务员正为旅客放置行李。今年是国产大飞机 C919 首次服务春运。（新华社记者王丰昊摄）

长 98.5%，沈阳实现国内旅游收入超 151 亿元，同比增长约 255%。

条条通途上，出行更从容、更轻松。

飞驰的列车上，动动手指，用 12306App 选好餐品，热乎乎的外卖按时送到座位；繁忙的车站里，"书香驿站"、特产商店、母婴候车区、"流动服务台"，让美好出行、温馨出行的体验实实在在……

变化之外，还有不变的主题——"坚守"与"平安"。

加强统筹调度、加强运力保障、加强安全监管、加强应急处置，细化应对恶劣天气、超大客流等情况预案……40 天里，无数交通人坚守岗位，守望平安出行路。

春运期间，广州南站，不足 30 平方米的运转室里，每位值班员日均发出 7000 多条行车指令；济南遥墙机场，跑道尽头不远处的机库里，大到飞机发动机和轮胎，小到一颗拇指大的螺丝钉，检修员认真检查着每一个细节；湖北广水市武胜关，10 多个坡道坡陡弯急，面对低温冰冻雨雪天气，一位位交警上路，指挥、除冰、排险、撒盐、推车……守护旅客安全过关。

1954 年，"春运"一词第一次在媒体上出现。到今天，春运走过 70 年。

已经走过 70 年的春运，未来还将开启一段又一段的美好旅程。而我们，也将带着对未来的期盼，满怀梦想再出发。

（新华社北京 2024 年 3 月 5 日电　新华社记者樊曦、王丰昊）

一碗天水"麻辣烫"盛出沸腾文化IP

前有进"淄"赶"烤"的盛夏，后有"尔滨"冰雪的燃冬，春暖花开之际，甘肃天水凭一碗麻辣烫火了，席卷各大网络社交平台热榜。

麻辣烫火了！为啥是天水？

一碗飘香的麻辣烫，是当地人唾手可得的快乐，也"烫"走游客"偏僻""匮乏"的固有印象，升腾出物产丰饶、资源丰富的崭新容颜。

这是怎样的一个神奇之地？

"反差"，是大多数外地游客抵达的新印象。

地处秦岭西端、渭水中游，天水是黄土高原的一抹绿，是莽莽山间的"陇上小江南"，既留存着西北的粗犷，也不失南方的温润，体现了甘肃的千面多变。

如果说美食是解锁城市文化地图的一把钥匙，秀美山川、人文历史则是奔赴的"诗与远方"。来自辽宁沈阳的游客鞠月萱说："吃不是唯一的旅游动力，更想看看西北不一样的风景。"

走在天水的大街小巷，浓郁的历史气息和淳朴的风土人情扑面而来。

天水底蕴深厚。这是诞生于天水的名句："蒹葭苍苍，白露为霜。所谓伊人，在水一方""露从今夜白，月是故乡明"……

丝绸之路重镇、中华民族的重要发祥地之一，丰富的文化遗产、优美的自然风光。麻辣烫的热辣鲜香从舌尖荡开：打卡麦积山石窟、探游伏羲庙、观赏千年古柏……每一个转角，都藏着惊喜。

"一碗麻辣烫20多块钱，收礼物收了十几份！"来自陕西咸阳的游客师怡兰说，她的手边摆满了热心市民送的保温杯、纸巾、饮料、麻花等。

举办"麻辣烫"吃货节、推出景区优惠政策；随处可见的志愿者有求必应；

2024 年 3 月 16 日，在天水市秦州区的天水名优小吃城一麻辣烫店，商家为游客加工麻辣烫。（新华社记者范培坤摄）

开设麻辣烫公交车专线，免费接送游客；本地人手绘的"逛吃"攻略里，涌动着热情好客；麻辣烫店主拿出"看家本领"，收学徒授手艺……

从"100 元能吃到多少天水美食"，到"这个春天在天水来一场最酷赏花"，当地麻辣烫摊位客流往来、景区人流摩肩接踵。有网友热评称：天水一定要接住这"泼天富贵"。

全国游客对天水麻辣烫的青睐第一时间引起当地党委、政府重视，3 月 16 日，专门召开天水麻辣烫服务保障工作推进会，全力做好"大客流"应对准备，努力实现"一碗麻辣烫推动天水大发展"。

始于"寻味"，兴于"游玩"，成于"文化"。这座文化底蕴丰厚的古城，有的是劲道的口味、对味的邀约、上头的爱。

清明节、五一等小长假即将到来。网友说："夏有烧烤三件套，冬有冰雪大世界，春有麻辣烫手捧花。"下一站，又是哪里？

锦绣中国东西交错、南北互动，文旅消费涌动澎湃。以文旅＋百业，百业＋文旅，铆足了劲儿发展，把"一时现象"变"一地品牌"，因地制宜，文化加持，这或是文旅热持续火的根本。

（新华社兰州 2024 年 3 月 18 日电　新华社记者文静、王紫轩）

扫码观看视频内容

中法文化大展启幕！这里的紫禁城最"凡尔赛"

琉璃瓦下，文华殿中，紫禁城与凡尔赛宫重逢。

4月2日一早，故宫文华殿内人潮涌动。这里举行的"紫禁城与凡尔赛宫——17、18世纪的中法交往"展览首日对游客开放，来自故宫博物院、凡尔赛宫等机构的约200件文物精品汇聚一殿，吸引众多"文博粉"前来打卡。

法国是第一个与新中国正式建交的西方大国。2024年不仅是中法建交60周年，也是中法文化旅游年。

一甲子一轮回，中国人一向重视60周年的意义。"紫禁城与凡尔赛宫"展览，正是中法文化旅游年的重要项目之一。

中国的紫禁城、法国的凡尔赛宫，东西方两座举世闻名的皇家宫殿，它们的缘分说来话长。

1688年，法国国王路易十四派遣5位"国王的数学家"到达北京，得到康熙皇帝接见，从此正式开启中法间的跨文化互动。

17世纪下半叶至18世纪，以紫禁城和凡尔赛宫为中心，两国之间人员往来、思想交汇、文化交流广泛而深入，被认为缔造了中法宫廷间交往交流的黄金时代。

数百年后，两国建交60周年之际，通过合作办展的形式回顾黄金时代，有着怎样的意义？

那是友谊的见证——走进展厅，映入眼帘的是一封路易十四致康熙皇帝的信。信中，他将自己派往中国的"国王的数学家"称为"我们相互尊重和友谊的象征"。

精密的铜镀金测角器光泽不减、洛可可风格的镶表椭圆把镜仍可鉴人……当年法国人带来的西方造物，在紫禁城中被珍藏至今，成为记录两国心心相印的"传家宝"。

　　那是相互的欣赏——西学东渐的同时，大量中国工艺品和书籍进入法国宫廷和贵族的收藏视野，引发了以凡尔赛宫为中心波及欧洲的"中国风艺术"创作风潮。

　　展厅正中，复刻路易十五王后玛丽·莱什琴斯卡私人房间"中国人厅"的展陈精致非常。绘制中国人物形象的法国产瓷瓶、镶嵌了中国漆版的墙角柜，正无声诉说着当年法国贵族们对中国艺术的追捧和热爱。

　　另一方面，法国的科学仪器、钟表、珐琅产品等深受中国皇家欢迎。许多法国人长期在紫禁城服务，在科学、艺术、建筑、医学、地图编绘等诸多领域对清代宫廷产生了重要影响。

　　那是智慧的交融——随着中法交往的不断深入，两国深厚而精致的文化密切互动，激发出丰富的想象力和新创意，各自开出更加灿烂的花朵。

　　紫禁城内，法国传教士编译的满文《几何原本》成为康熙皇帝的"课本"；熟练的法国玻璃匠帮助清宫玻璃厂创新技术，清宫玻璃制作达到巅峰……

　　在法兰西，西方装饰技艺与中国艺术品融合成前所未有的"中国风"；伏尔泰等启蒙运动思想家，于儒家典籍中找寻灵感，推动和影响了法国的启蒙运动……

　　你来我往间，中法彼此借鉴、相互启迪，架起了东西方文明的沟通之桥，为不同文明和谐共处提供了历史范例。

　　除了"紫禁城与凡尔赛宫"展览外，今年，中法双方还精心策划了中法教育发展论坛、巴黎奥运会"中国之家"等十六大精品人文交流活动，中法文化交流迈上新的台阶。

　　历史这本教科书正不断给人以启迪：有一双欣赏不同文明之美的慧眼，有一个比海洋和天空更宽广的胸怀，人类文明之光将跨越千山万水，照耀百花盛开。

　　　　　　　　（新华社北京 2024 年 4 月 3 日电　新华社记者徐壮、杨湛菲）

1.19 亿人次出游！清明节假期"不负春光"

全国国内旅游出游 1.19 亿人次，按可比口径较 2019 年同期增长 11.5%；国内游客出游花费 539.5 亿元，较 2019 年同期增长 12.7%。

文化和旅游部 4 月 6 日数据显示，今年清明节假期，人们出游热情持续高涨，"民俗文化"和"踏青赏花"引领假日别样风景。

在安徽省黄山市祁门县，380 亩的西塘生态高效智慧茶园热闹非凡。漫山新绿中，游客与采茶工人一同呼吸茶香。"茶旅融合"激活传统产业，为人们在春季出游增添新选择。

上春山、寄思念、续习俗。这个清明节假期，人们怎样用出游回答"不负春光"？

用铭记充实春天——"又是一年清明时，春风落日万人思。"作为传统节日之一的清明节，杨柳依依、细雨纷纷，正好相衬人们追思先祖、缅怀先烈的情怀。

慎终追远是清明节特有的文化精神。清明节当天以及前夕，各地纷纷开展祭扫英烈活动，各大红色景点也迎来客流高峰。人们祭奠先烈，寄托哀思，多得感悟。

用脚步丈量春天——"梨花风起正

2024 年 4 月 5 日，人们在河北省石家庄晋州市周家庄乡梨园内踏青赏花。（新华社发　张晓峰摄）

清明,游子寻春半出城。"清明时节处于仲春与暮春之交,此时不冷不热、生机盎然,刚脱下冬衣的人们更加珍惜满眼春色,倾向同自然亲近。

携程数据显示,山岳类景区清明节假期门票订单量同比增长 770%,赏花类景区门票订单同比增长 391%。

天公同样作美。根据中国气象局预报,清明节期间全国大部地区气温较常年同期偏高 1 到 3℃,北方大部地区及云南、海南等地以晴到多云天气为主。

好天气撺掇人们出门"找春天"。在北京,全市公园 3 天共接待游客 544.93 万人次。自驾、骑行、徒步成为清明节假日出游的热门方式,短途游、周边游以及本地游受青睐,大江南北处处有"人气"。

用国风装点春天——出游怎么少得了拍照?当下的旅行穿搭"顶流"依然属于国风。打开社交平台,国风穿搭、新中式、汉服妆造、非遗体验等成为清明节出游的关键词。

正在洛阳举行的第 41 届牡丹文化节上,身着唐装汉服的游客穿梭在花海中,人花相映,尽态极妍。飞猪数据显示,假期期间国风赏花热度同比去年增长近 3 倍,杭州、苏州、洛阳等地国风赏花游热度居高不下。

从洛阳牡丹文化节,到林芝桃花旅游文化节,从天津五大道海棠花节,到婺源油菜花节……入春以来,庆贺百花生辰的民俗活动在中国各地陆续登场,吃青团、插杨柳等传统习俗也得到越来越多年轻人喜爱,中华优秀传统文化魅力尽显。

古人云:"万物生长此时,皆清洁而明净。故谓之清明。"在中国,春天一直被赋予希望与美好的意涵。一年之计在于春,只要不负美好春光,一定更增前行动力。

（新华社北京 2024 年 4 月 6 日电 新华社记者徐壮）

楚国最高等级墓葬！
考古工作揭开武王墩墓神秘面纱

战国，金戈铁马的时代，群雄争霸，朝秦暮楚。

雄踞一方的楚国，是战国七雄之一，据传几度迁都。楚人的生活什么样？楚王的故事真假几何？这些问题至今引人遐想。

在 4 月 16 日举行的"考古中国"重大项目重要进展工作会上，国家文物局发布了考古发掘的迄今楚国最高等级墓葬——安徽省淮南市武王墩墓的最新发现，楚国历史的封土正被层层揭开。

安徽地处江淮，在春秋战国时期是楚国重点经营的战略要地。公元前 241 年，楚国迁都寿春，位置在今天的安徽省淮南市寿县。武王墩墓，正位于楚寿春城遗址东边约 15 公里处。

因历史上多次被盗，2019 年以来，国家文物局指导安徽省文物考古研究所制定系统的考古工作计划，开展全面的考古调查、勘探和抢救性发掘。

2020 年至今，考古工作者重点对主墓（一号墓）进行了发掘。今年 3 月 7 日开始拆解提取椁盖板。至 3 月 27 日，四层椁盖板全部安全提取完成，共计 443 根，总重约 153 吨。现已进入椁室发掘第二阶段，即椁室内部的发掘清理。

"这是经科学发掘的迄今规模最大、等级最高、结构最复杂的大型楚国高等级墓葬。"国家文物局副局长关强评价道。武王墩墓的重要性可见一斑。

规模有多大？武王墩主墓（一号墓）外围设有独立陵园。陵园平面近方形，面积近 150 万平方米。陵园内发现有车马坑、陪葬墓、祭祀坑等遗迹。其中，车马坑是已发掘探明楚墓车马坑中最长的一座。

2024年5月20日拍摄的武王墩墓发掘现场（无人机照片）。（新华社记者张端摄）

武王墩主墓（一号墓）为一座大型"甲字形"竖穴土坑墓。封土堆整体呈覆斗状，总面积约1.2万平方米。墓坑近正方形，边长约50米，墓坑东侧有长约42米的斜坡墓道。这在目前发掘的楚墓中也是最大的。

规格有多高？武王墩考古项目负责人宫希成介绍，目前已提取漆木器、青铜器等编号文物超过千件，包含青铜礼器、生活用器、漆木器、乐器、俑等珍贵文物。其中漆木器数量、种类都是空前的。

考古队员还惊喜地发现，主墓（一号墓）东I室南端放置的大鼎粗测口径超过88厘米，比安徽博物院的"镇院之宝"楚大鼎还大。

楚墓的台阶数量也与墓主身份和地位有关。记者在现场看到，武王墩墓坑四壁有逐级内收的台阶共21级，形制规整，规模宏大。

结构有多复杂？武王墩主墓（一号墓）具有极为复杂的多重棺椁结构。墓坑中央建有"亚字形"椁室，四周分列 8 个侧室，椁室中部设有棺室，均由长条形枋木构筑，顶部覆盖多层盖板。

专家说，这是目前国内首次见到的、结构清晰明确的九室楚墓。

主墓（一号墓）椁室盖板上还写有墨书文字，通过先进的红外设备辨识后，已发现和采集 100 多句、近千字。这些文字记录，将帮助我们更好地研究楚国墓葬营建过程、职官制度、名物称谓等问题。

发掘工作还在紧张进行中。宫希成透露，计划在高温季到来之前完成主要野外发掘工作。考古发掘和文物保护工作同步推进，同时启动发掘资料的整理研究工作。争取本年度内全面完成一号墓考古发掘任务。

4 月的安徽处处绿意盎然，考古工地上一派热火朝天。忙碌的考古工作者们还有更多问题想要探寻：武王墩墓的墓主究竟是谁？墓内还有哪些珍贵文物？楚国东迁后的历史文化还有哪些细节……

有专家表示，武王墩墓的墓主身份"已经呼之欲出"。但宫希成认为，目前考古工作仅进行到三分之一，主要精力还在提取保护文物上，只有拿到明确的指向性证据才能"以理服人"。

"我们要花时间、慢慢地破解其中的秘密。"他微笑着说。

（新华社合肥 2024 年 4 月 16 日电　新华社记者施雨岑、徐壮、刘美子）

用户超 5 亿!
网络文学为文化强国建设注入新动能

这个时代,中国网络文学开启"扬帆季"。

键盘飞速敲击,作家们以一个又一个故事,或记录现实社会进步,或传承中华优秀传统文化,或畅想未来科技飞跃……凭借天马行空的想象力,为读者打开全新世界的大门。

中国作家协会 4 月 28 日在上海发布的《2023 中国网络文学蓝皮书》显示,截至 2023 年底,我国网络文学用户规模已超 5 亿人,年新增作品约 200 万部,现实、科幻、历史等题材成果丰硕。网络文学正以其非凡的创造活力,成为新时代文学发展的新力量。

提起当代文学,很多人会想到《山乡巨变》。20 世纪 50 年代,周立波以家乡湖南省益阳市清溪村为原型,创作了这篇反映中国农村深刻变革的长篇现实主义力作。

今天的网络文学,正在历史与变革中书写新时代的"山乡巨变",作家们向现实大地投注目光,发挥想象力优势,热忱探索现实写作新路径。

2023 年度新增现实题材作品约 20 万部,如《茫茫黑夜漫游》以夜间网约车司机的视角"景观式"速写都市人间百态。《国民法医》聚焦法医行业,以"现实 + 行业文"特征,工笔描摹职业全貌。

网络文学科技科幻题材创作不断取得新突破。不少作家将人工智能等元素融入创作,表达对时代的热诚关切和对未来的深入思索。

蓝皮书指出,2023 年全年新增科幻题材作品约 25 万部,同比增长 15%,其中《隐秘死角》借鉴《流浪地球》《三体》成功经验,以"近未来"的科幻想象唱响人类的勇气赞歌,获第 34 届"银河奖"最佳网络文学奖。

事实上，经过 20 多年发展，网络文学已形成相对成熟的文化业态，对下游文化产业内容起到支撑和引领作用，《琅琊榜》《大江大河》等热播影视剧即是由网络文学作品改编而来。

网络文学产业规模有多大？

此次统计的全国 50 家重点网络文学平台数据显示，2023 年营收规模约为 340 亿元。网络作家队伍进一步扩大，全年新增注册作者近 250 万人，同比增长 10%，新增签约作者 26 万人，同比增长 17%。

网络文学对文化产业有着怎样的支撑作用？

它已成为 IP 转化的重要内容源头，截至 2023 年底，网络文学改编影视剧授权总数超 3000 部。不仅仅局限于影视改编，网络文学的开发形式正日益多元。有声书、动漫、游戏、文创等，为网络文学内容转化提供多种可能。

数字化阅读时代，网络文学有何新特点？

AIGC 辅助创作已成为行业热点，例如新近诞生的一系列网文大模型和应用产品，能提供世界观设定、角色设定、情景描写等创作辅助，帮助作家丰富细节、提升效率。

同时，AIGC 使网络文学的翻译效率与准确度提升，网文出海的翻译问题得到缓解，还降低了成本，使得国内外"同步更新"与"全球追更"迎来可能，扩大了中国网文出海半径。

借助新技术应用，中国网络文学海外传播整合力明显加强。2023 年网络文学海外市场规模超 40 亿元，海外活跃用户总数近 2 亿人，其中"Z 世代"占 80%，覆盖全球大部分国家和地区。

部分海外读者已经不满足于看翻译本，他们主动创作，从一种文字跨越到另一种文字，海外原创生态正逐步形成，中国网文运营模式、叙事手法被广泛借鉴。截至 2023 年末，各海外平台培养海外本土作者近百万，创作海外原创作品 150 余万部。

与时代共创、为时代留声。期待作家们创作出更多优秀作品，以润物细无声的姿态吸引更多年轻读者，成为推动文化自信自强的重要力量。

（新华社上海 2024 年 4 月 28 日电　新华社记者余俊杰）

近3亿人次出游！
"五一"假期开启"韵味"旅游季

　　全国国内旅游出游合计 2.95 亿人次，同比增长 7.6%，按可比口径较 2019 年同期增长 28.2%；国内游客出游总花费 1668.9 亿元，同比增长 12.7%，按可比口径较 2019 年同期增长 13.5%。

　　文化和旅游部 5 月 6 日数据显示，今年"五一"假期，旅游还是"顶流"。

　　在哈尔滨中央大街，一道"最美人墙"成为"五一"假期新"网红"打卡点：面对全国各地涌来的海量游客，当地组织特警，在中央大街以"雨刷式"人墙的方式维持秩序。一开一合间，人车分流、秩序井然。

　　不只哈尔滨。上海外滩再现"拉链式"人墙、苏州打造"君到苏州"一站式智慧文旅线上服务总平台、宜宾设置一万多个免费临时占道停车位……美景之外，各地纷纷以更优质的服务、更丰富的供给、更完善的设施撑起旅游的"里子"，令这个"五一"假期的文旅市场"韵味十足"。

　　经典长红，传统景区有"鲜味"——

　　从北京故宫到杭州西湖，从成都春熙路到西安大唐不夜城，传统旅游热门景区成为游客"不出错"的选择。携程数据显示，北京、上海、杭州、成都、重庆、广州、南京、武汉、西安等大城市仍旧占据热门目的地第一梯队。

　　"每个城市都来了一亿人！"网友的趣评，形象地反映各地人山人海、游客热情高涨的场面。

　　更好满足游客需求，热门景区创新挖潜：在南京，包括渡江胜利纪念馆、六

2024 年 5 月 2 日，天津市西青区文旅局组织的 "石府良缘" 沉浸式民俗文化演出在杨柳青古镇石家大院景区上演。这是演出人员在进行娶亲表演。（新华社记者李然摄）

朝博物馆在内的南京市博物总馆所属各场馆均延时开放；在杭州，多条直通景区的地铁公交接驳线开通；在重庆，78 条特色旅游体验线路和 100 余项消费惠民举措展现 "宠粉" 力度……

小众兴起，新兴目的地有 "趣味" ——

避开人潮涌动的热门景区，越来越多的人青睐彰显个性的小众目的地。"反向游" "捡漏游" 成为这个 "五一" 假期的亮点，许多小城市、县域和乡村 "异军突起"。

到安吉、桐庐寻山，在都江堰、平潭亲水，去弥勒、景洪感受民族风情……人们越来越重视旅游中的特色元素，助推更多 "宝藏" 目的地涌现。

顺应个性化需求，"说走就走" 的旅行在这个假期占据更多比重。飞猪数据显示，假期中租车、包车等自驾游预订量同比去年增长均超过四成。

国风劲吹，旅游休闲有"文化味"——

"四面荷花三面柳，一城山色半城湖"……假期中，不少身着汉服的游客通过诗词对答，免费进入山东济南趵突泉公园游览，休闲之旅顿时充满浓浓诗意。

走进各地景区，汉服妆造、国风饰品已经成为"标配"，人们将对传统文化的喜爱穿在身上、吟在口中，文化因旅游"活起来""火起来"。

除了历史文化景区，博物馆热度同样居高不下。湖北省博物馆首次展出睡虎地秦墓出土的竹简主人"喜"3D复原头像，山西北齐壁画博物馆的乐师们再现壁画《夫妇宴饮图》中的古乐演奏场景，甘肃博物馆镇馆之宝铜奔马"返岗上班"……因为博物馆，人们的旅行有了更多底蕴。

旺季开启，文旅市场"味"来可期——

5月5日，"五一"假期最后一天，恰好迎来立夏节气。万物蓬勃生长，处处风光秀美。

夏季的到来，也意味着每年旅游旺季的来临。大江南北，湛蓝的海、青翠的山、葱郁的林，无不撩拨心弦，提醒人们计划暑期的休闲时光。

业内人士预计，暑期文旅市场将更加火热。"五一"假期好比一场"预演"，游客的需求在哪里，服务的重点在哪里，发展的要点在哪里，都将为市场提供重要参考。

接下来，文化和旅游部将启动暑期文化和旅游消费季，各地将推出一批特色文旅活动、新型消费场景和消费惠民措施，一个更多玩法、更有韵味的旅游旺季值得期待。

（新华社北京2024年5月6日电　新华社记者徐壮）

15.27 亿元！五一档票房热度不减

刚刚过去的五一档，我国电影市场再创佳绩。

国家电影局发布的统计数据显示，我国 2024 年五一档电影票房达 15.27 亿元，观影人次为 3777 万，均超过去年同期。

"五一档首日票房便突破 4 亿元，电影市场整体表现超出预期。"猫眼研究院高级分析师张彤说。

今年五一档，缘何能"热"起来？

票房成绩离不开充分的影片供给。

从呈现维和警察风采的《维和防暴队》，到讲述珍贵友情的《末路狂花钱》；从展现美好青春爱情的《穿过月亮的旅行》，到具有视听特色的《九龙城寨之围城》……丰富多彩的故事亮相银幕，在"五一"假期向观众展现光影艺术的魅力。

纵观今年五一档上映的电影，涵盖动作、喜剧、爱情、动画等多种类型，具有一定的差异性和丰富度，满足了不同地域、不同年龄观众差异化的观影需求。

家住上海的观众林丽一天之内连续观看多部电影，还抢购了不少电影周边衍生品。"我是一个动漫迷，能在大银幕上看到我喜欢的动漫 IP，真是太满足了。"林丽说。

在诸多电影类型中，喜剧片取得不错成绩。影片《末路狂花钱》在假期中后段后劲很足，连续数日成为当日票房冠军。

"喜剧题材已成为观众'刚需'，尤其是假期电影市场对喜剧片需求更加旺盛。"上海电影家协会驻会副主席、秘书长李晓军表示，"我们希望能看到更多有营养的喜剧电影，既可以让人轻松一笑，同时也能激发思考、带来启迪。"

从档期最终表现看，共有 5 部影片票房过亿元，整体分布较为均衡，不同喜好的影迷在这个档期都有机会找到自己青睐的影片类型。

与此同时，电影创作者延续了一段时间以来走近生活、贴近观众的创作导向。

例如，《维和防暴队》在塑造英雄角色的同时，注重描摹人物的家庭生活和成长经历；《末路狂花钱》和《穿过月亮的旅行》都是围绕普通人的喜怒哀乐展开故事讲述。这些影片的表达富有烟火气，在观众中引发了情感共鸣。

网络空间里，不少观众积极发表自己的观影感受，表达对影片的理解和感悟：

"维和警察们背负着祖国的信任，承载着和平的使命，坚毅果敢，无惧无畏""通过动作场面，带出了九龙城寨的空间感、市井生活与人物群像""这场啼笑皆非的路程，主角在兄弟情、爱情与人生观上都收获了不同的领悟""每个人都有自己的故事，火车上形形色色的乘客就是社会的缩影"……

事实上，今年以来，电影市场的火热不止在五一档。此前的春节档和清明档，均创造了各自档期新的票房纪录。截至5月5日，今年总票房为201.24亿元，国产影片份额为83.76%。

"五一档作为衔接春节档和暑期档之间的重要档期，它的市场表现可视为我国电影市场的一个'风向标'。从春节档、清明档，再到五一档的票房成绩看，我国电影市场在持续复苏向好。"中国电影评论学会会长饶曙光表示，期待有更多更好的电影不断走向市场，走近观众。

（新华社北京2024年5月6日电 新华社记者王鹏、许晓青）

跨越 2000 余年！ "东方睡美人"辛追 AI 重现

穿越 2000 余年，能否看到古人真容？ AI 助力下，这一愿望正成为现实。

5 月 17 日，有"东方睡美人"之称的汉代辛追夫人化身 3D 数字人，展现在世人面前。这是马王堆汉墓完成考古发掘 50 周年，在数字化领域的重大应用。

马王堆汉墓是西汉长沙国丞相、轪侯利苍一家三口的墓葬，是 20 世纪最重大的考古发现之一。一号墓出土的辛追夫人遗体是世界上已发现的保存时间最长的湿尸，湖南博物院以辛追夫人为原型进行数字化复原意义非凡。

数字人"辛追夫人"栩栩如生：她呈坐姿，年龄大约 35 岁，皮肤肌理清晰可见，毛发材质高度逼真，服饰妆造根据出土文物 1 ：1 还原，体型体态甚至手部细节也依据史料记载和出土时情况复原。

最大限度还原，难在哪？

辛追出土于 20 世纪 70 年代，当时医学影像设备局限，仅对其颅骨进行了 X 光片病理检查。

"辛追出土时外形完整，全身润泽，皮下软组织柔软有弹性，部分关节可活动，甚至眼睫毛尚存，手指、脚趾纹清晰可辨，推测其约 50 岁。"湖南博物院院长段晓明介绍，出土时面容已肿胀变形和腐败，生前面貌不得而知。

2002 年，湖南博物院曾推出一版辛追容貌复原像。但受技术局限，这一复原成果留下了遗憾。

技术支撑和考古研究积累，让更真实复原有了可能。

"当年留存的影像资料为颅形和面型判断提供了重要参考。"中国颅面复原专家袁中标说。

专家团队通过已有的 X 光片、现场观察和模型测量计算出头骨结构形状及五

2024 年 5 月 15 日，袁中标（前）在指导技术人员修改完善"辛追夫人"3D 数字人形象。（新华社记者张玉洁摄）

官比例关系，结合现代技术，建构出头骨的数据模型。

"人像特征千变万化，只有类型相似，而无完全相同，还需根据多年工作中掌握的颅面关系规律，反复研究论证和修改细节。"袁中标说。

如何让"辛追夫人"更生动？超写实数字人技术来助力。

通过高精度人体建模技术，可还原人体微小的生物特征，人脸毛孔清晰可见。

"最先复原的辛追约 50 岁，我们利用 AI 绘画、大模型等相关技术，建构出不同年龄的虚拟数字人形象。"长沙数字鲸鱼科技有限公司总经理张日晖介绍。

复原没有止步。从"活"过来到"动"起来，可交互版"辛追夫人"AI 智能体预计下半年推出。她会文物讲解和实时对话，将可带你越千年，聊汉室纷纭。

现代科技加持下，文物研究有温度，工艺复原有灵魂。

从 2000 余年前走来，"辛追夫人"可见可感。敦煌、故宫、三星堆等通过数字化，让众多文物活起来，也让厚重的历史文化更有触及感。

（新华社长沙 2024 年 5 月 17 日电　新华社记者张玉洁、袁汝婷、林建杰）

12.9 亿人次"打卡"！今天的博物馆更有"范儿"

什么样的地方，能一年吸引 12.9 亿人次前来"打卡"？

国家文物局 5 月 18 日发布的最新数据，为我们揭晓了这个答案：博物馆。

据统计，2023 年我国博物馆接待观众 12.9 亿人次，创历史新高，6000 多家博物馆各现特色。

"我不在博物馆看展览，就在去博物馆的路上"——这是一位博物馆"发烧友"对自己业余生活的描述，更是当下人们追求高品质精神生活的生动写照。

一个博物馆就是一所大学校。走过百余年发展历程，新时代的中国博物馆以焕然一新的面貌守望传统、拥抱未来。

它们更"火"——

"没想到去博物馆也要拼网速！"这是一位网友"五一"前夕蹲守湖南省博物馆官网预约的感叹。数据显示，今年"五一"假期，全国博物馆接待了观众5054 万人次。

博物馆展览供给不断增加，文化瑰宝星光熠熠。三星堆博物馆的青铜面具、良渚博物院的玉琮、湖北省博物馆的越王勾践剑……吸引不少观众"为一馆，奔赴一座城"。

众多参观者中，总有一群群身高刚及展柜边缘的小朋友，好奇地凝望历史悠远的一个个文物。考古夏令营、文博大讲堂、实践体验课，为青少年打开一扇通往历史和世界之门；红色文物诉说革命先辈的故事和信仰，让红色基因代代相传。

博物馆"热"带动文博话题"火"了起来，从《我在故宫修文物》到《国家宝藏》，文博元素在荧幕上的呈现越发多样，讨论热度越来越高。

它们更"活"——

今天，收藏在博物馆里的文物、陈列在广阔大地上的遗产、书写在古籍里的文字都陆续"活"了起来。

逛累了吗？那就来体验考古。

今年"五一"，河南殷墟考古文旅小镇"上新"考古科学体验馆，主打一个沉浸式，吸引诸多游客进馆探险、挖宝。

从"走马观花"到数字化观展，再到如今的沉浸式体验，科技加持下，博物

2024 年 5 月 4 日，游客在甘肃省敦煌市博物馆参观。（新华社发 张晓亮摄）

馆带来的参与感不断增加。

只看文物不满足？数字技术的应用，让人们更直观触及历史。

5月17日，利用 AI 绘画、大模型等相关技术，有"东方睡美人"之称的汉代辛追夫人化身 3D 数字人，展现在世人面前，2000 余年前的时代片段跃动起来。

故宫、殷墟、三星堆……博物馆纷纷通过数字化，让文物活起来，也让厚重的历史文化更有触及感。

逛完博物馆带点啥？文创产品花样翻新，每一样都"长在审美点"。

"马踏飞燕"玩偶走"丑萌风"，《故宫日历》开启新年风景，各色文创雪糕有"颜值"又美味……博物馆里的文创店，成为博物馆之行的热门"打卡点"。

它们更有"范儿"——

考古研究不断深入、布展更加精美、展览讲解有深度又有温度……博物馆"专业范儿"十足。

"来国博，看中国。你看见的，是历史之中国、发展之中国、开放之中国、未来之中国！"中国国家博物馆的介绍文案中，有这样一段叙述。上下五千年的"中国范儿"，在国博窥见脉络。

6000 多家博物馆，如同一个个片段与区块，拼出泱泱华夏的时空版图，展现文化独特魅力。

跨越山海与时光的对话，不止于此。"紫禁城与凡尔赛宫"展、犍陀罗艺术展等走进故宫，与古老宫殿碰撞出交流火花；荆州博物馆 37 件（套）战国时期的文物正赴美"出差"，上海博物馆举办"百物看中国"系列文物艺术出境大展，博物馆也越来越有"国际范儿"。

博物馆是保护和传承人类文明的重要殿堂，是连接过去、现在、未来的桥梁。让我们从博物馆出发，以史鉴今，共赏文明之美。

（新华社西安 2024 年 5 月 18 日电　新华社记者杨湛菲、施雨岑）

"考古中国"重要进展！南海两艘古代沉船揭开神秘面纱

海南省三亚市东南约 150 公里海域，千米深蓝之下，两艘古代沉船掀开了神秘的面纱——

2023 年至 2024 年，国家文物局考古研究中心、中国科学院深海科学与工程研究所、中国（海南）南海博物馆联合组队，对南海西北陆坡一号、二号沉船遗址开展了三个阶段的深海考古调查。

6 月 13 日，国家文物局在中国（海南）南海博物馆召开"考古中国"重大项目重要进展工作会，介绍两处沉船遗址的考古成果。经考古调查发现，遗址保存相对完好，年代比较明确，不仅是我国深海考古的重大发现，也是世界级重大考古发现。

碧波之下的两艘古代沉船，究竟揭示了怎样的传奇？

这是一段鲜活生动的古代传奇——

考古调查确认，一号沉船遗址核心区为船体和大量堆叠有序、码放整齐的船货构成的堆积。二号沉船遗址核心区以排列整齐、堆叠有序的原木堆积为主，另有少量陶瓷器、铅锡器等。

记者了解到，在一号沉船遗址，发现了陶器、瓷器、铜器、铁器、竹木器等文物超 10 万件，三个阶段调查共提取出水青花、青釉、白釉、青白釉、珐华等瓷器，以及酱釉陶器、铜钱等文物 890 件（套）。二号沉船遗址则提取出水原木、瓷器、陶器、蝾螺壳、鹿角等文物 38 件。

"一号沉船满载外销的陶瓷器，二号沉船装载了从海外输入的木材，推测一号、二号沉船皆为民间私人贸易商船。"国家文物局考古研究中心研究馆员宋建忠介绍，一号沉船始发港可能为广东或福建沿海，前往贸易中转地马六甲；二号沉船可能在马六甲装载原木，返回广东或福建沿海港口。

"两处沉船遗址再现了明代中期海上贸易的繁盛景象，尤其是一号沉船的珐华器、二号沉船的乌木，均是沉船考古的首次发现，是我国古代海上丝绸之路贸易往来的重要见证，为中国航海史、海洋贸易史和中外文化交流等研究提供了重要的实物资料。"宋建忠说。

象形执壶、珐华梅瓶、青花人物纹罐……今天，凝视着这一件件精美的文物，如同打开了一个个封存百年的"时光宝盒"。数百年前，这片蓝色海域上往来不息的商船、漂泊远游的船客，仿佛跃然于眼前，与我们展开了一场跨越时空的对话。

这是科技人文携手同行的现代传奇——

乘坐着载人潜水器，下至常规潜水无法达到的深度调查、记录、研究遗址，提取文物和样品，亲眼目睹如山般堆积的陶瓷器……深海考古是世界水下考古研究的前沿领域，两处沉船遗址的考古调查工作，也是科技与考古携手并肩的生动写照。

据悉，南海西北陆坡一号、二号沉船遗址深海考古调查应用了多种深海技术和装备。例如，使用三维激光扫描仪和高清相机完成了沉船遗址分布区域的全景摄影拼接和三维激光扫描；使用潜载抽泥、吹泥装置对计划提取的文物和部分重要区域进行了抽泥、吹泥作业等。

国家文物局副局长关强表示："此次深海考古工作充分展示了我国深海科技与水下考古的融合，标志着我国深海考古向世界先进水平迈进。"

海南省旅游和文化广电体育厅副厅长王忠云介绍，下一步，在做好保护修复和研究的前提下，将及时整理、发表水下考古重要成果，尽快推出深海考古专题展览，出版出水文物精品图录等。

此外，南海水下文化遗产专项资源调查也将继续开展，进一步摸清家底，为南海水下文化遗产的保护与开发提供基础依据。

我们期待，在未来，两处沉船遗址能够讲述更多先辈在风雨中探索出一条条通向远方航路的精彩历史，更多考古发现揭示千百年来文明交流互鉴的动人篇章。

（新华社海口 2024 年 6 月 13 日电　新华社记者王鹏、施雨岑）

悠悠万事，民生为大。

"新华鲜报"的"小文"，看似桩桩小事，也是国之大事。聚焦老百姓关注的热点话题，第一时间回应关切——

当今年首场寒潮"速递"南方，"冻到发紫"，怎么办？当春运"撞"上最强雨雪，归家路如何走好？当遭遇"天价彩礼"，最高法解释怎么说？当买到"乌苏"还是"鸟苏"啤酒时，怎么维权？……

说的是热辣的数据，更是滚烫的民生福祉——

200万张床位！医养结合更好守护"夕阳红"；人均增补30元！医保"含金量"这样提高；达2.49亿人！小险种为"宝妈"们保驾护航；563万名护士！"白衣天使"更有力托起百姓健康；告别"多地跑"！

民生为大

我国"跨省通办"户口迁移173万余笔; 助力"安居梦"!
全国住房公积金发放个人住房贷款近 1.5 万亿元……

民生关切事，就是那些吃穿住行、柴米油盐、
钱袋子，这些司空见惯里，也是党和政府着力的"大
民生"——

明确直播带货底线! 让"放心消费"释放更大活力;
中国数字人才培育行动启航; 14 部门发文以旧换新释
放万亿级消费市场需求; 多地辅助生殖进医保托起"生
育希望"……

一枝一叶总关情，一点一滴见初心。国家的发展
归根到底，是要让老百姓过上好日子。

国家的富强，有你一份; 更美好的生活，你我都
有份!

"冻到发紫"！今年首场寒潮"速递"南方

民谚说"三九四九冰上走"，这不，今年首场寒潮就来了。中央气象台气温预报图上，一些地方已经"冻到发紫"，冰冻线直抵华南，连广东北部都将飘雪，南方部分地区还可能开启"暴雪模式"。

1月21日，中央气象台寒潮、暴雪、大风三预警齐发；应急管理部针对湖南、贵州两省启动低温雨雪冰冻灾害Ⅳ级应急响应。

去年底，有记录以来同期最强的寒潮天气让人记忆犹新。眼下这轮寒潮又有

2024年1月19日，在241国道湖北省保康县后坪镇红岩寺路段，公路养护工人在进行除雪作业。（新华社发 陈泉霖摄）

何特点？

首先是影响范围广、降温幅度大——大部降温6℃至8℃、部分地区可达10℃至14℃。

再者南方将经历今年以来范围最大、最强的降雪过程。

没有去"尔滨"，开门也能见雪地。雪花飘飘，让不少南方人就地体验冰雪乐趣。

但和久经大雪考验的北方不同，湿冷的南方出现雨雪，各方面保障的弦要绷得更紧才行。

天寒地冻，电线覆冰会不会中断电力供应？

在贵州黔西市观音洞镇黄泥村，供电局工作人员加紧巡视所辖线路，及时消除树障隐患和设备缺陷。

若雨雪致灾，保暖物资储备充不充足？

满载棉被、防寒服的大小货车已从湖南省备灾减灾中心出发，提前"发货"到省内各地，确保群众一旦受灾能及时得到有效救助。

对于农民来说，最担心的还是田地里的收成。

在重庆大足区中敖镇"最忆小橘"园内，果农们提前给53000余株柑橘树穿上了"防寒衣"，通过给果子套袋、给果树盖膜，增强柑橘树对低温天气的抵抗力。

大家积极应对寒潮的同时，也不禁会问："寒潮这么猛，凭啥说全球变暖？"

气象专家解释，这是因为气候变暖使北极地区与中低纬度气温差减弱，难以维持强大的西风急流，导致极涡内的冷空气变得"躁动不安"，更容易分裂南下。北极来的冷空气，温度远远低于我们生活的中低纬度地区，让大家感到"速冻"。因此，寒潮猛烈和全球变暖不矛盾。

再过几天，一年一度的春运就要开始，大家都想问回家的路是否好走？

目前，铁路、电力、交通运输、民航等部门正紧锣密鼓，提前筹备。天儿再冷，回家的路总要暖意融融。

（新华社北京2024年1月21日电　新华社记者黄垚、向定杰、谢奔、周思宇）

告别"多地跑"！
我国"跨省通办"户口迁移 173 万余笔

治理之道，莫要于安民。

迁户口、开户籍证明、新生儿落户、办身份证……一段时期以来，一句"要回户籍地办"，让不少出门在外的人"来回跑""多头跑"，没少折腾。

最新消息，全国范围已实现首次申领居民身份证、申领临时居民身份证及户口迁移和开具户籍类证明"跨省通办"。2023 年，共"跨省通办"户口迁移业务 173 万余笔、户籍类证明业务 74 万余笔、新生儿入户业务 3 万余笔、首次申领居民身份证 80 余万张、临时居民身份证 48 万余张。

让一纸"证明"不再难的背后，是公安部门推行高频户政业务"跨省通办"，实现人在哪里，就在哪办。

测算表明，这些户政业务"跨省通办"，一年下来为群众节约往返交通、食宿等各项费用约 30 亿元。

"原来以为要专门回去一趟，没想到这么方便，不用来回奔波了，省了时间，节约了路费。"近日，户籍地为新疆而在青海生活的马女士在同仁市公安局窗口，为女儿办好了首次申领身份证业务。接过崭新的身份证，她连声赞叹。

站在群众角度想，倒逼自身优化流程，打破壁垒阻碍，把群众的事儿当自己的事儿办，让"多地跑""折返跑"成为过去时，转变政府职能迈大步。

不止户政业务跨省通办，推动医保跨省异地就医直接结算，全国范围内社保卡将实现"一卡通"……近年来，人们看到"一网通办""跨省通办""一窗通办"越来越多，各项政务服务更加便捷。

小事不小觑，当作大事办。截至 2023 年 11 月底，公安部已审核发布各地上报的业务办理项 5.89 万个，其中，超过一半业务办理实现最多跑一次，近四成业务办理实现了全程网办。

2023 年 4 月 20 日，上海市公安局金山分局枫泾派出所民警在接待来办事的张女士。（新华社记者凡军摄）

足不出户，指端办理。打开"公安一网通办"移动端，你可以查询同名人数，开具无犯罪记录证明，办理民航临时乘机证明、电子驾驶证……公安部还鼓励各地依托部平台创新推出无犯罪记录证明开具、网站备案查询等 52 项便民应用。

治"疑难杂症"，接"烫手山芋"。一些地方公安机关还在户政、出入境、车管所等政务服务大厅设立"办不成事"反映窗口，专办"办不成事"，让企业、群众办事不白跑、不多跑。

近日，国务院印发《关于进一步优化政务服务提升行政效能推动"高效办成一件事"的指导意见》，指出要实现办事方式多元化、办事流程最优化、办事材料最简化、办事成本最小化，最大限度利企便民，激发经济社会发展内生动力。

从"只进一扇门"到"一次不用跑"，从"一窗通办"到"一网通办"……更多政务部门打破部门和区域壁垒，为了方便群众下真功夫、细功夫，把好事办好、实事办实、难事办妥，不断满足人民群众对美好生活的向往。

（新华社北京 2024 年 1 月 26 日电　新华社记者熊丰）

@90 万社会组织，"起名"有规矩

中国自古就有"名正言顺"的说法。但"正名"，从不只是起个"好"名字那么简单。

蓝天救援队、红十字会志愿者服务队、中国儿童少年基金会……这些人们熟悉的组织还有一个"大名"——社会组织。

一段时间以来，由于一些标准不统一或有的把关不严，社会组织名称中出现"打大牌""戴高帽"等不规范现象。老百姓要想认清楚，一个字——难！

民政部最新出台的《社会组织名称管理办法》，剑指上述问题，为近 90 万家社会组织立规矩，也为各级负责社会组织登记管理工作的民政部门提供了统一标尺、权威指南。

一件"起名"小事，为啥要下力气整治？

要知道，"起名"背后，"名堂"不小。

我国的社会组织主要包括社会团体、基金会、民办非企业单位三大类。从新中国成立初期仅有全国性社会组织 40 多家，到如今有各类社会组织近 90 万家，社会组织的名号日渐响亮。

但在名称规范方面，我国此前仅对基金会、民办非企业单位的名称有一些具体规定，在社会团体名称立法方面是空白，加之已有的规定立法层级不高、约束力不强，各级部门把关尺度不一，出现社会组织名称"五花八门"的现象。

有的社会组织业务范围、活动地域仅在一省一市，却冠以"中国""中华"；有的社会团体钻政策空子，利用成立分支机构、内部办事机构无须向民政部门登记的规定，给自己的分支机构、办事机构起了个法人组织的名称，在对外活动时以独立身份出现，借此扩大"影响力"、谋求更多"实惠"。

若只是名字的事儿，似乎还不打紧。更严重的问题是，合法合规的社会组织名称不规范，给了未经登记许可的非法社会组织可乘之机。他们藏身于迷人眼的"乱花"之中，滥竽充数，凭借一个看似有官方背景的名称行骗捞钱，不仅败坏了社会组织名声，还扰乱了社会秩序。

比如，前两年取缔的"全国中小学生综合素质等级测评中心"，靠着像"正规军"的名字，在各地授牌成立 30 余家测评中心，制发带有"全国"字样的综合素质等级证书，让一些家长不小心掉入"陷阱"。

这次发布的办法定了哪些规矩？

一是严防以名称"抬身价"。办法明确，县级以上地方人民政府的登记管理机关登记的社会组织名称中间一般不得含有"中国""全国""中华""国际""世界"等字词；

二是拒绝"以偏概全"。办法规定，社会团体分支机构名称应当以"分会""专

2024 年 7 月 2 日，在平江县大桥西路附近，蓝天救援队队员在转移群众。（新华社记者谢奔摄）

业委员会""工作委员会"等准确体现其性质和业务领域的字样结束；社会组织内部设立的办事机构名称应当以"部""处""室"等字样结束，让人一目了然；

三是避免非营利性质社会组织用"商业外衣"包装。办法要求，民办学校、民办医院、民办养老院等民办非企业单位名称应当以"学校""大学""学院""医院""中心""院"等字样结束，名称结束字样中不得含有"总""连锁""集团"等。

规矩立了，如何落到实处？

这次出台的办法将自 5 月 1 日起施行，但许多工作得马上就干。

民政部表示，下一步要出台配套规定，把起名问题纳入年度检查，纠正不合规现象。

"正名"只是第一步，社会组织规范发展还需更多发力点。

近日，科技部、民政部、中国科协公开发文，开展科技类社会团体发挥学术自律自净作用专项行动，推动科技类社会团体主动承担学术自律自净的职责使命，常态化开展职业道德和学风教育。

这一专项行动透露鲜明信号：社会组织要更好发展，就必须走正路、有信用。

实践证明，只要坚持做实事，就会有好口碑。

多个领域社会组织投入上千亿元助力脱贫攻坚；慈善组织、红十字会筹集捐赠资金数百亿元助力战"疫"；蓝天救援队等总是冲在抢险救灾最前线……

"起名"实实在在、干事踏踏实实、发展与时俱进，这是社会组织该有的样子，也是社会组织健康有序发展的好路子。

（新华社北京 2024 年 1 月 27 日电　新华社记者高蕾）

向"天价彩礼"说"不"！
最高法司法解释 1 日施行

最高人民法院关于审理涉彩礼纠纷案件适用法律若干问题的规定于 2 月 1 日正式施行，剑指"天价彩礼"问题，受到社会关注。

彩礼，来源于我国古代婚姻习俗中的"六礼"，蕴含着两个家庭对"宜其室家"的美好愿望。有人也许会疑惑："一个愿打，一个愿挨"的彩礼，为何需要司法部门立规矩？

彩礼归根结底是"礼"，但一段时间以来，彩礼数额持续走高，有人将彩礼视为衡量爱情和婚姻的"筹码"，甚至形成明码标价的地域"行情"。因彩礼引发的婚姻家庭矛盾纠纷日益增多……

扭曲的"彩礼观"，给年轻人造成经济压力，甚至滋生违法犯罪。最高法司法解释及时回应热点问题，治理高额彩礼陋习，助力移风易俗。

——遭遇借彩礼索取财物怎么办？

司法解释明确指出，一方以彩礼为名借婚姻索取财物，另一方要求返还的，人民法院应予支持。

——离婚了，彩礼还不还？

对于双方已办理结婚登记手续并共同生活，离婚时一方请求返还按照习俗给付的彩礼的，人民法院一般不予以支持。但是，在"闪婚""闪离"的情况下，法院会根据彩礼实际使用及嫁妆情况，综合考虑彩礼数额、共同生活及孕育情况、双方过错等事实，确定是否返还以及返还的具体比例。

——"分手"时还未登记结婚，彩礼怎么办？

这种情况下，原则上彩礼应当予以返还，但亦不应当忽略共同生活的"夫妻之实"。应当根据相关实际情况和事实，确定是否返还以及返还的具体比例。

——多少金额算"高额"？

彩礼数额是否过高，应当综合考虑彩礼给付方所在地居民人均可支配收入、给付方家庭经济情况以及当地习俗等因素。

高额彩礼，从来就不是婚姻美满的保证。举个现实中的案例：男方王某某与女方李某某 2020 年 9 月登记结婚，王某某家在当地属于低收入家庭，给了李某某彩礼 18.8 万元。后因家庭矛盾，王某某于 2022 年 2 月起诉离婚并要求返还彩礼。审理法院认为，结合当地经济生活水平及王某某家庭经济情况，18.8 万元彩礼款属于数额过高。综合考虑双方共同生活时间较短，女方曾有终止妊娠等事实，酌定李某某返还彩礼款 5.6 万余元。

彩礼不能成为婚姻的负担，婚姻也不能靠彩礼来"成全"。

司法部门统一裁判尺度，明确标准、定分止争，对于治理"天价彩礼"有特别意义。据悉，人民法院接下来将通过妥善审理相关案件，以案释法、依法释理，积极配合民政、妇联等部门的前端治理工作。

打好治理高额彩礼的"组合拳"，各地各部门持续推进婚俗改革，开展婚姻家庭辅导服务，整治婚姻不正之风，把抵制高额彩礼、大操大办等纳入乡规民约……助推形成健康的新时代婚俗。

让婚姻始于"爱"，让彩礼归于"礼"，这是对婚姻美好的祝福，也是对社会文明的守护。摒弃"天价彩礼"，打造新时代婚俗，以更好培育新时代文明乡风、良好家风、淳朴民风。

（新华社北京 2024 年 2 月 1 日电　新华社记者罗沙、齐琪）

春运"撞"上最强雨雪 归家路如何走好?

风尘仆仆,千里归途。回家过年,是属于中国人民独有的执念。但今年的归家路,天气不是太给力。

春运第8天,多地遭遇强雨雪并发布预警。点开中央气象台的预报图——北方,代表降雪量的灰色明暗叠加;南方,代表降水量的深蓝玫红纵横交错。"郑州降雪预报图变黑"在网络引起热议。

90亿人次的大流量遇上2009年以来冬季最强雨雪冰冻天气,大家不禁想知道:这轮天气为何如此复杂?春运的路顺畅吗?

在中央气象台首席预报员孙军看来,这是因为有一条清晰的水汽"动脉"纵贯我国中东部地区,使本轮雨雪呈现出范围广、时间长、雨雪相态复杂、有一定极端性等特点。

先说范围广,这次过程基本覆盖整个中东部,从东北到西南几乎都有雨雪。如果从郑州出发,回到湖南老家,那将会是启程漫天飞雪,到达淅淅沥沥。

再说持续时间,从1月31日开始到2月5日趋于结束,6天时间达2009年以来之最。雨、雪、雨夹雪、雨转雪轮番上阵。同时,冻雨影响面积有43万平方公里,也为2009年以来范围最大、省份最多。

春运大客流遭遇大范围雨雪常见吗?

事实上,我国在这个时间段出现雨雪天气再正常不过,只是像今年这么大的比较少见。尽管预判形势不如2008年紧张,但此次雨雪影响时段与返乡高峰重叠,影响严重地区也多在中东部交通枢纽省份,防范暴雪、冻雨等不利影响成为重要任务。

新疆阿勒泰站进站口门厅的热风幕设备不间断开启,室内暖意融融,让候车更温暖；

在位于湘东北山区的湖南平江县，一袋袋工业盐已被送往易结冰路段，工作人员忙着撒布融雪剂、防滑料，设置警示标牌，让道路更通畅；

呼和浩特机场，十几辆醒目的黄色除冰车喷出水雾，迅速融化跑道上的薄冰，地勤人员细致地对跑道进行全面评估，让飞机起降更安全。

保畅通的同时，保供应也必不可少。

雨雪天气下，仍有无数货车司机在风雪中以车为家、以路为伴，将各类物资及时运往千家万户。

这段时间，招商公路在15省份、26条高速、43个收费站、17处服务区，开展"情暖征途"致敬货运先锋公益活动，将热水、暖宝宝、姜汤等御寒物品送到货车司机们手中，为这支特别的队伍送去暖意。

今年春运的一个新特点是自驾出行增多，占比将创新高，"车流"成为一大考题。

雨雪带来的道路积雪、结冰和湿滑增加行车困难。各地通过预置救援车辆和应急装备、加密巡逻、在重点路段值守等措施，提升恶劣天气道路通行能力。

道路千万条，安全第一条。开车出行的你，记得密切关注始发地、目的地及沿途天气预报预警和交通部门发布的路况信息。

尽管天气寒冷、雨雪交加，旅途难免折腾，但春运是一场幸福团圆的奔赴，即使满身疲惫，也终将在踏入家门的那一刻消散。

（新华社北京2024年2月2日电　新华社记者黄垚）

夜校，走过百年悄然焕新

如今，夜校又火了。

4000 余名青年参与，江苏多地 500 余场青年夜校课堂爆满；9 门课程上线就被抢完，武汉首期公益青年夜校启动就"破圈"；382 门课程被 65 万网友关注，去年秋天成绩亮眼的上海市民艺术夜校，2 月 27 日又将发布新年春季课程……"白天上班，晚上上课"，正成为中国式夜生活的一张名片。

夜校不是新事物。诞生于工业革命，它意在解决工学矛盾，是职工提高自身技能的晚间学校。早在 20 世纪 20 年代，各地早期党组织创办工人夜校，从提高工人文化程度着手，进而启发工人阶级觉悟。新中国成立以来，从五六十年代的识字算术、生产技术，到七八十年代的理发裁剪、专业教育，再到世纪之交的微机电脑、多门外语……夜校，让历届年轻人知识换代、工作升级。

走过百年，今天这波夜校不再与传统工作绑定。8 小时之外，生活更精彩。半小时前还在办公室跟甲方谈判的郭怡然，现身于北京一家夜校的书法课堂。她不想被一种气质束缚，说"夜校可以去'班味儿'"。

既有为兴趣买单的声乐、书法、油画，也有为生活添色的咖啡拉花、蛋糕烘焙、刺绣簪花、vlog 制作，还有纯粹释放压力的泰拳、散打……在社交平台上搜索"夜校"，各地课程花样翻新，老式夜校的"刚需"属性已经改换。

用兴趣打开"社恐"局面，社交场景上新。

凭借共同爱好，在夜校可以分分钟"破冰"结交新朋友。原本内向的小土近期从上海市民夜校的茶道课结业。这一天，她把闺蜜同学亲了个遍，彼此约定"不能停止见面"。从"社恐"到"社牛"，只差了几节课的距离。

"和我一起学架子鼓的有个夕阳红乐团的老奶奶，七八十岁了！她经常会带

2024年1月10日，在武汉市汉阳区四新街道梅林都汇社区二楼共享自习室，课程教师汪阔林（左一）在指导学员弹奏尤克里里。（新华社记者杜子璇摄）

乐队的歌来让老师扒谱。那些歌根本没有拍子可言，老师快'疯'了！我们一起挦。"北京一家互联网公司职员小李说。只要爱好合拍，年龄不是界限，代沟也不是问题。

兴趣是群体的分类器。中央民族大学社会学系青年讲师范叶超表示，夜校提供专门场地和专业设备，为相同兴趣爱好的都市人群开辟了一个社交空间，促进新的趣缘群体生成。"线上兴趣社群再热闹，也无法替代线下互动的情感满足，人们依然渴望与志同道合的人有面对面的深入交流。"

享有生活主动权，夜校里有大市场。

谁说上班只能在白天？"有的年轻人把创办夜校作为自主创业的渠道；有的希望能借夜校学习提升自己，找到新的就业机会。"中国教育科学研究院研究员储朝晖介绍，夜校让就业场景"扩列"。

一些教培机构也开始转型。中公教育旗下品牌近期推出夜校课堂，丰富这一市场。"夜校项目希望能够帮助年轻人培养技能、促进多样就业。"相关业务负责人梁蕾说。

"500 元买 10 节课，很实惠！""长大了，慷慨'宴请'小时候的自己。""上班后时间宝贵，我希望能学出成果。""同样是玩，在夜校，一群人玩更有趣！""自学心态在'特别厉害'和'特别菜'之间反复横跳，在夜校可以摆正。"……

走进夜校的人们，理由多种多样。这些"小心思"里，潜藏着夜校的大市场。

文化沁润生活，夜校给非遗雅文化打开"任意门"。

中国传统制茶技艺及其相关习俗已是世界级非遗，但日常饮茶还是差点文化味。"通过夜校，茶道现在真的成为我生活的一部分。"小土说。

"文脉传承不仅需要把前人的创造精心守护好，也要让更多人能够参与。"北京一家开设非遗课程的夜校机构负责人说，课程一上线就被抢空，"好像大家铆足了劲儿，都想当回'非遗传承人'"。

相较于对非遗走马观花的旅游参观，夜校课程让更多人有机会增进了解、上手体验。

"苏州到处是文化，大家耳濡目染；夜校想让学员体验古今、感受到心。"发起这轮苏州大学夜校的继续教育学院院长缪世林说，包含昆曲、制香、古琴等非遗项目在内，第二期夜校本周起陆续开课。静下来、沉进去，非遗才真正成为公共生活的一部分。

"高校扩招以后，我国高等教育毛入学率现在已达 60% 左右，更多人已能够进入高校完成学业。"储朝晖说，我们距离陶行知生活即教育、社会即学校的理念已更近一步。"现在的夜校变得轻松化，讲授的更多是休闲实践的技能，是对生活的拓宽、对选择的追求、对幸福的感悟。"

"无用"有大用。推开夜校这扇窗，可以看见未来的社会生活。一个全民终身学习的学习型社会，正被一间间夜晚课堂的通明灯火照亮外形。

（新华社北京 2024 年 2 月 21 日电　新华社记者李欢、魏冠宇）

爱不罕见！超 80 种罕见病用药进医保

关注罕见、点亮生命之光。2024 年 2 月 29 日，迎来了第 17 个国际罕见病日。

前不久，最新版国家医保药品目录调整新增 15 个目录外罕见病用药，覆盖 16 个罕见病病种，一些长期未得到有效解决的罕见病，如戈谢病、重症肌无力等均在其列。迄今，超过 80 种罕见病治疗药品已纳入国家医保药品目录名单。这有望为我国 2000 多万名罕见病患者带来更多福音。

世界卫生组织将罕见病定义为患病人数占总人口 0.065% 到 0.1% 之间的疾病或病变。诊断难、用药难、药价高，是罕见病患者面临的"三道坎"。

对于罕见病诊治这道世界性难题，国家卫生健康委等多部门携手社会各界关爱罕见病患者，不断探索罕见病防治诊疗工作的"中国方案"，尤其在罕见病用药的可及性和可负担性方面，努力让"医学孤儿"不孤单。

今年 1 月 1 日起，非典型溶血性尿毒症综合征患者迎来命运的转折：曾经一支 2 万多元治疗该病的救命药"依库珠单抗"，经医保支付报销后每支价格约千元，不少患者和家庭重新燃起希望。

除了让部分罕见病患者"用得起药"，解决用药难、缺少药等难题，有关部门和社会各界也一直在行动。

阵发性睡眠性血红蛋白尿症（PNH），一种被称为"超级罕见病"的后天获得性溶血性疾病，让患者饱受反复溶血、血红蛋白尿、肾功能损害等并发症折磨。

2021 年 3 月，一位 PNH 患者遭遇断药，怀着一线希望，她向中国罕见病联盟发起求助。

无先例可循、无细则可依，中国罕见病联盟、北京协和医院、国家药监局及药企共同"组队"，为实现"同情用药"奔走忙碌。80 余天后，从瑞士引进的新药成功落地北京协和医院，患者获得新生。

不止是"同情用药"，有关部门和医疗机构无缝衔接，对罕见病治疗药品实施优先审评审批，为部分"断供"的罕见病急需药物开辟绿色通道，米托坦、拉罗尼酶、氯苯唑酸等越来越多"孤儿药"被引进，解罕见病患者燃眉之急。

一些企业在相关部门支持下，设立罕见病患者关爱中心，为罕见病患者提供药品供应保障、健康管理与用药咨询、慈善赠药、医疗保险结算等全流程一站式专业化药事服务。

"让罕见病患者有药可用，已经从共识转化为密集行动。"中国罕见病联盟执行理事长李林康说。

为加强罕见病药物研发，《医药工业发展规划指南》《"十四五"医药工业发展规划》等一系列文件密集出台，引导企业加强研发治疗罕见病特效药物；北京儿童医院等医疗和科研机构对罕见病用药的研发和评价作出相应布局……

走小步不停步！用药保障的每一次推进，规范诊疗能力的每一步提升，都为患者打开一道"希望之门"。

组建全国罕见病诊疗协作网，建立国家罕见病多学科诊疗平台，不断缩短患者平均确诊时间；发布两批罕见病目录，收录 207 种罕见病；新版国家质控工作改进目标涉及罕见病等专业；支持中医药参与罕见病防治；成立中华医学会罕见病分会……

"呵护好罕见病患者的'生命线'，是我们必须啃下的'硬骨头'。"中华医学会罕见病分会主任委员、北京协和医院院长张抒扬说，只有跑得再快一点，为疾病的突破多添一份力、多加一把油，才能让医学之光照亮罕见病患者生的希望，让生命之花绽放绚丽色彩。

对每一个小群体都要关爱、都不能放弃。这是健康中国建设的题中应有之义，也是温暖民生、彰显社会公平的生动写照。

（新华社北京 2024 年 2 月 29 日电　新华社记者李恒、田晓航、徐鹏航）

报告里的民生指标

2024年，城镇新增就业1200万人以上、居民医保人均财政补助标准提高30元、城乡居民基础养老金月最低标准提高20元……政府工作报告透露的民生指标，回应民之所盼，指明施政所向。

对拥有14亿多人口的大国来说，补助与标准每提高1元，都是一个"大数字"。面对全球经济复苏的多重挑战，我国不断加大民生领域投入力度。政府精打细算过紧日子，为的就是让百姓过上好日子，把资金用在改善民生的刀刃上。

就业是最基本的民生。今年的政府工作报告提出，2024年，城镇新增就业1200万人以上，城镇调查失业率5.5%左右，加强高校毕业生等重点群体就业促进服务，加强财税、金融等政策对稳就业的支持等。

千方百计让百姓好就业、就好业。"政策给力、个人努力、服务助力，就能推动就业工作走深走实。"全国政协委员、中国劳动和社会保障科学研究院院长莫荣说。

居民医保人均财政补助标准提高30元，大国医保再发力。对一个已经建成世界上最大医疗保障网的国家而言，当前，我国参保人数超13亿人，这次又提出了补助的新标准，充分体现了政府竭尽所能解决百姓就医问题的决心和力度。

报告还提出推动基本医疗保险省级统筹、完善国家药品集中采购制度、强化医保基金使用常态化监管、落实和完善异地就医结算……桩桩件件，都与筑牢人民健康防线息息相关。

老龄化浪潮扑面而来，中国式养老怎么干？政府工作报告提出，包括在全国实施个人养老金制度、大力发展银发经济、推进建立长期护理保险制度等新举措，让应对老龄化的脚步积极而稳健。

政府工作报告提出，加强城乡社区养老服务网络建设，加大农村养老服务补短板力度。这让来自乡村的全国人大代表、河南省开封市兰考县三义寨乡白云山村党支部书记陈保超深

2024 年 3 月 1 日，拉萨市第一小学的学生在聆听"开学第一课"。（新华社记者丁增尼达摄）

有感触。他带来了加大对农村养老设施资金支持力度、提高助老餐厅覆盖率等建议。

人人都会老，家家都有小。政府工作报告显示，去年，我国提高"一老一小"个人所得税专项附加扣除标准，有 6600 多万纳税人受益。今年提出减轻家庭生育、养育、教育负担，以及健全生育支持政策、优化生育假期制度等，将不断提升亿万家庭的幸福感。

教育牵动千家万户。一个拥有 2.9 亿多在校生的教育大国，怎样办好教育备受关注。刚刚过去的 2023 年，国家助学贷款提标降息惠及 1100 多万学生。今年报告还提出了"开展基础教育扩优提质行动""改善农村寄宿制学校办学条件""大力提高职业教育质量"等，这让老百姓对教育高质量发展满怀期待。

针对报告提出的大力发展数字教育，全国人大代表雷军带来了自己的建议，要将人工智能素养教育纳入九年义务教育内容，设置人工智能通识课程等；大力推进高校人工智能相关专业的建设，将人工智能通识课程拓展到更多专业，培养更多跨领域人才。

一个个民生指标，是政府实实在在的承诺，也是检验发展成色的重要标准。

（新华社北京 2024 年 3 月 5 日电　新华社记者白佳丽）

大地惊蛰：2024"春之声"

3月5日，惊蛰。十四届全国人大二次会议开幕，人民大会堂奏响向着春天进发的序曲。

一年之计在于春。这是五千年农耕文明才能理解的喜悦，这是稳稳端牢自己饭碗的中国人对大地的深情。

2023年，粮食产量1.39万亿斤，再创历史新高。

2024年，粮食产量预计1.3万亿斤以上。

这意味着，中国粮食产量要连续10年站稳1.3万亿斤台阶。

5日，"新质生产力"首次写入政府工作报告。这个春天，各行各业的"田园"里，正释放澎湃的发展新动能。

全国政协委员、新希望集团董事长刘永好"关于利用数字技术为畜牧业节粮提效注入新质生产力"的提案，把粮食与新质生产力结合起来。

全国人大代表、好医生集团董事长耿福能的建议主题也是培育"三农"新质生产力：提升农业生产者数智技能，打造新型劳动者队伍，塑造适应新质生产力的生产关系，激发乡村振兴主体的创新活力。

向春而行，如何扎实推进乡村全面振兴？代表委员在重点思考的同时，也把数字经济、数据要素、人工智能、生物制造等热词，酝酿在乡村的田园。

全国人大代表、河南省中牟县官渡镇孙庄村党支部书记孙中岭说："给咱农村打造培养熟练运用数字化终端设备的新型职业农民，吸引有志青年建设数字乡村，为实现共同富裕注入新的活力。"

祖国山河秀，人勤处处春。

政府工作报告提出，深入推进数字经济创新发展。在等待解冻的黑土地上，已聆听到春之声，这是丰收的预言——

在哈尔滨工业大学人工智能研究院里，科研人员正讨论，将人工智能大模型在千里之外的北大荒建三江农场春耕中进行验证和应用。

世界屋脊上的"雪域江南"，春花绽放。

2023 年 10 月 11 日，农技人员在贵州省从江县高增乡建华村现场测产香禾糯稻谷。（新华社记者杨文斌摄）

西藏林芝墨脱 2024 年春天早已到来——白肉枇杷熟了。

全国人大代表、墨脱县墨脱村村民委员会副主任罗布央宗把白肉枇杷带到了首都。"应该让更多人了解我们美丽的家乡。"这个全国最后通公路的县，"世界生物基因库"已成为墨脱的新名片。

南国春来早。海南的春天，拔节生长的声音，来自千顷稻田，更来自各行各业。

"全球最大风电叶片在东方正式下线""我国通信技术试验卫星十一号在文昌成功发射"……琼岛之春，装在代表委员的行李箱、笔记本和手机里。

政府工作报告提出，积极培育新兴产业和未来产业。聚焦打造生物制造、商业航天、低空经济等新增长引擎，海南团的代表说，要形成一批具有自贸港辨识度的标志性成果。

全国两会前夕，中国首位女航天员、全国人大代表刘洋来到航天员支持中心，与神十七乘组隔空对话。围绕中国太空实验室高质量发展，刘洋把收集到的看法和建议带上两会。她说："中国空间站全面转入应用和发展阶段，空间科学的春天已经来临。"

龙年春节，中国载人潜水器"蛟龙"号首次在大西洋开展下潜作业并创造下潜新纪录。

"近三年全球一半以上载人深潜任务由中国人完成。"作为"蛟龙"号主任设计师和首席潜航员、"深海勇士"号副总设计师、"奋斗者"号总设计师,全国政协委员叶聪自豪地说。

对政府工作报告提出的"大力发展海洋经济,建设海洋强国",作为科技工作者的叶聪使命在肩:"我们要为人类了解、保护、开发海洋不断作出新的、更大的贡献。"

上九天揽月,下五洋捉鳖。这个春天注定不一般。

"@国务院 我为政府工作报告提建议"建言献策活动,截至 3 月 4 日收到网民建言超过 160 万条,比去年增长八成。留言网民,最大的 82 岁,最小的 12 岁。

向着春天进发,我们也清醒看到面临的困难和挑战;而人民,永远是我们战胜一切困难挑战的最大依靠。

今年是全国人民代表大会成立 70 周年。70 年来,人民代表大会制度为创造经济快速发展和社会长期稳定的"两大奇迹"提供了重要制度保障。

在中国人民面前,任何艰难险阻,"万水千山只等闲"。

今年,也是红军长征出发 90 周年。党的十八大以来,习近平总书记多次深情讲述长征故事,强调"今天中国的进步和发展,就是从长征中走出来的""我们世世代代都要牢记伟大长征精神、学习伟大长征精神、弘扬伟大长征精神"。

一代人有一代人的长征,一代人有一代人的担当。

春天的盛会上,全国两会代表委员通过充分发扬民主,畅所欲言、求真务实,讲实话、道实情、出实招,真正把人民群众呼声愿望反映上来,使党的主张、人民意愿通过法定程序成为国家意志。

微雨众卉新,一雷惊蛰始。听闻"春之声",我们一起迈进春天。

（新华社北京 2024 年 3 月 6 日电　新华社记者王立彬）

飒！两会上的"她力量"

女性代表委员们的"三八"国际劳动妇女节，是在参政议政中度过的。

8日上午8时，人民大会堂中央大厅北侧，十四届全国人大二次会议第二场"代表通道"开启。两位笑容明媚的女代表一起走到聚光灯下。

一位是来自吉林梨树县的韩凤香，一位是家在北京平谷区的岳巧云。同为专业合作社理事长，这对"姐妹花"分别向中外媒体记者深情讲述乡村振兴的新故事。

全国两会上，"她力量"愈发出彩。

数据显示，从第一届到第十四届，历届全国人大代表中，女性代表所占比重

2024年3月5日，第十四届全国人民代表大会第二次会议在北京人民大会堂开幕。这是全国人大代表走向会场。（新华社记者金立旺摄）

从最初的 11.99%，增长到如今的 26.54%，女性代表占比总体呈上升趋势。

女性的光辉是时代的光辉，巾帼的风采是进步的风采。

翻开全国两会女性代表委员的简历，她们中，有经济领域的先行者、三尺讲台的"提灯人"、技艺精湛的大国工匠、逐梦星辰的巾帼英雄……各行各业的她们乘风破浪，以特有的柔韧成就非凡业绩，自觉服务"国之大者"，用实力"圈粉"。

"她声音"愈发响亮——

严谨、求新、勤奋、奉献，全国人大代表、北京协和医院院长张抒扬长期致力于罕见病患者救治，今年她带来关于强化罕见病用药保障等多条建议，"一切为了患者，是中国医生永恒的追求"。

政府工作报告提出"发展新型农业经营主体和社会化服务，培养用好乡村人才"，这为全国人大代表、"新农人"魏巧打开了发展新思路。她建议出台扶持政策，培育新型农业经营主体，带动更多"90后""00后"加入乡村振兴的队伍。

"新质生产力"这一两会"热词"，让全国人大代表、中国航天建设集团有限公司总经理窦晓玉心潮澎湃："'新'是创新，'质'是品质，作为航天战线的一员，更要致力于以科技创新推动产业创新。"

"新时代女性要与祖国共命运，与时代同进步。"全国政协委员、中央民族大学教授蒙曼说，女性地位的提升不是喊出来的，是干出来的。

……

"她权益"备受关注。

"建议为农村妇女参与数字经济创造更多有利条件""建议大力发展优质的普惠托育服务、采取积极措施促进育龄妇女就业、共同营造生育友好环境""建议通过开展技能培训、提供再就业信息和指导、鼓励用人单位采取灵活工作方式等，帮助生育妇女重返职场"……

这一条条充满关切的议案、建议和提案，成为"三八"国际劳动妇女节之际，献给中国女性最真挚的祝福。

（新华社北京 2024 年 3 月 8 日电　新华社记者董博婷、郑明达、顾天成）

高法报告提出遏制高额彩礼引发共鸣

全国两会上，高额彩礼现象再次成为热点话题。

3月8日提请审议的最高法工作报告提出，依法遏制高额彩礼，让婚姻始于爱，让彩礼归于"礼"。

彩礼多寡，看似小事家事，却是影响社会风气的大事。

2019年，中央一号文件首提治理"天价彩礼"；今年初，最高法施行"彩礼新规"。国家下力气整治这一现象，彰显对高额彩礼等移风易俗重点领域问题说"不"的鲜明态度。

作之于细，累之成风。代表委员认为，党的十八大以来，从整治"舌尖上的浪费"到管住"车轮上的铺张"，以微小之变，赢得党风、政风为之一新。整治高额彩礼问题，也是把小事家事当成建设文明乡风的大事。

在一些地区，高额彩礼流行，名目不断翻新。有的已演变成"甜蜜的负担"，有的家庭陷入"因礼返贫"的窘境，有的以婚恋之名行诈骗之实。

代表委员说，在旧风俗影响下，高额彩礼之风不断蔓延，扭曲的"婚恋价值观"加剧婚姻焦虑，极易成为制约乡村精神文明建设的大问题。

今年的政府工作报告提出，建设宜居宜业和美乡村。全国人大代表、宁夏社会科学院社会学法学研究所所长李保平说，从治理高额彩礼等问题破题，促进乡村移风易俗，将有力推动和美乡村建设。

治理高额彩礼，不可能一蹴而就。要关注基层新变化，找寻新办法。全国两会上，一些代表委员提到，不少地区已经展开婚俗改革，逐步使彩礼回归于"礼"。

安徽省阜阳市兴起10001元彩礼（寓意万里挑一）、互相赠礼等新风俗；河北省河间市提倡"不比彩礼比幸福"，去年1000对登记新人"零彩礼""低彩礼"

2023年11月3日，浙江省杭州市临平区塘栖镇丁河村举办集体婚礼。八对新人在村民和游客的见证下喜结良缘，并发出《婚俗改革倡议书》。（新华社记者徐昱摄）

占比达到88%；贵州省岑巩县把高额彩礼降下来，女方又多以"压箱钱"返还。

文明乡风、良好家风、淳朴民风焕发乡村文明新气象。

一些代表委员认为，高额彩礼之风不能简单归结于落后的传统。男女比例失调、农村养老焦虑、教育程度不足等问题的存在，一定程度影响着治理难度。

——发挥"自治"作用。抬头不见低头见的乡村熟人社会习惯于"讲人情、讲关系"，但用好这层关系也可以实现引导效果。

"推进移风易俗，红白理事会是个好抓手。"安徽省阜阳市颍州区九龙镇五坑村党总支书记闫永志代表说，听说哪家要摆席了，发动村里"五老""乡贤"送"理"上门，能解开很多家庭心里的疙瘩。

——善用"法治"方法。针对彩礼纠纷，多地法院已适用"彩礼新规"定分止争。

"司法审判提供有益经验。"河北省河间市兴村镇大庄村党支部书记石炳启代表建议，进一步发挥典型案例作用，采取进村普法、巡回法庭进乡村等措施，实现"办理一案、治理一片"的良好社会效果。

——做好"德治"文章。让礼回归本质，以德化解不良风气，乡风文明之花将盛开在广袤的农村大地上。

"治理高额彩礼歪风陋习，要拿出遏制'舌尖上的浪费'的决心和态度。"贵州省岑巩县塔山村党支部书记郑培坤代表建议，厉行节俭之风，干部带头引导群众转观念、破陋习，发挥村规民约激励作用，助力移风易俗。

李保平代表说，遏制高额彩礼歪风，要大力推进移风易俗工作。实施乡村振兴，不仅看农民口袋里的票子有多少，也要看农民的精神风貌。

（新华社北京2024年3月9日电　新华社记者鲁畅、潘德鑫、陈诺）

人均增补 30 元！医保"含金量"这样提高

国家医保局 25 日表示，我国基本医保参保覆盖面稳定在 95% 以上，参保质量持续提升。今年政府工作报告明确，居民医保人均财政补助标准提高 30 元。

国家医保局数据显示，从 2003 年到 2023 年，居民医保人均筹资标准从 10 元 / 人增长到 380 元 / 人；相对应的，国家财政对居民参保补助进行更大幅度的上调，从不低于 10 元 / 人增长到不低于 640 元 / 人。对于低保户等困难人员，财政还会给予全额或部分补助。

也就是说，如果一名普通居民在 2003 年至 2023 年连续参保，其医保总保费至少为 8660 元。其中财政补助至少为 6020 元，占保费总额约 70%；居民个人缴费为 2640 元，占保费总额约 30%。

由财政"拿大头"和居民"拿小头"的医保缴费，一砖一瓦搭建起城乡居民基本医保的"保障城墙"，带来的是广大群众医疗保障水平的持续提升。

——纳新药、降药价，"一增一降"是为老百姓的医药账单着想。

国家医保目录累计新增 744 个药品，80% 以上的创新药能在上市后 2 年内进入医保，新增药品中肿瘤用药 100 个，而在 2017 年以前，国家医保目录内没有肿瘤靶向用药。

9 批国家组织集采 374 种药品平均降价超 50%，集采心脏支架、人工关节等 8 种高值医用耗材平均降价超 80%，连同地方联盟采购，累计减轻群众看病就医负担约 5000 亿元。

——减负担、加监管，"一减一加"为的是更好护佑百姓生命健康。

2003 年"新农合"制度建立之初，政策范围内住院费用报销比例为 30% 至 40%，目前居民医保的政策范围内住院费用报销比例为 70% 左右，群众的自付比例明显降低，就医负担减轻。

打好医保基金监管"组合拳"，2018年以来累计追回医保基金超800亿元，2023年检查核查75万家医药机构，处理36.3万家。

——拓保障、通堵点，"一扩一通"力争提高医疗保障的"含金量"。

高血压、糖尿病"两病"门诊用药保障机制从无到有再到优，长期护理保险为失能参保群众保障权益，跨省异地就医直接结算持续扩围……更多医保福利让群众为买药看病"少操心"。

办理材料时限压缩为15个工作日；打造医保电子凭证应用……一系列便民措施全面落地，进一步打通医保服务中的堵点。

梳理近年来医保改革，可以发现每一次的医保缴费增补，一分一厘都花在看病就医的刀刃上，为的是让老百姓买药就医能够更有底气、更舒心。

2023年，全国城乡居民医保个人缴费总额3497亿元，财政全年为居民缴费补助6977.59亿元，而居民医保基金全年支出为10423亿元。居民医保基金全年支出总额，是居民个人缴费总金额的2.98倍。

保障和改善民生没有终点，只有连续不断的新起点。

今年的政府工作报告中，多渠道增加城乡居民收入、以患者为中心改善医疗服务、加强老年用品和服务供给、多渠道增加托育服务供给……一个个接地气的目标看得见、摸得着，温暖你我。

民生连着民心，把"民生小事"真正落到群众心坎上，努力为老百姓过上更好的日子"添砖加瓦"。

（新华社北京2024年3月25日电　新华社记者彭韵佳、沐铁城）

织牢产科"兜底网"，再偏远也要保留一张"床"

必需的产床，一张不能少。

3月27日，国家卫生健康委发布关于加强助产服务管理的通知，强调公立医疗机构要承担产科服务兜底责任。

如何兜底？根据要求，人口30万以上的县（市、区）原则上至少有2家公立医疗机构能够开展助产服务，人口30万以下的县（市、区）原则上至少有1家公立医疗机构能够开展助产服务。

此外，地广人稀、交通不便的地区要保障相关基层医疗卫生机构具备助产服务能力。

若有公立医疗机构拟关停产科，则要广泛征求建档孕产妇意见，书面征求当地街道办事处（乡镇政府）和县级卫生健康行政部门意见。

兜底离不开医务人员。一面是完善医院内部分配制度，努力保证产科医师收入没有太大落差，一面是针对部分产科变化调整，做好合理安排，注意温暖医务人员的心。

助产服务是基本医疗服务。偏远地区多保留一张产床，"母婴平安"就可能多添一份保障。"小家"的幸福，也是"大国"的牵挂。

确保"生得了"，还要"生得好"。最新数据显示，我国婴儿死亡率降至4.5‰，孕产妇死亡率降至15.1/10万，居于全球中高收入国家前列。全国住院分娩率为99.94%，基本实现全部住院分娩。

从多年前"一床难求"，到如今部分产科床位出现闲置，随着经济社会进步和人口发展变化，老百姓对助产服务的需求开始从"有没有"转向"好不好"。

"一站式"产检服务、个性化分娩计划书、"酒店式"产后病房……越来越多孕产妇希望有更舒适的就医体验、更温馨的住院环境，"催促"产科资源因时因势优化。

优化已经"在路上"：助产机构要加强生育友好医院建设，优化产科诊室布局和服务流程；提供以产妇为中心的人性化分娩服务，积极开展镇痛分娩服务；有条件的医疗机构可开展家属陪伴分娩……严守母婴安全防线的同时，不断升级健康服务，产科资源调整兼顾两头。

国家卫生健康委妇幼健康司有关负责人说，未来还将鼓励有条件的助产机构加强高品质、普惠性产科床位设置，结合院内资源调整优化，增加产科病房单人间和双人间数量，切实改善产科住院条件。

生育是家之大事，也是国之大事。病有所医，老有所养，莫不如此。让14亿多人获得更加公平可及的医疗服务，不仅需要扩容医疗卫生资源，也需要进一步科学规划和布局这些宝贵资源。

归根结底，要让更多人看得上病、看得好病，让健康这个"幸福生活最重要的指标"拥有可靠保障。

（新华社北京 2024 年 3 月 28 日电　新华社记者董瑞丰、李恒）

约 13.34 亿人！
我国医保参保率稳定在 95% 以上

国家医保局 4 月 11 日发布《2023 年医疗保障事业发展统计快报》显示，截至 2023 年底，基本医疗保险参保人数约 13.34 亿人。

"按应参人数测算，我国医保参保率保持在 95% 以上，总量规模得到巩固。"国家医保局规划财务和法规司副司长朱永峰介绍，从 2024 年 3 月底的最新情况看，居民医保参保规模与 2023 年同期基本持平，说明我国参保大盘稳定。

2023 年，基本医疗保险基金（含生育保险）总收入、总支出分别为 3.33 万亿元、2.81 万亿元，医保基金运行总体平稳。

目前，我国正健全世界最大基本医疗保障网，让参保底线更牢靠、参保质量有提升、参保结构更优化。

——参保底线更牢靠。2023 年，原承担医保脱贫攻坚任务的 25 个省份通过医疗救助共资助 7308.2 万人参加基本医疗保险，支出 153.8 亿元，人均资助

2023 年 11 月 1 日，在重庆市北碚区歇马街道医保政务服务分中心，工作人员在给居民讲解医保政策。（新华社发 秦廷富摄）

210.5 元，农村低收入人口和脱贫人口参保率稳定在 99% 以上，有效保障弱势群体的利益。

据监测，2023 年基本医保、大病保险和医疗救助"三重制度"惠及农村低收入人口就医 1.8 亿余人次，帮助减轻费用负担 1883.5 亿元。经"三重制度"报销后，有近一半的困难群众年度住院医疗费用负担在 1000 元以下。

——参保质量有提升。在 2022 年剔除省份内重复参保、无效数据近 4000 万人的基础上，2023 年继续剔除跨省重复参保 1600 万人，考虑"去重"影响后，参保人数在 2023 年实际净增约 400 万人，参保质量进一步提升。

一组数据更有说服力：2023 年全国门诊和住院结算 82.47 亿人次，同比增长 27%，参保群众就医需求得到保障；2023 年有 126 种药品新纳入目录，其中有 57 个药品实现了"当年获批、当年纳入目录"；2023 年跨省直接结算 1.3 亿人次，更多参保群众便捷享受医保服务。

——参保结构更优化。2023 年底基本医保参保人数约 13.34 亿人，其中参加职工基本医疗保险 3.71 亿人，参加居民基本医疗保险 9.63 亿人，职工医保参保人数增加 900 万人，参保结构进一步优化。

2023 年，职工和居民基本医保基金支出同比分别增长 16.9% 和 12.4%，进一步保障参保群众的医保待遇享受和定点医疗机构的基金支付。

为有效减轻群众看病负担，医保基金使用范围进一步扩大。一方面，职工个人账户支出范围扩大，可用于家庭成员共同使用；另一方面，门诊医药费用纳入基金报销范围后，参保职工可以享受到更好的门诊保障待遇。

朱永峰介绍，2023 年，3.26 亿人次享受职工医保门诊待遇。接下来将推动解决个人账户跨统筹区共济的问题，使参保人进一步从门诊共济改革中受益。

从"兜底"到"提质"再到"优化"，2023 年一系列"实打实"的医保举措让参保人成为最直接的受益者。随着门诊慢特病跨省直接结算"再扩围"、推进 12 项医保领域"高效办成一件事"落地等，2024 年更多医保红利值得期待。

（新华社北京 2024 年 4 月 11 日电　新华社记者彭韵佳、徐鹏航）

明确直播带货底线！
让"放心消费"释放更大活力

近年来，直播带货创新消费场景，丰富消费供给，但也给行业成长带来一些问题。

直播带货的"陷阱"，你踩过吗？据市场监管总局统计，近 5 年直播电商市场规模增长了 10.5 倍，直播带货投诉举报量也逐年上升，5 年间增幅高达 47.1 倍。

在近日国新办举行的国务院政策例行吹风会上，市场监管总局等部门介绍消费者权益保护法实施条例有关情况时，针对直播带货等发展中不规范问题，对直播带货明确前提和底线。

市场监管部门表示，直播带货必须说清楚"谁在带货""带谁的货"，明确主播、直播间和平台"人人有责"。

为什么要说清楚"谁在带货""带谁的货"？

主播"1、2、3 上链接！""一秒抢购"，消费者冲动下单时，甚至不清楚商品的具体情况。至于买的是谁家的货，谁来管售后问题？更来不及细究，让不少消费者稀里糊涂便着了"道"。

让消费者直播购物时买得明白、买得放心，强化信息披露是前提。首先要依法依规公示商品的生产、销售、经营等必要信息，确保售后有保障，出现质量问题能追溯到人。

为何要明确主播、直播间和平台"人人有责"？

"低俗"带货、捧哏话术"逼单"，部分网红主播在追求流量和人气时，用夸张的语言动作宣传商品，频频引发网友吐槽。

一些"旧骗术"在直播的包装下"换新颜"，部分直播间虚构商品实时销量

2024 年 2 月 1 日，四川省广汉市金轮镇樊池村的豌豆尖迎来销售旺季，一位网络主播在豌豆地里直播带货。（新华社记者江宏景摄）

与库存，或通过滤镜和特定角度展示商品，故意不展示瑕疵，让消费者收货后大呼上当。

一些"三无"产品、仿制产品在直播完后被下架，直播内容又往往难以追溯，消费维权甚至需要直播平台配合提供视频证据，消费者举证难。

"台前幕后"主体多，"人货场"链条长，"线上线下"管理难。消费者呼吁规范营销行为，让主播、直播间和平台"人人有责"成为法定义务。

营造更加安全、诚信、公平的消费环境，进一步激发消费潜力，7 月即将实施的消费者权益保护法实施条例，以问题为导向，护航"放心消费"——

网红主播想"长红"，直播间的生意想一直红火，要把消费者权益放在首位，严把选品质量关、避免虚假夸大和误导性宣传，才能对得起"家人们"的信任。让消费者真正放心消费，促进多赢共赢。

平台企业想在大浪淘沙的市场里站稳脚跟，高质量的产品和服务是立身之本。只有积极履行平台主体责任，健全消费争议解决机制，起到"兜底"保障作用，才能赢得用户的信任。

营造良好的消费环境既是民生所系，更是拉动经济增长的动力。直播镜头的背后，是不断拓展的场景和内容，也是生产、消费等全链条的融合延伸。让直播带货更好发展，既要关注镜头前的消费力，也要壮大背后的产业链。

发挥直播带货服务经济发展的作用，让百姓"放心消费"，诚信为底色，公平是基石。以公平、透明的法律法规体系，推动政府部门、市场、社会多方面协同共治，助力平台、商家和市场迸发更大活力，这是全社会共同的责任。

（新华社北京 2024 年 4 月 12 日电　新华社记者赵文君）

14 部门发文以旧换新 释放万亿级消费市场需求

想换车，旧车怎么处理更划算？想装修，废旧家电家具不好扔、难回收？这样的烦恼并非个例，背后却也蕴含着万亿级的市场空间。

推动汽车换"能"、家电换"智"、家装厨卫"焕新"——商务部等 14 部门印发的《推动消费品以旧换新行动方案》12 日对外发布，提出加大财政金融政策支持力度、完善废旧家电回收网络、优化家居市场环境等 22 条措施举措。

为推动设备和消费品更新换代，我国部署了"1+N"政策体系。"1"是今年 3 月国务院印发的《推动大规模设备更新和消费品以旧换新行动方案》，提出实施设备更新、消费品以旧换新、回收循环利用、标准提升四大行动。"N"就是各领域的具体实施方案，由商务部牵头制定的推动消费品以旧换新行动方案就是其中之一。

汽车、家电以及家装厨卫等消费品以旧换新，涉及千家万户，关系美好生活品质，备受各界关注与期待。

对企业来说，消费品以旧换新意味着巨大的市场空间。

方案提出，力争到 2025 年，实现国三及以下排放标准乘用车加快淘汰，高效节能家电市场占有率进一步提升；报废汽车回收量较 2023 年增长 50%，废旧家电回收量较 2023 年增长 15%；到 2027 年，报废汽车回收量较 2023 年增加一倍，二手车交易量较 2023 年增长 45%，废旧家电回收量较 2023 年增长 30%。

当前，距上轮推动全国范围消费品以旧换新工作已近 15 年，按照大家电 10 年左右使用年限测算，更新需求进入集中释放期。国家发展改革委预估，汽车、家电更新换代需求在万亿规模，再加上回收循环利用，市场空间非常巨大。

对百姓而言，消费品以旧换新有利于美好生活品质的提升。

如今，走进家电市场，空调可以自清洁，冰箱不再结霜，马桶圈自动加热，灯具没有频闪，各类智能家电令人眼前一亮。前来体验的消费者不禁感慨："好似换了一种新生活！"

在传统消费观念中，汽车、家电一般是坏了才换，搬家了才装修，但伴随而来的是高耗能、高污染、安全隐患多等问题。业内人士指出，新一轮消费品以旧换新不是简单的同类产品置换，而是顺应更高端、更智能、更环保、更个性化的需求趋势，也有利于推动相关产业加快转型升级。

有潜力，还要有意愿换。为此，方案明确了消费品以旧换新的重点任务，着力打通消费品以旧换新难点堵点，促进企业与消费者"双向奔赴"。

开展汽车以旧换新——加大财政金融政策支持力度，中央财政与地方政府联动，安排资金支持汽车报废更新，鼓励有条件的地方支持汽车置换更新。

推动家电以旧换新——发挥财税政策引导作用，鼓励出台惠民举措，完善废旧家电回收网络，加大多元化主体培育力度，强化家电标准引领与支撑，推动全面提升售后服务水平，发展二手商品流通。

推动家装厨卫"焕新"——加大惠民支持力度，提升便民服务水平，培育家居新增长点，优化家居市场环境。

眼下，不少地方和企业已经行动起来。上海家电以旧换新活动启动，首日销售额破4500万元，补贴商品增至16类；宁夏推出报废（回收）补贴、旧车折价、新车补贴等政策组合方式，开展汽车进商场、进农村、进社区等活动；苏宁、国美、京东纷纷联合品牌企业上线以旧换新补贴专场和换新服务……

我们期待，随着相关政策落实落细，消费品以旧换新更便捷、更透明，激活消费"一池春水"。

（新华社北京2024年4月12日电　新华社记者谢希瑶）

达 2.49 亿人！小险种为"宝妈"们保驾护航

国家医保局发布的最新数据显示，截至 2023 年底，我国生育保险参保人数 2.49 亿人，同比增加 300.41 万人，生育保险基金待遇支出 1069.10 亿元，比上年增长 12.38%。

生育保险是什么？简单来说，它保障单位就业女职工因怀孕分娩中断工作期间获得基本经济收入，并报销生育相关的医疗费用。未就业女性生育医疗费用可以通过参加基本医保予以报销。

这样一份小小的生育保险，为"宝妈"们提供从"十月怀胎"到"一朝分娩"的全周期保障，涵盖产前检查、住院分娩等各个环节。

目前，医疗机构普遍推荐的常规产检次数约 10 次。多数医保统筹地区结合产前检查的常规项目和标准，按定额支付给准妈妈或产检医院，定额的标准从近千元到两千多元不等。

这是生育保险对准妈妈"十月怀胎"的保障：到了"一朝分娩"，准妈妈的检查费、接生费、手术费、住院费和药费也由生育保险基金支付。

当前多数统筹地区对住院分娩实行定额支付，根据顺产或剖宫产等不同分娩方式分别设置定额标准。据统计，2022 年全国生育保险参保女职工人均享受生育医疗费用报销 5899 元。

据介绍，生育保险执行与基本医保相同的药品、诊疗项目和医疗服务设施目录，符合目录范围的均可纳入报销。

除了报销生育医疗费用外，对于参保女职工来说，产假期间的工资由发放生育津贴代替，更是为职场女性提供"实打实"的生育支持。

生育津贴是怎么计算的？社会保险法规定，按照职工所在用人单位上年度职工月平均工资计发。

举例来说,假如参保女职工小王本人工资每月 3500 元,但其单位上年度职工月平均工资为 5000 元,那么小王的生育津贴将按照单位月平均工资 5000 元发放。

国家医保局介绍,生育女职工相较于整体的单位就业群体而言,年龄偏小,入职年限较短,一般其所在单位平均工资高于本人工资,以单位上年度职工月平均工资作为参照,女职工得到的生育津贴往往高于其本人工资。

也就是说,单位平均工资越高,生育的参保女职工领到的生育津贴越高。按照国家有关税收政策,生育津贴免征个人所得税,这是准妈妈们收到的另一个"红包"。

如何获得生育津贴?生育津贴一般由医保经办机构发放给用人单位,再由用人单位支付给个人,也有部分地区直接发放给个人。

为了让妈妈们产后能够安心恢复、照顾新生儿,不少地区精简流程、压缩环节,如浙江推动生育保险待遇一体化线上申办模式,24 小时申请"不打烊";广西实现免等即办,女职工产后到生育津贴发放最短仅需 6 天。

生育是家事,也是国事。

相比于覆盖近 10 亿人的居民医保和覆盖 3.7 亿人的职工医保,虽然生育保险在参保人数上相对较"小",但这个"小险种"却正努力发挥"大作为"。

国家医保药品目录调整过程中,及时将符合条件的生育支持药物溴隐亭、曲普瑞林、氯米芬等促排卵药物纳入医保支付范围,帮助更多家庭。

2022 年以来,国家医保局指导地方综合考虑医保基金可承受能力、相关技术规范性等因素,逐步将适宜的分娩镇痛和辅助生殖技术项目按程序纳入基金支付范围。

北京、广西、内蒙古、甘肃四省份已通过完善辅助生殖类医疗服务立项,将定价方式由市场调节价改为政府指导价,把部分治疗性辅助生殖类医疗服务项目纳入医保报销范围。

一声新生儿啼哭,蕴含着生命的喜悦和希望。生育保险这个"小险种",为每一名参保准妈妈保驾护航。

（新华社北京 2024 年 4 月 15 日电　新华社记者彭韵佳）

方案来了！中国数字人才培育行动启航

数字化浪潮加速演进，人口大国将如何拥抱机遇？

4月17日，人力资源社会保障部等九部门发布《加快数字人才培育支撑数字经济发展行动方案（2024—2026年）》，旨在发挥数字人才支撑数字经济的基础性作用，为高质量发展赋能蓄力。

中国正成为全球数字经济发展最快的国家之一。AI数字人24小时直播带货，远程大数据寻医问诊，数字博物馆引人入胜……数字化技术已越来越深入我们的生活。

截至2022年末，我国数字经济规模已达到50.2万亿元，占GDP比重41.5%。层出不穷的新技术、新模式、新业态背后，关键靠人才支撑。

此次方案明确提出，用3年左右时间，扎实开展数字人才育、引、留、用等专项行动，提升数字人才自主创新能力，激发数字人才创新创业活力。

如何增加数字人才有效供给、形成集聚效应？

方案部署了数字技术工程师培育项目、数字技能提升行动等六个重点项目。这些项目将从产业、企业、高校等层面入手，规划未来数字人才的"成长地图"和培育体系，持续优化人才要素结构和发展环境，夯实数字经济"加速跑"的人才"底座"。

近年来，数字人才不足、人才素质与产业相关岗位需求不匹配、关键核心领域创新能力不够等问题日益凸显。一方面是每年高校毕业生超千万，不少年轻人面临就业压力。另一方面是企业数字化发展产生大量新岗位，却难以招到合适人才。

要让机器人"听得懂""干得对"，离不开机器人工程技术人员；自动化生

图为 2024 年 7 月 17 日拍摄的福州新区滨海新城核心区一角，现已成为福建省数字经济产业重要集聚区。（无人机照片）（新华社记者魏培全摄）

产线布局建设，必须靠智能制造工程技术人员；把庞大厂矿变成"虚拟工厂"，需要数字孪生工程师……

　　据测算，我国数字化人才缺口在 2500 万至 3000 万左右，而且还在不断扩大。特别是人工智能、智能制造、半导体、大数据等相关领域人才需求量激增。

　　猎聘大数据显示，今年新春开工首周，AIGC 领域人才需求激增，新发布职位数量同比增长 612.5%。在不少招聘平台，图像算法工程师和架构师薪资排名领先，数字人才成为职场"香饽饽"。

　　也正因为如此，方案将数字技术工程师培育放在六个重点项目首位，提出重点围绕大数据、人工智能、智能制造、集成电路、数据安全等数字领域新职业，制定颁布国家职业标准，构建科学规范培训体系，开辟数字人才自主培养新赛道。按照人力资源社会保障部计划，每年将培养培训数字技术技能人员 8 万人左右。

　　培养数字人才，教育是基础，也是重头。

　　方案提出，将加强高等院校数字领域相关学科专业建设，加大交叉学科人才培养力度，并充分发挥职业院校作用，推进职业教育专业升级和数字化改造。

　　事实上，机器人工程、智能制造工程、无人驾驶航空器系统工程、材料智能技术、智能视觉工程等一批新专业已经成为高校的新选择，不仅得到学生的青睐，更在就业市场上得到广泛认可。

　　新一代数字技术日新月异。方兴未艾的数字经济，已经成为我国经济增长的重要引擎。

　　从强化数字经济的顶层设计，到成立国家数据局提高数字经济治理水平，再到强化数字人才培育与支撑……不远的将来，数字人才将竞相涌现，数字经济将更具活力。

（新华社北京 2024 年 4 月 17 日电　新华社记者姜琳、黄垚）

"乌苏"还是"鸟苏"？
知识产权司法保护惩治坑人"李鬼"

"乌苏"和"鸟苏"，一"点"之差，你是否注意得到？

第 24 个世界知识产权日到来之际，最高人民法院披露的这起案件引发广泛关注——碰瓷"乌苏"啤酒，从名称到包装都如出一辙的"鸟苏"啤酒被认定构成商标侵权及不正当竞争，判决赔偿 208 万元。

4 月 22 日，最高法举行知识产权宣传周新闻发布会，介绍人民法院知识产权司法保护工作情况，发布一批典型案例。不少案例涉及你我耳熟能详的品牌和产品，彰显人民法院严格保护知识产权的鲜明态度，也让人们切实感受到"知识产权保护"距离自己并不遥远。

有力惩治坑人"李鬼"，才能更好维护诚实守信市场环境。

宁波某电器公司在海外注册"上海西门子电器有限公司"，并将此标识在其售卖的洗衣机机身上使用；南京某酒业公司注册"拉菲庄园"商标，攀附知名商标"拉菲"并做虚假宣传；上海某餐饮公司使用"米芝莲"标识，宣传"在香港话里'米芝莲'就是米其林的意思"……

"傍名牌""搭便车"的手段花样百出，让消费者防不胜防。这些案例中，人民法院严厉打击恶意注册、攀附使用、混淆市场的侵权行为，维护公平诚信市场竞争秩序，让广大消费者的权益得到更加全面的保护。

依法保护诚信经营，加强对驰名商标、传统品牌和老字号的司法保护力度。2023 年，人民法院新收商标民事一审案件 131429 件，同比上升 16.85%。新收侵犯注册商标类刑事一审案件 6634 件，审结 6357 件，同比上升 33.45% 和 24.67%。

值得注意的是，知识产权案件不少涉及外国企业。最高法民三庭庭长林广海说，人民法院依法平等保护中外当事人合法权益，及时回应外国投资者对知识产权保护的关切，积极营造市场化、法治化、国际化营商环境。

重拳打击侵权行为，必须让侵权者付出更重代价。

6.58亿元，这是"蜜胺"发明专利及技术秘密侵权案权利人的获赔金额。

"依法适用惩罚性赔偿制度，显著提高侵权代价和违法成本。"林广海表示，人民法院在审理知识产权侵权案件时，从严惩治侵权假冒，用足用好惩罚性赔偿，确保权利人得到足额充分赔偿。

据了解，2023年全国法院在319件案件中适用惩罚性赔偿，同比增长117%，判赔金额11.6亿元，同比增长3.5倍。其中，最高法知识产权法庭在8起案件中适用了惩罚性赔偿，切实加强对重点领域、新兴产业和关键核心技术的知识产权司法保护力度。

"盼盼"商标侵权及不正当竞争纠纷案，人民法院依法适用4倍惩罚性赔偿，全案判决赔偿1亿元经济损失及合理开支65万元；"西门子"案中，人民法院全额支持权利人1亿元的赔偿主张；"拉菲"案中，人民法院适用惩罚性赔偿，判令侵权者赔偿7917万元……

林广海表示，知识产权赔偿问题，既是社会关注的热点问题，也是司法实践的重点和难点问题。人民法院将及时总结审判经验，推动完善惩罚性赔偿制度，实现裁判标准和裁判结果的平衡与协调。

（新华社北京2024年4月22日电　新华社记者罗沙、冯家顺、齐琪）

五四表彰，青春力量

一份象征全国青年最高荣誉的榜单，今日揭晓。

共青团中央、全国青联决定，授予 30 名同志第 28 届"中国青年五四奖章"，20 个青年集体第 28 届"中国青年五四奖章集体"。

翻开今年获奖者的简历——其中，既有奋战一线的缉毒英雄黄昌立、填补关键领域技术空白的领军人物姜磊等先进个人；也有推广"中国方案"的援外医疗队、践行扶贫接力的学生支教团等青年集体……来自大江南北、各行各业，这本由梦想汇聚的"青春年鉴"上，奋斗者之名题写在扉页。

残疾人游泳运动员郭金城，6 岁时因意外导致双臂截肢，但他从未放弃梦想。2023 年 8 月，郭金城以打破世界纪录的成绩，夺得残疾人游泳世锦赛冠军。那一刻他在泳池中高频摆腿急速"飞翔"，被网友赞为"无臂飞鱼"。

1997 年"中国青年五四奖章"首次颁奖时，郭金城尚未出生。如今这批"95后""00 后"，在科技创新、乡村振兴、绿色发展、社会服务、卫国戍边等各领域显风采，用奋斗拼出无限可能。

以"五四"为名，奖章何以成色足？

让沙地"添绿生金"，甘肃省武威市古浪县八步沙林场管护员郭玺的青春很"靓"。他和父辈们默默坚守在腾格里沙漠，治沙造林 30.63 万亩，栽植各类苗木 7000 多万株，将林场管护区林草植被覆盖率从不足 3% 提高至超 70%。

甘作三沙一株"抗风桐"，琼台师范学院附属永兴学校幼儿园园长洪美叔，6 年如一日坚守在海岛边疆的教学一线。从普通教师到驻岛军嫂、从懵懂新手到行家里手，青春的"根系"也在此越扎越深。

五四奖章历来重视"面向基层，面向生产第一线"，鼓励以广阔天地为炉，淬炼青春的光泽。

青年何谓？"青年如初春，如朝日，如百卉之萌动，如利刃之新发于硎，人生最可宝贵之时期也。青年之于社会，犹新鲜活泼细胞之在人身……"1915 年创刊的《青年杂志》曾这样给出定义。

2024 年 4 月 10 日，在古浪县八步沙林场麻黄塘沙区，郭玺扛着压沙工具走向压沙点。（新华社记者范培坤摄）

百余年过去，今天的青年乘时代春风，执炬向前、绽放跃动。

在国际赛场，他们斩获中国人在世界技能大赛通信领域历史上首枚金牌，在马里亚纳海沟万米深渊定位等方面打破国外技术封锁；

在科教前沿，他们团队作战，运用数智赋能甲骨文传承保护研究、推广水稻"一次栽种，多次收割"种植模式，"用国家的大事业磨砺青年人的真本领"；

他们在偏远乡村担负着 3 万余平方公里的供电保障，守护"边疆牧民的生命线"；为留守的孩子们插上"音乐的翅膀"，唱响中国现实版"放牛班的春天"……

从救亡图存、兴学图强的呐喊，到实现中华民族伟大复兴的逐梦，青年始终与时代同行。

青年兴则国家兴，青年强则国家强。今天的青春，要挑战的"海拔"更高、疆域更广。人们乐见一代代青年以天下为己任，用锲而不舍的奋斗，不断书写奉献青春的时代篇章。

（新华社北京 2024 年 4 月 29 日电　新华社记者胡梦雪、黄玥）

与法同行！道路交通安全法实施 20 年

20 年，可以改变什么？一个人，从蹒跚学步到行稳致远；一条路，从车马很慢到畅行天涯；一部法，从无到有，护航出行平安。

2004 年 5 月 1 日，《中华人民共和国道路交通安全法》正式实施，标志着我国道路交通安全工作全面进入法治化轨道。

一组数据见证 20 年之变——我国机动车驾驶人数量从 1.03 亿人增长到 5.23 亿人；机动车保有量从 9600 万辆增长到 4.35 亿辆；公路通车里程从 187 万公里增长到 544 万公里。

道路交通安全法实施 20 年，全国道路交通安全形势持续稳定向好：从醉驾入刑到校车、客车严重超员超速入刑，从"减量控大"专项整治行动到"一盔一带"安全守护行动；出台"史上最严交规"，严格驾驶证考试和记分措施，实行驾驶证降级制度，增强法律震慑惩戒效果……一系列组合拳，有效预防和减少了道路交通事故。

良法善治，疏堵点、祛痛点——

深化简政便民，深入推进互联网＋交管业务，积极保障群众便利出行，先后推出"一证即办""跨省通办""网上快办"、新车免检、驾驶人考试预约、异地缴纳交通违法罚款、交通事故快速处理、电子驾驶证等 150 项公安交管改革措施，车检难、驾考难、进城难，这些群众反映强烈的突出问题，总体上得到解决。

"群众反映的痛点堵点在哪里，管理的着力点就要跟进到哪里。"公安部交管局相关负责人表示，将不断提升交通安全治理现代化，推动交通治理转型升级，为社会大众创造良好出行体验。

良法护航，路更畅、人平安——

文明始于足下。20 年来，交通法治意识、规则意识、安全意识、文明意识逐渐深入人心。开车系上安全带，骑乘电动车佩戴安全头盔，斑马线前等待绿灯亮起，应急车道不能占用，酒后记得叫代驾……

在浙江，交管部门探索实施"优驾容错"机制，人性化执法见证创新社会治理的足迹；在江苏无锡，"人行横道关爱工程"凸显城市人文关怀温度，3197 条道路完成优化改造；在福建泉州，文化生活元素融入了交通安全宣传，文明守法出行理念春风化雨、入脑入心。

2007 年、2011 年、2021 年，道路交通安全法历经三次修改，针对交通肇事赔偿、驾驶资格考试管理等内容不断更新，破解网约车、外卖快递车等新业态发展带来的交通管理新问题。

一部良法不仅维护交通安全，也带来产业发展之变。5 月 1 日，《杭州市智能网联车辆测试与应用促进条例》正式施行。如何强化智能网联汽车等新业态的法律引导与安全保障，道路交通安全法还将持续发力。

面向未来，人们也期待法治守护下，我国道路交通安全事业向着更高效、更安全、更智能的目标迈进。

（新华社北京 2024 年 5 月 1 日电　新华社记者任沁沁）

563 万名护士！
"白衣天使"更有力托起百姓健康

常言道：三分治疗，七分护理。护士是距离患者最近、接触患者时间最长的专业人员，守护着百姓健康。

"5·12"国际护士节来临之际，国家卫生健康委公布最新数据：截至 2023 年底，全国注册护士总量达到 563 万人，每千人口注册护士数达到 4 人，具有大专以上学历的护士超过 80%，我国护士队伍建设取得明显成效。

这支队伍更壮大了。近 10 年来，我国注册护士人数保持年均 8% 左右的增长，每年约有三四十万新人加入，共同在推进健康中国建设、应对重大突发事件中发挥独特作用。

整体素质更强了。护理学升格为一级学科，护士学历一路"走高"。职高、中专成了"过去时"，大专和本科已是寻常，硕士甚至博士也不罕见，高学历护士和专科护士逐渐成为趋势。

2024 年 5 月 10 日，浙江省湖州中等卫生专业学校，护理前辈、专业教师将象征"燃烧自己，照亮他人"的蜡烛传给护理专业学生。（新华社发 谭云俸摄）

专业技能更精了。各地结合实际，积极开展老年、儿科、重症监护、传染病、精神病等紧缺护理专业护士培训工作。"白衣天使"不只是"发发药、打打针"，还要有娴熟的临床技能，具备沟通交流、健康指导、心理护理、人文关怀等"多面手"能力。

北京协和医院有一个例子：护士们为肠镜检查患者准备了详实的术前饮食和用药指导图片，并在术前三天短信提醒每天注意事项。这些努力，不仅提高了检查效率，也让患者感受到更多便利和温暖。

瞄准群众关切事，护理工作向着更加贴近患者、贴近临床的方向迈进——

"互联网＋护理服务"让护士上门，将专业的护理服务从机构延伸至社区和居家。目前共计 3000 余个医疗机构提供 7 类 60 余项群众常用急需的基础护理、康复护理、心理护理等服务项目。

不断深化"以病人为中心"的理念，为患者提供更有温度的护理服务；发挥大型医院优质护理资源下沉和带动作用，提升基层护理的服务能力……

随着社会经济发展和健康理念转变，护理工作也面临新的形势。

人口老龄化程度加深，老年护理以及老年有关慢性疾病护理的需求日益旺盛。人们期盼更高质量、多样态的护理服务，呼唤"白衣天使"全方位对接群众不断增长的健康服务需求。

针对百姓的急难愁盼，护理服务正进一步加大供给。

国家卫生健康委医政司副司长邢若齐说，相关部门将采取有力措施，充分发挥政策支持激励引导作用，进一步改善和优化护理服务，提升患者满意度和获得感。

"白衣天使"护佑生命，离不开全社会的关心、尊重和理解。

落实好各种惠护政策，不断完善薪酬待遇制度，不断改善工作环境、值班休息和后勤保障条件，让护理岗位的吸引力进一步增强，也让更多护士在解决后顾之忧的同时，努力练就硬本领和好作风。

如此，新时代的"白衣天使"将更有力地托起亿万人健康。

（新华社北京 2024 年 5 月 12 日电　新华社记者董瑞丰、李恒）

200 万张床位！医养结合更好守护"夕阳红"

老有所养，需要更多"医靠"。

国家卫生健康委 5 月 16 日公布，目前全国具备医疗卫生机构资质并进行养老机构备案的医养结合机构有 7800 多家，床位总数达 200 万张，全国医疗卫生机构和养老机构签约合作 8.7 万对。

与几年前相比，这组数字有了大幅增长，折射出中国破解老龄化难题的最新实践。

当前，我国 60 岁及以上人群超 2.9 亿，占全国人口 21%；预计 2035 年老年

2024 年 3 月 2 日，在滨州市博兴县博华老年公寓，医护人员指导老人进行康复训练。（新华社记者郭绪雷摄）

人口将突破 4 亿。越来越长寿的同时，老年人也存在多病共存情况，有关慢性疾病护理的社会需求日渐加大，一些失能老人急需科学精准的长期照护。

调查显示，我国 90% 以上的老年人选择居家养老。如何守护好"夕阳红"？

国家卫生健康委老龄健康司司长王海东说，经过多年实践，形成了医疗卫生机构与养老机构签约合作、医疗卫生机构开展医养结合服务、养老机构依法依规开展医疗卫生服务、医疗卫生服务延伸至社区和家庭 4 种相对成熟的服务模式。

从专门绘出政策蓝图，到财税、土地、医保等支持多管齐下，再到引才育才、开展试点示范，医养结合正在进入发展快车道。

——"养"的途径更多元。在部分示范地区，实现了"居家医养、医护巡诊"，有的地方家庭医生和养老护理员上门为老年人提供医疗、护理、康复、生活照料等叠加服务。有条件的医疗卫生机构也在增设老年养护床位，开展"互联网＋护理服务"、上门护理服务，不断提升养老供给。

——一张"床"安放更稳。在浙江嘉善，家庭病床、家庭养老床位逐步融合，建床费等纳入医保报销范畴。更多省份制定税费、投融资、用地等优惠政策，通过社会力量办起了医养结合机构，达 5500 多家，占比超过 70%。长期护理保险制度试点持续推进，为部分失能老人"兜底"。

——"医"的力量更壮大。让老年人有"医靠"，离不开专业护理人员。在山东这个全国医养结合示范省，全省 231 所院校开设了医养类专业，医养类相关专业在校生达到 33 万人。

在高等职业教育本科专业中增设"医养照护与管理"专业；全国开展医养结合人才能力提升培训项目，累计培训 10 万多名医养结合从业人员……

让老年人安享更加健康幸福的晚年，是一家之事，也是一国之事。

服务打通"最后一米"，基础设施和护理人员补齐"缺口"，配套政策进一步激发社会"活水"，医养结合将稳稳托起健康"夕阳红"。

（新华社北京 2024 年 5 月 16 日电　新华社记者董瑞丰、徐鹏航）

5年超8.9亿用户!
全国政务服务"一张网"惠你我

数字化时代,全国政务服务"一张网"正在加速形成。

让信息多跑路、让群众少跑腿!5年来,国家政务服务平台实名注册用户数量已超过8.9亿,群众办事更便捷。

在这个平台上,医保电子凭证申领、药品分类与代码查询、公积金账户信息查询、信用信息查询……越来越多的"关键小事",都能在线速办。

2019年5月31日,国家政务服务平台上线试运行。如今,平台可直通46个国务院相关部门的1376项服务事项,以及各省区市和新疆生产建设兵团的519万多项政务服务事项。

这张"网"上,助企惠企服务专区、民生保障服务专区、"跨省通办"服务专区等数十个主题服务专区一目了然。个人从出生、上学到退休养老,法人办事从企业开办、准营到缴税纳税、注销,都能实现"一件事集成办"。

细看这张"网","随申办""浙里办""粤省事""渝快办""苏服办"……各有特色的地方政务服务平台不断创新。

聚焦急难愁盼,以高频办理的"关键小事"改善群众关切的"大民生"。

在重庆,"渝快办"上线"新生儿出生一件事"套餐服务,新手爸妈在"喂一次奶的时间"里就能办完宝宝出生的所有事项;

在浙江,"浙里办"的"社保卡居民服务一件事"集成了139项全省居民服务有关事项,为群众提供"一站式"服务;

在深圳,"人才引进入户一件事"让想要留在这里的青年才俊们半小时就能完成从提出申请到成功落户，便捷"安家"。

各地不断优化服务，将需要多个部门办理或跨层级办理，关联性强、办理量大、办理时间相对集中的多个事项集成办理，实现"一件事一次办""一类事一站办"。

打通数据壁垒，推动各地区各部门政务服务从"独唱"到"合唱"。

足不出"沪"，通过两地政务服务窗口"屏对屏"，就能在长三角其他地方开设分店。长三角"一网通办"的便捷背后，是标准体系的对接。

目前，包括身份证、驾驶证等在内的 40 类电子证照在长三角已经实现互认。在部分政务服务大厅办事、交通现场执法等场景中，群众通过四地政务服务 App 出示电子证照可免交实体证照。

互联互通难、数据共享难、业务协同难等，是长期困扰政务信息化建设的"老大难"问题。国家政务服务平台初步构建起"七个统一"的服务体系：统一身份认证、统一证照服务、统一事项服务、统一政务服务投诉建议、统一好差评、统一用户服务、统一搜索服务，推动政务服务全国"一盘棋"。

截至 5 月底，国家政务服务平台为各地各部门提供身份认证核验服务超 107 亿次、电子证照共享服务超 108 亿次，推动各地区各部门平台数据共享超过 5400 亿次。

从"只进一扇门"到"一次不用跑"，从"不见面审批"到"免申即享"，从"一窗通办"到"一网通办"，一个个变化背后，是政务服务主动作为的"速度"，更是新时代为民服务的"温度"。

（新华社北京 2024 年 5 月 31 日电　新华社记者潘洁）

提速扩围！多地辅助生殖进医保托起"生育希望"

又一个医保"红包"来了。

继北京、广西、甘肃、内蒙古后，新疆及新疆生产建设兵团、山东、上海、浙江、江西、青海相继将辅助生殖技术纳入医保，这为更多家庭托起"生育希望"。

梳理这 6 个省份及新疆生产建设兵团辅助生殖技术进医保的政策，可以发现多地从设置政府指导价、规范报销比例等方面向患者释放"医保红利"，且有明确的落地时间表：新疆及新疆生产建设兵团辅助生殖技术进医保落地时间为 3 月 1 日，山东落地时间为 4 月 1 日，青海、上海、江西、浙江均在 6 月 1 日落地。

——统项目、定价格，原本"鱼龙混杂"的辅助生殖医疗服务项目有了指导价。

在新一批开展辅助生殖进医保的地区，多地印发的相关文件对照此前国家医保局发布的立项指南，对辅助生殖类医疗服务项目进行了规范，整合了取卵术、胚胎培养、胚胎移植等不同医疗服务项目，定价形式由市场调节价调整为政府指导价。

实行政府指导价后，多地费用均有不同程度降低。各地结合实际情况，对指导价有不同的规定。

例如，青海、山东、新疆等地实行固定指导价；上海等地采取最高收费标准限价模式，鼓励医疗机构加强管理、控制成本。以上海为例，其取卵术在医保定点医疗机构的价格为 2500 元，也就是说，当地医保定点医疗机构所确定的价格不能超过 2500 元。

——进医保、减负担，更多地方将辅助生殖技术纳入门诊报销政策。

面对可能的生育希望，一些患者却因费用问题"打了退堂鼓"。

上海市第一妇婴保健院生殖医学中心生殖内分泌科副主任陈淼鑫介绍，从前期检查到促排卵、取卵、移植、胚胎冷冻……一个完整周期的一、二代试管婴儿大概需要 3 万元，另外三代试管婴儿还需要再增加胚胎检测费用，一般一个胚胎检测费用约 5000 元。

各地结合实际情况，综合考虑基金承受能力等，制定了相应的报销政策，基本报销比例在 50% 以上。

开展辅助生殖技术进医保，到底能为患者节省多少钱？

梳理率先开展此政策的省份可以发现，截至 2024 年 3 月底，北京已有 3.2 万人就诊辅助生殖，总费用 2.8 亿元，其中医保基金支付 1.9 亿元；截至 2024 年 4 月 30 日，广西开展治疗性辅助生殖医疗服务项目门诊结算 7.25 万人次，医保基金支出 1.47 亿元，平均报销比例 57.93%……

"进医保减轻了患者做辅助生殖的经济负担，是一件好事。"北京大学第一医院生殖医学中心主任薛晴介绍，自从北京在 2023 年 7 月落地辅助生殖进医保后，我们医院取卵周期数相较于此前大概增长了 50%。

在各地开展辅助生殖技术进医保前，国家医保局也采取了一系列举措为有生育意愿的人群"搭桥铺路"。

一年一次的国家药品目录调整，将符合条件的一些生育支持药物纳入医保支付范围。

2022 年 7 月，国家医保局、国家卫生健康委等 17 部门印发文件，从国家层面明确提出"逐步将适宜的分娩镇痛和辅助生殖技术项目按程序纳入基金支付范围"。

2023 年 6 月，国家医保局印发《辅助生殖类医疗服务价格项目立项指南（试行）》，将各地原本五花八门的辅助生殖类项目分类整合为 12 项，进一步规范辅助生殖类医疗服务项目价格。

国家医保局有关负责人表示，接下来将开展制定全国统一的辅助生殖医保目录，为各地提供医保支付参考，鼓励更多省份能够根据实际情况，将辅助生殖技术纳入医保。

（新华社北京 2024 年 5 月 31 日电　新华社记者彭韵佳、徐鹏航、龚雯）

助力"安居梦"！全国住房公积金发放个人住房贷款近 1.5 万亿元

　　小身材、大体量，聚沙成塔。助力"安居梦"，我国住房公积金制度红利持续释放，受益人群不断扩大。

　　5 月 31 日，住房城乡建设部、财政部、中国人民银行联合发布《全国住房公积金 2023 年年度报告》显示，2023 年全国住房公积金缴存额 34697.69 亿元，发放个人住房贷款 14713.06 亿元。

　　向中低收入群体提供低息购房贷款，是住房公积金的主要"使命"之一。相较于商业贷款，公积金贷款的利率更低，人们能用更低的成本贷款购房。

　　重点支持购买首套住房、普通住房，有效减轻贷款职工购房支出压力。2023 年，40 岁（含）以下贷款职工群体占比超过 80%。

　　住房公积金的作用不止于贷款支持购房，它还能提取用于租房、居住环境改善等方面。

　　加大租房提取支持力度，鼓励大城市支持新市民、青年人提取每月缴存的住房公积金支付房租，全年共 1846.09 万人提取 2031.28 亿元用于租赁住房，分别比上年增长 20.04%、33.52%。

　　支持缴存人改善居住环境，将加装电梯提取住房公积金政策的支持范围扩大到本人及配偶双方父母自住住房，全年共 4.42 万人提取住房公积金 8.26 亿元，用于加装电梯等自住住房改造，提取人数比上年增长 313.08%。

　　当前就业形态更加多样，灵活就业人员参加住房公积金制度试点范围正在稳步扩大。

2023 年，增加济南、武汉、青岛、昆明、包头、晋城、湖州等 7 个试点城市，助力更多灵活就业人员稳业安居。

报告显示，截至 2023 年末，13 个试点城市有 49.37 万名灵活就业人员缴存住房公积金，比上年末增长 124.10%。

在重庆，灵活就业人员可选择自由缴存、按月缴存、一次性缴存等多种住房公积金产品。

在苏州，在当地工作的外地人，在外地的苏州人，灵活就业人员都可以缴存，而且"灵活交、随时调"，月缴存额随时调整且无需审核、即刻生效。

……

让数据多跑路、群众少跑腿。各地住房公积金业务办理减环节、减要件、减时限，有条件的地方实现了"全程网办"，跨省通办事项不断增加，助力全国统一大市场的建设。

（新华社北京 2024 年 5 月 31 日电　新华社记者王优玲）

环境日到了！
请查收中国这份绿意盎然的"成绩单"

守绿水青山，护生态净土。

6月5日是环境日。一份绿意盎然的"成绩单"——《2023中国生态环境状况公报》，让我们看到了更美丽的中国：

天更蓝——全国339个地级及以上城市PM2.5平均浓度为30微克／立方米；

水更清——全国地表水优良（Ⅰ至Ⅲ类）水质断面比例为89.4%；

山更美——全国陆域生态保护红线面积占陆域国土面积比例超过30%。

美丽中国建设，成效有目共睹。

这些年，呼吸的空气更清新。

广西南宁，2024年六五环境日国家主场活动现场。北京市生态环境局的梁璇静带来了一组"北京蓝"的数据——从雾霾笼罩到如今朋友圈里越来越多的蓝天，北京PM2.5浓度从2013年89.5微克／立方米下降到2023年32微克／立方米。

每一微克的改善，都凝聚了全社会的共同努力。这几年，北京的能源更清洁，车辆更低碳，企业更绿色……

公报显示，2023年，全国PM2.5平均浓度好于年度目标，"十三五"以来累计下降28.6%。

这些年，流淌的河流更清澈。

广西桂林市阳朔生态环境局的谢佳伶带来了一瓶清澈透亮的水。这瓶水，取

2024 年 6 月 5 日，志愿者在湖南省常宁市洋泉水库清理水面漂浮物。（新华社发 周秀鱼春摄）

自漓江的阳朔段。

　　曾几何时，农业面源污染等流入漓江，漓江失去了清澈的底色。为守护好漓江，当地对入河排污口登记造册，完成整治，并为母亲河定期"复查"，护好一江清流。

　　让人欣喜的是，改变的不仅是漓江。公报显示，去年，全国地表水优良（Ⅰ至Ⅲ类）水质断面比例为 89.4%，"十三五"以来实现"八连升"，累计上升 21.6 个百分点；劣Ⅴ类水质断面比例为 0.7%，"十三五"以来累计下降 7.9 个百分点。

广受关注的大江大河，水质改善更明显。2023年，黄河流域水质首次由良好改善为优，长江、黄河干流全线水质稳定保持Ⅱ类。

这些年，祖国的山川更美丽。

人们用汗水浇灌出点点绿意，装点着祖国大地。来自内蒙古的治沙工程师田旺告诉人们，一代代人不懈努力，库布齐沙漠已经从曾经的"死亡之海"蜕变成了生机勃勃的绿洲。

我国在世界范围内率先实现了土地退化"零增长"，荒漠化土地和沙化土地面积"双减少"。我国成为全球森林资源增长最多最快和人工造林面积最大的国家，是全球"增绿"的主力军。

我国划定生态保护红线，陆域生态保护红线面积占陆域国土面积比例超过30%，实现一条红线管控重要生态空间。

从全球来看，气候变化、生物多样性丧失等挑战依然严峻。

"我们的地球就是我们的未来，我们必须保护她。"联合国环境规划署执行主任安诺生在视频致辞中表示，当前，土地退化和荒漠化影响着超30亿人，希望大家一起参与恢复土地、增强抗旱能力、防治荒漠化的全球运动。

生态环境部部长黄润秋表示，随着绿色发展成效逐步显现，我国成为应对气候变化的重要推动者、贡献者和践行者。

一把再生纸制作的折扇，凝聚着杭州打造"无废城市"的努力；一片美丽海湾，演绎着厦门人与海洋和谐共生的变化；一个零碳社区，展现着上海市民践行垃圾分类等绿色生活方式的行动……活动现场的一个个小故事，如同一扇扇窗口，向全世界展示着中国生态环境保护的不懈努力。

大道不孤，众行致远。我们的每一份努力，无论大小，都将成为构筑美丽中国建设的坚强基石。建设美丽家园，你我都是行动者。

（新华社南宁2024年6月5日电　新华社记者高敬、李欢、黄耀滕）

发牌 5 周年！中国 5G "联" 出智慧未来新图景

万物皆可相连的时代，我们的 5G 网络越织越密。

6 月 6 日，5G 商用牌照发放 5 周年。我国累计建成 5G 基站超 370 万个，5G 移动电话用户超 8 亿，万物互联惠及千行百业和社会生活。

回望前路，1987 年中国正式进入 1G 模拟时代，经历了 2G 跟随、3G 突破、4G 同步，2019 年迈入 5G 时代，并开始引领行业发展。

这 5 年，我们的 5G 网络"上天入地"。

最高 6500 米！中国移动在珠峰地区海拔 6500 米开通全球最高的 5G 基站。

最深达万米！在新疆塔里木油田，万米深井实现 5G 信号全覆盖。

从海南三沙永兴岛，到青藏高原三江源……一座座跨越山海的基站，联通着人们能到达的广袤天地。

2023 年，中国电信首发基于天通卫星系统的手机直连卫星业务，用户可通过手机卡接入天通卫星网络，5G 服务插上了卫星通信的翅膀。今年 5 月，手机直连卫星业务落地香港。

网络覆盖广，网速更快，短视频等 5G 应用快速普及。2022 年，北京冬奥会期间，超高清视频在京张高铁上实现了 5G 直播，仅咪咕视频上冬奥视频播放量就超过 340 亿次。

"建得好"更要"用得好"。这 5 年，5G 与各行各业互联互通，带来新的产业生态。

坐在宽敞明亮的办公室里，采煤机司机身着白衬衫，动动手指就能精准操控位于地下 240 米的采煤机，实现 5G 网络远程"一键采煤"；高 6.8 米、载重 170 吨的无人驾驶矿车井然有序地穿行于矿坑之中，工作人员远在千里之外，通过 5G 网络用手机就能实时查看矿区情况……

在内蒙古自治区煤炭行业,这样的"科幻"场景已是日常。

这只是 5G 赋能产业的一个缩影。如今,国民经济 97 个大类中,七成以上已用上了 5G。在采矿、港口、电力、智能制造等领域,5G 更是得到广泛应用。工业和信息化部计划,"十四五"期间推动建设 1 万个以上 5G 工厂。

5G+,"火花四射",正在让我们的生活更加智慧。

在今年的北京车展上,5G+AI 趋势明显。搭载了 5G 网络和 AI 大模型的汽车,通过 5G 网络瞬间上传、下载云端数据,车辆 AI 助手不仅"秒懂"车主的意思,还能识别车主的声音,实现智能操控。

2024 年 5 月,工业和信息化部宣布将规划 1 亿个可连接 4G/5G 网络的 11 位公众移动通信网号码专用于车联网业务,以支持智能网联汽车和车联网业务高质量发展。

在 5G 网络加持下,华为盘古、百度文心一言、科大讯飞星火等 AI 大模型纷纷"上车",助力产业创新,赋能城市发展。

5G 下半场,将如何演进?

今年 3 月,中国移动在杭州全球首发 5G-A 商用部署,公布首批 100 个 5G-A 网络商用城市名单,计划于年内扩展至全国超 300 个城市,建成最大规模的 5G-A 商用网络。

2024 年是 5G-A 创新发展的关键一年。5G-A 是 5G 的演进和增强,是介于 5G 和 6G 之间过渡阶段的移动通信技术,能够在容量、速率、时延、定位等方面实现大幅提升,将更好地匹配人联、物联、感知、高端制造等场景。

向 5G-A 升级、向 6G 演进……从概念到落地,看似简单,但还要解决诸多难点问题。

每一次技术突破,每一次应用创新,都将为未来产业带来更多可能,为智慧生活更添精彩。

（新华社北京 2024 年 6 月 6 日电　新华社记者高亢）

1 年造林种草 4000 万亩！北疆绿色长城在加固

古有万里长城，今有绿色长城。

在我国北方辽阔的疆土上，一道绿色长城正在不断加固。国家林草局最新信息显示，仅一年时间，"三北"工程攻坚战完成造林种草约 4000 万亩。

始筑于 1978 年，历经 40 多个寒来暑往，这里形成了一道巨大的风沙屏障，护卫着西北、华北北部、东北西部三大区域人民的家园。

北京南郊观象台沙尘资料显示，20 世纪 50 年代，北京春季沙尘日数平均多达 26 天，20 世纪 90 年代以后明显下降。

专家认为，这与兴建的三北防护林息息相关。

从"沙进人退"到"绿进沙退"，成就瞩目。但我国沙化土地面积大、分布广、程度重、治理难，如同滚石上山，稍有放松就会出现反复。

2023 年 6 月，习近平总书记主持召开加强荒漠化综合防治和推进"三北"等重点生态工程建设座谈会，提出"打一场'三北'工程攻坚战"。

闻令而动！

如今，"三北"工程进入六期工程建设期。容易治理的已经治理了，剩下的多是立地条件差、必须攻坚的"硬骨头"。

"硬骨头"怎么啃？

——变"单打独斗"为"抱团作战"。

过去治沙多数以行政区划为单位，各治各的，一些省市县交界处容易留下林草带断档盲点。

"三北"工程攻坚战打响后，涉及毛乌素沙地治理的四省区五市开展联防联治，今年新开工的重点项目全部向边界和上下风口靠拢；内蒙古、辽宁协同打造

2024年5月15日，在内蒙古通辽市科尔沁沙地"双百万亩"综合治理工程努古斯台项目区，沙地上绿意盎然（无人机照片）。（新华社记者连振摄）

科尔沁沙地南缘的跨省区锁边林草带；内蒙古阿拉善盟、宁夏中卫市、甘肃民勤县在腾格里沙漠省界处开工建设阻沙生态防线。

完善顶层设计、协调安排特别国债和专项补助资金、加强林草生态用水保障……各部门各地同向发力，共同推动了"三北"工程攻坚战良好开局。

——科技治沙提升效能。

在宁夏中卫，工业化生产"刷状网绳式草方格沙障"，相比人工扎草方格可提高工作效率60%；在内蒙古巴彦淖尔市乌拉特后旗，机械压制沙障速度更快，扎稻草的深度也让抗风固沙能力更强。

从种苗到技术再到机械，越来越多的治沙新品种新科技得到应用，提升了效能。

——"沙里生金"，探索可持续路径。

在河西走廊—塔克拉玛干沙漠边缘阻击战片区，新疆、甘肃等地建设大型风电光伏基地项目，并带动优质牧草生产、畜牧业养殖、肉苁蓉生产加工等产业，构筑治沙又致富的生态防线。

"三北"工程是一项时间长、多线作战的大工程，除了国家加大投入力度以外，发挥内生动力、引入多方资本同样重要。

国家林草局有关负责人表示，到2030年，"三北"工程区林草覆盖率和沙化土地治理率将明显提高，乔灌草结构更加合理，防护体系将更加稳定。

已越关山，再眺雄峰。这将是一道更加坚固的绿色长城，更是一条永续发展的生态文明之路。

（新华社北京2024年6月7日电　新华社记者胡璐）

今天，"C位"属于老祖宗和大自然

长江长城、黄山黄河，老祖宗和大自然留下的"宝贝"重若千钧。

6月8日，文化和自然遗产日。这个日子前后，全国文博单位组织开展相关活动7300余项，各省（区、市）举办1.2万余项非遗宣传展示活动。

在辽宁沈阳举办的主场城市活动中，最美文物安全守护人"护宝"的故事激起人们共鸣。

"守护固阳秦长城已经成为我工作和生活中不可或缺的一部分。"内蒙古自治区包头市固阳县文物保护中心主任落和平说，自己"痴迷"长城20年，双脚走成了"铁脚板"、脑子也变成了"活地图"。

从2006年提出建立长城保护员制度至今，6000多名保护员已成为长城保护最前线的主力军。他们，正是一个民族守护自家"宝贝"的鲜活缩影。

为何守护？

1.08亿件（套）国有可移动文物述说五千年文明脉络，87万项非物质文化遗产资源展示穿越古今的智慧，世界自然遗产数量居世界第一……文化和自然遗产浓缩着中华文明发展和自然演进的珍贵成果。

因为历经沧桑，所以尤为珍贵。千方百计呵护好、珍惜好它们，才能把我们这个世界上唯一没有中断的文明继续传承下去。

如何守护？

构筑"大起来"的格局——

我国是文化和自然遗产大国，大就要有大的样子。

2017年初，中办、国办发布《关于实施中华优秀传统文化传承发展工程的意见》，首次以中央文件形式推动延续中华文脉、传承中华文化基因。

2024 年 6 月 4 日，游客在新疆阿勒泰地区哈巴河县的草原上骑马游玩。（新华社记者阿曼摄）

2021 年春天，"十四五"规划纲要把"强化重要文化和自然遗产、非物质文化遗产系统性保护"作为文化建设重要任务。

去年底，文化遗产保护传承座谈会提出"要着力构建保护体系，推动文化遗产系统性保护，构建大保护格局"。

一步步、一点点，架构更加清晰、责任更加明确的文化和自然遗产保护制度逐渐成形。

传播"严起来"的观念——

"请勿开闪光灯！"中国国家博物馆内，游客往往比工作人员更及时提醒他人文明观展。

作家说，"爱是想要触碰而又收回的手"。珍爱文化和自然遗产的心莫过于此。

随着历史文化内涵挖掘、保护传承和展示传播力度不断加大，"考古热""博物馆热""非遗热"蔚然成风，全社会践行用最严格制度最严密法治保护文化遗产，"保护文物功在当代、利在千秋"理念深入人心。

探索"深起来"的方法——

2023年11月，第四次全国文物普查启动。这次普查将帮助我们更好掌握不可移动文物的"家底"。

向更广范围拓展，向更久远处追寻。中华文明探源工程接续推进，"考古中国"重大项目全面展开，首批5个国家公园正式设立……老祖宗和大自然的遗产，在保护传承中辉光日新。

开创"活起来"的实践——

阿勒泰，遥远的绿水青山，今年却因一部电视剧《我的阿勒泰》跻身文旅"顶流"。

正定古城重现北方雄镇风貌，鼓浪屿演绎万国建筑博物馆风情，"世遗之城"泉州讲述包容与开放的动人故事……从远处走来的文化和自然遗产，因我们的创新创造，融入时代的朝气，焕发蓬勃的生气。

越来越多人感受到，文化和自然遗产逐渐成为我们生活中不可缺少的组成部分。

与时代共振、与全体人民共享，走进日常生活的文化和自然遗产，正在创造自己的"C位"。

（新华社北京2024年6月8日电　新华社记者周玮、王鹏、徐壮）

2024 年高考题"上新"！有啥不一样？

铃响起，笔落下，又是一年高考季。

6月9日，全国大部分地区结束2024年高考。今年，有1342万考生报名高考，人数再创新高。

年年高考。今年的高考有什么不一样？

"上新"的高考试题里门道很多。教育部教育考试院命题专家表示，今年扎实推进考试内容改革，注重考查学生的必备知识、关键能力和学科素养，激发学生崇尚科学、探索未知的兴趣，引导培养探索性、创新性思维品质。

考能力，直面"解决问题"——

"下面的文字是一位老奶奶在医院看病时的自述，不够简明扼要，不利于和医生高效沟通。请对这段自述进行缩写。"

这是今年语文全国甲卷考查特定语境下交流能力的一则题目。考题明确的应用导向，充满新意。

海面上货船和灯塔的位置关系，背后蕴藏着解三角形的数学方法；生物试题以合理使用消毒液减少传染病为主题，鼓励学生运用科学方法解决实际困惑……

将对知识的考查"种"入思维、情感活动中，要求年轻一代更善于将所习得的知识、经验、方法等融会贯通，迁移转化运用，为将来的全面发展"筑基培土"。

考思维，创新拒绝"套路"——

人工智能、"嫦娥"奔月、大国重器……面对科技大潮奔涌，更需要"不走寻常路"的好奇心、想象力和探求欲。

数学上海卷选择题以沿海地区气温与海水表层温度的统计关系为切入点，将重视科学素养纳入考生视野。物理新课标卷则以三位科学家在发现和合成量子点方面的贡献为素材，展现不同学科领域的交叉融合。

教育部教育考试院命题专家表示，今年高考的一大宗旨，就是通过展现国家科技发展成果、加强科学实验考查等方式，鼓励学生了解科研方法、培养科学精神。

一位一线教师认为，试题的开放性，给了"05 后"展现自己辩证思维与探究能力的空间。

考素养，培养文化自信——

今年高考考期，恰逢端午佳节。在考卷中，我们也看到许多中华优秀传统文化的影子。

增文化自信。语文新课标 II 卷阅读材料节选自 2023 年茅盾文学奖获奖作品、当代作家孙甘露以党的历史为背景创作的小说《千里江山图》，语文全国甲卷介绍古建筑科学修缮的方法，数学天津卷几何题涉及古籍所载的"割补法"……考生们在潜移默化中加深文化底蕴。

品交流互鉴。英语新课标 I 卷选取的语篇介绍了英国"丝路花园"，体现了古丝绸之路对英国园林艺术的影响。

知生态保护。生物全国甲卷以濒危物种的保护为例，引导学生树立保护生物多样性的行动自觉。

教育部教育考试院命题专家表示，要继续充分发挥考试的育人导向。

一道道新颖的试题在筛选人才的同时，如指路灯盏，烛照和引领学生树立正确价值观，涵养隽永思想。

在北京大学中文系副教授丛治辰看来，高考并非改变人生的唯一选择，只是人生的一个站点。一个人能否成才，在于他的实际本领。学生们一路的付出，收获的是面对未来的能力和勇气。

人们相信，处处留心皆学问，越过万水千山，必将海阔天空。

（新华社北京 2024 年 6 月 9 日电　新华社记者徐壮、胡梦雪）

人间重晚晴！首份国家级农村养老总体部署暖心

人间重晚晴。

民政部联合 21 个部门出台的《关于加快发展农村养老服务的指导意见》6 月 13 日对外公布。这是全国层面对发展农村养老服务作出的首份总体性、系统性部署。

让所有老年人都能有一个幸福美满的晚年。

最新统计数据显示，我国 60 周岁及以上人口已超 2.96 亿。老年人口基数大，老龄化速度快，养老需求随之快速增长。

今年 1 月，国办发布了《关于发展银发经济增进老年人福祉的意见》，这份新时代推动银发经济发展的纲领性文件提出了 4 个方面 26 项举措，覆盖老年人衣食住行、养老照护、健康管理等诸多方面。

相较于城市养老服务资源集中、市场成熟，当前，农村老人养老形势更紧迫、问题更突出，面临不少"坎"。

一是老人多。随着经济的发展，越来越多年轻人到城里工作、在城里发展，农村家庭空巢化现象不断出现。从全国看，农村 60 岁及以上老年人的比重为 23.81%，比城镇高出 7.99 个百分点。

二是服务少。我国共有 1.6 万个农村敬老院、168.1 万张床位。农村互助养老服务设施约 14.5 万个，但由于老人居住分散，服务便利性、可及性还有待提高。

针对农村养老一"多"一"少"的现状，意见定下目标——

到 2025 年，农村养老服务网络进一步健全，老年人失能照护、医康养结合、助餐、探访关爱、学习娱乐等突出服务需求得到有效满足。

如何实现这一目标？

意见为农村老年人编织了一张覆盖县乡村三级的幸福"网"。

县级层面，每个县到 2025 年都至少有 1 所以失能照护为主的县级特困人员供养服务机构。这些机构还需承担统筹养老资源、开展养老人才培训等工作。

乡镇层面，建立更多能够提供全日托养、日间照料等服务的区域养老服务中心。到 2025 年，这样的服务中心的服务覆盖范围总体上不低于全省地域的 60%。

村级层面，增加养老服务点。在这儿，老人可以吃上热乎饭、找医生看个小病、请人代买生活用品等，力争实现不出村、不离乡满足农村老年人的日常需求。

靠什么支撑这张"网"？

意见提出"激发内生动力"和"强化支撑保障"两条腿一起走。

我国农村是熟人社会，人际关系较为紧密，村民们互助互惠热情高。

当前，各地围绕发挥村集体和村民参与养老服务的积极性作了有益探索。

有的村子通过"老年人养老金自己拿一点、子女主动出一点、村集体经济出一点、社会力量捐一点、争取上级补一点"办起"幸福小院"；

有的村子建起"积分银行"，帮助送餐、协助做清洁都有积分，攒的积分可以兑换物品，也可以兑换服务。

意见吸纳了各方探索经验，并加强了支持力度。

比如，村民利用自有住宅或租赁场地举办养老服务机构，意见要求帮助提升消防、建筑、食品等安全水平；鼓励低龄健康老年人、农村留守妇女等组成农村养老互助服务队，相关人员参加技能培训的，还能拿到职业培训补贴。

"强化支撑保障"，就是要靶向补齐短板弱项。

养老服务点建在哪？意见提出，完善用地政策，将农村养老服务设施纳入乡镇级国土空间规划或村庄规划编制。

钱从哪来？意见除明确政府"兜牢底"外，还鼓励国有或民营企业来农村运营养老服务设施，金融机构加强支持。

让养老变"享老"。需要指出的是，当前我国还存在一些制约农村养老服务的问题。伴随着这份总体部署的落地，全社会共同努力，养老幸福"网"会越织越密，夕阳红画卷会更加美好。

（新华社北京 2024 年 6 月 13 日电　新华社记者高蕾）

利好 1.4 亿退休人员！
2024 年基本养老金再涨 3%

养老金高低，关系亿万老年人生活质量。

为更好保障"老有所养"，人社部、财政部 6 月 17 日发布通知，明确从 2024 年 1 月 1 日起，为 2023 年底前已退休人员按照人均 3% 的水平提高基本养老金。

值得注意的是，这个 3% 是全国总体调整水平，即计算"大账"为 2023 年全部退休人员平均每人每月基本养老金涨 3%。但算"小账"，并不是每个人都按 3% 的涨幅增加基本养老金。

据权威测算，这一举措预计将利好 1.4 亿左右企业和机关事业单位退休人员。

具体到个人，会涨多少，怎么计算？

人社部养老保险司相关负责人介绍，将采取定额调整、挂钩调整与适当倾斜相结合的办法进行调整。

定额调整体现社会公平，同一地区的各类退休人员都按相同金额上调。按照过去两年的情况，各省份定额上调金额基本在每月几十元的水平。

挂钩调整体现"多缴多得""长缴多得"，由退休人员本人缴费年限或工作年限、基本养老金水平决定。

适当倾斜体现重点关怀，主要是对高龄退休人员和艰苦边远地区退休人员等予以照顾。各地通常会对年满 70 岁及以上退休老人以及符合条件的企业退休军转干部实行倾斜调整，给他们再增发一笔基本养老金。

接下来，各省份将结合本地区实际，制定具体实施方案。各省份以全国调整

2024 年 7 月 4 日，安康市汉滨区关庙镇文化村老人在"幸福互助院"吃饭。（新华社记者姚友明摄）

比例为高限确定本地调整比例和水平。因此，退休人员基本养老金实际会上调多少，还需根据所在地区发布的 2024 年方案进行计算。

如何保障养老金按时足额发放？

调整退休人员基本养老金，是保障和改善民生水平的重要措施。通知要求各地高度重视，切实加强领导，精心组织实施，将调整增加额及时足额落实到位。

对中西部地区、老工业基地、新疆生产建设兵团、在京中央和国家机关及所属事业单位所需资金，中央财政予以适当补助。地方财政对本地调整企业退休人员基本养老金新增支出安排资金给予一定补助。

（新华社北京 2024 年 6 月 17 日电　新华社记者姜琳）

"美美与共"！22万种中外精品图书亮相图博会

以书为媒，为世界读懂中国、中国通往世界打开一扇窗。

6月19日至23日，第30届北京国际图书博览会在北京国家会议中心举办。550家国内展商和1050个海外伙伴在此相遇，打造了一场热闹非凡的文化盛宴。

创办于1986年的图博会，以"把世界优秀图书引进中国，让中国图书走向世界"为宗旨，已发展成为世界第二大书展，发挥着跨国界、跨时空、跨文明的中外出版交流合作平台作用。

本届图博会以"深化文明互鉴，合作共赢未来"为主题，吸引了来自71个国家和地区的1600家展商参展，22万种中外精品图书亮相。

在这里能看到文化之美——

精美的阿拉伯服饰、香甜的椰枣、中东传统乐器乌德琴……本届图博会主宾国沙特阿拉伯王国展台，丰富多彩的展示体验项目和特色艺术品，吸引众多游客驻足。

在海南展台，19家海南特色文化企业现场展出黎锦、椰雕等200多件特色产品和《苏东坡时代》等精品图书，向世界展示海南独特的文化魅力和发展活力。

"岳麓书院"以艺术景窗形式亮相，湖南展台劲吹"中国风"，展现湖湘文化和中华优秀传统文化。

在这里能看到创新之美——

"太逼真了！感觉像进入了《三体》世界！"在网络出版展区，戴上VR眼镜"身临其境"体验5G新阅读产品的张先生兴奋地说。

图博会上，"寻境敦煌""数字长城"等文化与科技融合成果，为观众带来一场视觉、听觉、触觉相结合的科技盛宴。

首次亮相的"图壤大世界"阅读体验区成为热门"打卡地"。"我们通过VR、AR、MR等前沿技术，打造沉浸式阅读空间，帮读者获得更好的阅读体验。"中图云创图壤研究院行业研究员王昭懿说，技术赋能优质IP内容转化，带读者踏上"从书中来，到未来去"的跨时空之旅。

在这里能看到合作之美——

展会举办的"中国—亚美尼亚互译出版成果发布会"，展示了在"亚洲经典著作互译计划"推动下，《边城》《家》《呼兰河传》以及《亚美尼亚史》《亚美尼亚短篇小说集》《亚美尼亚童话集》等首批8部互译经典著作。

项目承办单位辽宁出版集团副总经理单英琪表示，这些图书充分展示了中亚两国充满勃勃生机的文明之美。

展会现场，一系列合作签约仪式亮相：商务印书馆举办了中国—伊朗经典著作互译出版项目首批成果发布会、与德国德古意特—博睿出版社战略合作签约仪式等，集中展现"走出去"新成果。

北京展区，来自英国、意大利、土耳其、印度、巴西等国的出版商"组团"到访，目光在琳琅的图书间穿梭，感受着来自中华大地的深厚文化底蕴。一位外国客商拿起一部装帧精美的中华传统文化类图书，用不太流利的中文赞叹道："这真是好书，我要把它带回我的国家，让更多的人了解中国！"

文明因交流而多彩，文明因互鉴而丰富。图博会奏响不同文明美美与共的乐章。

（新华社北京2024年6月23日电　新华社记者史竞男、王思北）

"医改是接力赛",看2024年深化医改"新动作"

悠悠民生,健康为大。新时代的医改"考卷"徐徐展开。

聚焦国务院办公厅近期印发的《深化医药卫生体制改革2024年重点工作任务》,2024全国深化医改经验推广会暨中国卫生发展会议6月22日至23日在四川成都召开。

自我国启动新一轮医药卫生体制改革以来,医改为14亿多人带来了实实在在的健康获得感:世界上规模最大的基本医疗保障网覆盖城乡,居民主要健康指标居于中高收入国家前列……

医改一小步,民生一大步。今年的医改重点工作任务有什么不一样?

医保、医疗、医药密不可分,改革时尤需同向发力。促进"三医"协同发展和治理,是当前深化医改的重要内容。2024年重点工作任务明确提出要探索建立医保、医疗、医药统一高效的政策协同、信息联通、监管联动机制。

"医改是接力赛"。国家卫生健康委体制改革司一级巡视员朱洪彪介绍,今年的医改重点工作任务更加注重因地制宜学习推广三明医改经验。

"看病难"方面,主要抓进一步完善医疗卫生服务体系、落实分级诊疗制度等工作——

让群众健康更有"医"靠,完善医疗卫生服务体系至关重要。

提高公共卫生服务能力,加强基层医疗卫生服务能力建设,组织二、三级医院通过人员下沉、远程医疗、培训、巡回医疗等方式提高基层能力,有序推进国家医学中心、国家区域医疗中心设置建设,深化紧密型医疗联合体改革,提升卫生健康人才能力……民有所呼,政有所应。2024年重点工作任务精准聚焦群众急难愁盼,以"问题清单"促"问题清零"。

"看病贵"方面，着力以医药集采"降价不降质"为突破口——

医改推动、医保主导。2024 年重点工作任务明确，推进药品和医用耗材集中带量采购提质扩面，加强集采中选药品和医用耗材质量监管。

这意味着，医药集采将进一步扩围，集采中选产品始终坚守"降价不降质"的初心，让老百姓持续受益。

一项项惠民生、暖民心举措"正在路上"：预计到 2024 年底，各地国家和省级集采药品将累计达到 500 个；指导内蒙古、浙江、四川等 3 个试点省份开展深化医疗服务价格改革全省（区）试点，指导唐山、苏州、厦门、赣州、乐山等 5 个试点城市进一步探索建立医疗服务价格新机制……

"看病便利度"方面，推进数字化赋能医改，把"数"用好——

推动健康医疗领域公共数据资源开发利用，推进医疗服务事项"掌上办""网上办"，整合医疗医药数据要素资源，围绕创新药等重点领域建设成果转化交易服务平台……持续增强群众"看病获得感"，让医疗服务尽显"科技范儿"！

国家卫生健康委有关负责人说，总的来看，2024 年重点工作任务更加突出问题导向、目标导向，更加突出系统集成、协同联动，更加突出创新突破、落地见效。未来还将加强医改监测，及时总结推广地方经验做法，推动全国医改工作再上新台阶。

目标清则方向明，方向明则步履坚。2024 年深化医改的"路线图"已明晰，只要朝着构建更加优质高效的医疗卫生服务体系方向"再出发"，不断为健康中国建设夯实民生之基，就一定能切实做好医改惠民这篇大文章。

（新华社成都 2024 年 6 月 23 日电　新华社记者李恒、董瑞丰、董小红）

管好体重！16 部门联合启动"体重管理年"

"小胖墩""节日胖""假期肥"……这些健康风险，如何科学有效应对？

做好体重管理，让健康"关口前移"。

记者 6 月 26 日从国家卫生健康委了解到，16 个部门联合启动为期三年的"体重管理年"活动。

自 2024 年起，力争通过三年左右时间，实现一系列"小目标"——

体重管理支持性环境广泛建立，全民体重管理意识和技能显著提升，健康生活方式更加普及，全民参与、人人受益的体重管理良好局面逐渐形成，部分人群体重异常状况得以改善。

为啥全民要管好体重？

调查显示，我国居民超重肥胖形势不容乐观，亟需加强干预。体重水平与人体健康状况密切相关，体重异常特别是超重和肥胖是导致心脑血管疾病、糖尿病和部分癌症等慢性病的重要危险因素。

超重肥胖，关乎个人健康，也是影响社会经济负担的民生问题。

从"治已病"到"治未病"，体重管理的一大目标就是从源头上预防和控制相关疾病，实现从以治病为中心向以健康为中心转变。

怎样进行体重管理？

体重管理是一项系统工程，需要"多部门协同、全社会联动"。

目前，我国已经在行动：出台《健康中国行动（2019-2030 年）》《儿童青少年肥胖防控实施方案》；人均体育场地面积不断扩大，进一步缓解"健身去哪儿"难题；发布《成人肥胖食养指南（2024 年版）》《儿童青少年肥胖食养指南（2024 年版）》……

三年"体重管理年"期间，一项项措施将继续推进，不让体重"偏轨"——推广"一秤一尺一日历"（体重秤、腰围尺、体重管理日历）；帮助超重肥胖学生做到"一减两增，一调两测"（减少进食量、增加身体活动、增强减肥信心，调整饮食结构、测量体重、测量腰围）；进一步推广体重管理中医药适宜技术……

国家卫生健康委医疗应急司司长郭燕红说，还要发挥基层单位作用，鼓励基层医疗卫生机构将体重管理纳入家庭医生签约服务，向签约居民提供合理膳食、科学运动等健康生活方式指导。

体重管理涉及"过瘦"人群吗？

体重管理，除了超重、肥胖者自己要"管"起来，体重过轻或营养不良者也要"管"起来。

中国疾病预防控制中心营养与健康所研究员赵文华说，如果能排除其他疾病或健康原因影响，"过瘦"人群"光吃不胖"的说法并无科学道理。"过瘦"可以在专业人员指导下，通过调整饮食结构和适当增加身体活动来达到健康体重。

全民参与，人人受益。"管"好体重，也是"管"好自己的健康预期。

（新华社北京 2024 年 6 月 26 日电　新华社记者李恒、董瑞丰）

事关 13.34 亿参保人!
2024 年医保药品目录调整 7 月 1 日启动

医保药品目录调整关系着每一名参保人。

7 月 1 日,今年医保药品目录调整工作正式启动,符合条件的医药企业可以开始提交申报材料。

哪些药品有望纳入目录?今年医保药品目录调整有哪些重点?《2024 年国家基本医疗保险、工伤保险和生育保险药品目录调整工作方案》中,能找到"答案"。

——纳新药、降药价,更多新药、好药有望进医保。

工作方案明确,目录外 5 类药品可以申报参加 2024 年医保目录调整,包括儿童用药、罕见病用药、适应症或功能主治发生重大变化的药品等。

今年的申报条件也进行了小幅调整,按规则对药品获批和修改适应症的时间要求进行了顺延,2019 年 1 月 1 日以后获批上市或修改适应症的药品可以提出申报。这意味着,更多新药将被纳入国家医保药品目录。

经过此前的 6 轮调整,国家医保药品目录已累计新增纳入 744 个药品,包括通过谈判新增的 446 个药品,其中大部分为近年来新上市、临床价值高的药品,覆盖目录 31 个治疗领域。

目前,医保药品目录准入方式为企业申报制,申报范围主要聚焦 5 年内新上市药品。在此影响下,5 年内新上市药品在当年新增品种中的占比,已从 2019 年的 32% 提高至 2023 年的 97.6%。以 2023 年为例,共有 57 个品种实现"当年获批、当年纳入目录"。

除了申报环节,后续的评审、测算、谈判等流程也对创新药给予"倾斜"。

如在评审测算环节，将创新性作为重要指标，提升创新药的竞争优势。

——调"老药"、腾空间，引导药品目录"提档升级"。

经过多次调整，国家医保药品目录已经累计调出 395 个疗效不确切、易滥用、临床被淘汰或者即将退市的药品。

今年的工作方案对调出品种范围进行明确，将近 3 年未向医保定点医药机构供应的常规目录药品，以及未按协议约定保障市场供应的谈判药品列为重点考虑的情形，以帮助强化供应保障管理。

"吐故纳新"，更多新药、好药将进入医保药品目录。

——更科学、更规范，药品目录调整将更加公开、透明。

今年的工作方案进一步强化专家监督管理，明确专家参与规则和遴选标准条件，加强对参与专家的专业培训和指导，提高评审测算的科学性、规范性。

据介绍，近年来专家评审规则已趋于稳定，主要采取专家讨论和个人评分同时进行的方式，争取传达给企业稳定的预期。

今年 8 月至 9 月为专家评审阶段。根据企业申报情况，药学、临床、药物经济学、医保管理等方面的专家将联合评审，形成拟直接调入、拟谈判或竞价调入、拟直接调出等药品建议名单，同时将对拟谈判或竞价药品的规格、医保支付范围等进行论证确定。

在谈判环节，医保谈判专家将分组与医药企业就药品支付标准进行"面对面"谈判磋商，并根据谈判结果决定药品能否进医保、以什么价格进医保。

截至 2023 年底，我国基本医疗保险参保人数约 13.34 亿人。一轮轮医保药品目录调整，正切实帮助参保人用上更多好药，减轻医药费用负担。

（新华社北京 2024 年 6 月 30 日电　新华社记者彭韵佳）

今天，面对"建设一个什么样的世界、如何建设这个世界"的重大课题，中国又给出了构建人类命运共同体这个时代答案。

元首外交领航定向，变局更显大国担当。2024 年以来，在习近平主席擘画引领下，中国特色大国外交不断谱写浓墨重彩的新篇章。

"新华鲜报"记录中国携手各国对人类文明的探索，对建设美好世界的努力——

太平洋岛国瑙鲁升起五星红旗，同中国建交的国家增至 183 个；中国与 150 多个国家缔结涵盖不同护照种类的互免签证协定，诸多互惠、便利举措拉近同各国的距离。

世界各国犹如乘坐在同一条命运与共的大船上，这艘船承载的不仅是和平期许、经济繁荣、科技进步，还承载着文明多样性和人类永续发展的梦想。

这是美美与共、交流互鉴的灿烂篇章——

驻华使节到黑龙江、海南等地"打卡"忙，国际青年访华之旅频频，在深度参访中感受东方大国的开放与自信：在黑龙江说着"Cold, but amazing！"看冰天雪地蕴藏的"热"度；500 余名中美青年齐聚鼓岭，一声"Bravo！"、一句"加油！"，在这个跨越百年的"缘分开始的地方"，许下"把中美友好传承下去"共同心愿，真切体会中美关系的未来在青年。

月球背面登陆的嫦娥六号着陆器"国际范儿"十足，欧空局月表负离子分析仪、法国月球氡气探测仪、意大利激光角反射器……中国已与 50 多个国家和国际组织签署了 150 多份政府间航天合作协议。

"最长直飞国际客运航线"超 14000 公里，架起中国拉美交往"新桥梁"。跨半球的交往很远，却又很近。潘帕斯草原的优质牛肉、安第斯山区的香醇红酒、热带雨林的精品咖啡……越来越多拉美地区优质产品进入中国家庭，而中国的手机、电脑、汽车等产品也持续畅销拉美地区。

这个世界完全容得下各国共同发展、共同进步。

2024 年，每一个暖心举措和每一次友好交往，都折射出中国与世界不断架起友谊桥梁、拉紧心灵纽带的追求与努力，更让世界人民看到中国梦同各国美好梦想，始终息息相通。这既是历史规律，也是时代大势。

五

大国外交

最萌"中国使者"！
50多只"驻外"大熊猫全球圈粉不停步

大熊猫是中国国宝，也是世界人民的顶流"团宠"。

国家林草局最新透露，目前我国有50多只大熊猫生活在世界各地。自20世纪90年代开展国际合作研究以来，在国外已成功繁育成活大熊猫幼仔41胎68仔。

继去年17只大熊猫平安"回家"后，今年我国将继续做好旅外大熊猫到期回国和国际合作工作。

开展动物界"顶流"国际合作，为何花落大熊猫？

凭借圆滚滚的身体、黑白相间的毛发、憨态可掬的面容，大熊猫拥有数不清的国内"铁杆粉"和国际"真爱粉"。

就连没出过国门的"萌宝"都毫不逊色。南有四川成都的"花花"，北有北京动物园的"萌兰"，成长几乎都伴随粉丝参与。

这个最萌"中国使者"，亲和力到底有多强？

刚刚过去的2023年，旅俄大熊猫"丁丁"诞下幼仔。这令莫斯科动物园园长斯韦特兰娜·阿库洛娃欣喜万分。

去年2月，旅日大熊猫"香香"回国，一大早东京上野动物园门口就聚集了上百位日本粉丝，与"香香"依依惜别。不到一年，日本粉丝们又忍不住组团来四川看望"香香"。

这些动人故事背后，展现着中国"萌宝"大熊猫的独特魅力。

漂洋过海，"萌宝"的付出结下多少硕果？

让大熊猫走出国门，不单是为了满足世界人民亲近"萌宝"的心愿，也因为它有着珍稀动物保护的研究价值。

人类要共同探索如何让原本"濒危"的大熊猫降为"易危"！更好保护珍稀物种，努力一直在持续。

我国先后与20个国家的26个机构开展了大熊猫保护研究，在大熊猫保护繁育、疾病防治救治、放归自然等方面不断突破科研难题。

"攻克人工繁育'三难'初期，仅为了寻找最适合的幼龄大熊猫配方乳，我们就与国外营养学专家沟通了无数次，共同试验也有几十次。"中国大熊猫保护研究中心有关负责人记忆犹新。

一分耕耘，一分收获。中外双方的共同努力，让"萌宝"家族不断壮大。

一只大熊猫平安"回家"，要付出多少努力？无数中外工作者、专家、饲养员的齐心协力，才有了那一句"稳妥接返"。那阵势，妥妥的超贵宾待遇。

国家林草局不断完善国际合作管理机制，派出专家组前往境外合作机构实地检查，定期开展大熊猫健康监测评估，在产仔等关键时期加强沟通联系，努力强化对旅外"国宝"的保护与监管。

"每一次接送大熊猫，我们都反复讨论预案，不敢懈怠丝毫。"中国大熊猫保护研究中心有关负责人坦言。

与我国开展合作的国家，提前建设高标准饲养繁育展示场馆，也组建高水平饲养医疗和科研团队，迎接"萌宝"的到来。

大熊猫出发时，国内饲养员会一起抵达目的国，待上好几个月陪伴适应新"家"。中国专家也会定期到海外考察，看看大熊猫的生活和身体情况。"回家"前，更是提前沟通联系。

爱没有国界，如同"滚滚"的萌早已成为世界人民心头的暖。相信未来，我们一定会更好守护最萌"中国使者"的全球"圈粉"之旅，让人与自然和谐共生的中国故事、现代文明故事更美呈现。

（新华社北京2024年1月23日电　新华社记者胡璐、余里）

第 183 个！中国与瑙鲁复交 朋友圈再扩大

签字、握手、换文……1月24日，北京钓鱼台国宾馆12号楼内温暖如春，中国、瑙鲁两国政府代表在这里签署中瑙关于恢复外交关系的联合公报。至此，中国建交国增至 183 个，朋友圈再次扩大。

这个新朋友是个怎样的国家？有着怎样的风貌？

太平洋岛国瑙鲁位于赤道以南约 42 公里处，为一个椭圆形珊瑚岛，素有"天堂岛"之称。蓝天白云、椰林树影、水清沙幼……据首批抵达这里的新华社记者描述，瑙鲁很美，美得纯净，美得天然。当然，瑙鲁还有一个特点，就是"小"——陆地面积 21.1 平方公里、人口约 1.3 万、不到一小时就可开车环岛一周……

2024 年 1 月 18 日，在瑙鲁阿尼巴雷湾，人们在海面上戏水休闲。（新华社记者王申摄）

此次来华签署联合公报，是瑙鲁外长安格明生平第一次访问中国。"我在中国完全被震撼到了，被这个国家的经济、韧性和力量，及被中国人民的热情所震撼。"面对中国记者，安格明外长坦言。

本月 15 日，瑙鲁政府宣布与台湾地区全面"断交"，寻求同中国复交。相关决议在瑙鲁议会全票通过，议会全体成员起立表达支持。在北京，安格明专门向中方提及这一细节。"这充分证明，这一决策是正确的，是得人心的，符合瑙鲁的根本利益。"他说。

2016 年，冈比亚、圣多美和普林西比；2017 年，巴拿马；2018 年，多米尼加、布基纳法索、萨尔瓦多；2019 年，所罗门群岛、基里巴斯；2021 年，尼加拉瓜；2023 年，洪都拉斯；2024 年新年伊始，瑙鲁……

近些年来，已有 11 个国家先后同中国建交、复交。这再次向世界昭示，坚持一个中国原则是不可阻挡的历史大势。

中国历来主张大小国家一律平等，致力于同所有国家建立和发展友好合作关系。在同太平洋岛国交往过程中，中国同地区各国始终平等相待、互利共赢，深受各国人民欢迎。

目前，一些中资企业承建的项目已落地瑙鲁，不仅为当地带来先进技术和就业机会，也拓展了瑙鲁与世界的互联互通，提升了当地的可持续发展能力。

据了解，在这个太平洋岛国，中国元素并不少。中国春节在当地颇有知名度，中国传统舞龙表演也有不少瑙鲁"粉丝"；糖醋排骨、白切鸡、水煮鱼等中餐佳肴，是不少瑙鲁当地人聚餐的佳选。安格明告诉记者，自己就是先学会使用筷子，后来才学会用刀叉的。

"中国言必信、行必果，已赢得了瑙鲁人民的心。"安格明对未来充满期待，"瑙中复交必将使两国友好的涓涓溪流持续汇聚成广阔海洋。"

（新华社北京 2024 年 1 月 25 日电　新华社记者刘华、孙奕、马卓言）

扫码观看视频内容

"Cold, but amazing!"
多位驻华使节探寻中国冰雪热

这个冬天，火爆的冰雪游让黑龙江乃至整个大东北火出了圈。这不，多位驻华使节和外交官也来到黑龙江，其中既有来自瑞士、奥地利这样冰雪资源丰富国家的，也有来自新加坡这样地处热带国家的，一起来看看冰天雪地下蕴藏怎样的"热"能量。

这是外交部 2024 年开展的首场"驻华使节地方行"活动，来自 18 个国家和国际组织的 22 位驻华使节、外交官和国际组织代表应邀参与。从 1 月 23 日至 27 日，使节和外交官们行程数百公里，对当地的冰雪旅游、冰雪运动、冰雪产业进行了一次全面考察。

冰雪旅游为什么火了？使节和外交官们在实地走访中有了更直观的观察。

瑞士驻华大使白瑞谊说，"氛围感"是冬季旅游的第一要素，在这一点上黑龙江和瑞士一样，一到冬天就是一个雪白的世界。好的基础设施也很重要，比如交通和雪场设施的便利性，亚布力等滑雪胜地离大城市不算近，开通动车、修好道路，人们从城里出发去滑雪就不用花太长时间。

白瑞谊说，还要有丰富的活动，比如在瑞士既可以滑雪也可以购物，而在哈尔滨我们看到冰雪节和一些文化活动、民俗传统结合了起来，中央大街上还有各色美食，此外还有冰雪运动。

"所有这些要素结合在一起，就是一个成功的冬季旅游目的地。"

不久前的三天元旦假期，仅哈尔滨市就累计接待游客 304.8 万人次，实现旅游收入 59.1 亿元，分别是去年同期的 4.4 倍和 7.9 倍。《中国冰雪旅游发展报告

2024 年 1 月 23 日，黑龙江牡丹江，多国驻华使节、外交官在镜泊湖观看冬捕表演。（新华社记者王大禹摄）

（2024）》预计 2023-2024 冰雪季中国冰雪休闲旅游人数有望首次超过 4 亿人次，中国冰雪休闲旅游收入有望达到 5500 亿元。

斯洛伐克驻华大使利扎克认为，雪乡的开发给了他很多启发："雪乡成功将冰雪资源转化为消费现象，这里的环境和氛围让我想起了家乡，我们也有很多这样的小镇，可以利用它们发展冬季旅游，这有很大的潜力。"

黎巴嫩驻华大使贾布尔告诉记者，很多人不知道黎巴嫩也有良好的冰雪资源，有美丽的自然景色和丰富的文化。"我们也希望发展冰雪旅游业，在这方面我们同中国有很多的合作机会，比如这里的基础设施建设就做得很好。"

新西兰驻华使馆代理政务参赞陈立恩说："看得出来，冰雪旅游在中国确实更流行了。新西兰也能滑雪，我们的雪季正好是中国的夏季，希望中国游客也可以去新西兰滑雪，体验我们的冬天。"

除了冰雪旅游，冰雪运动也是此次参访的一个主题词。2025 年，第九届亚洲冬季运动会将在哈尔滨举行。参访中，使节和外交官们走进雪场、冰场，实地了解亚冬会筹备进展。

此前，哈尔滨已积累了丰富的冬季赛事举办经验，是第三届亚冬会、第二十四届世界大学生冬季运动会等多个综合性冬季运动会的举办地。

冬季赛事的举办，冰雪运动的跨越式发展，将为双方带来哪些合作机遇？使节和外交官们也表达了他们的期待。

"从北京冬奥会到亚冬会，我们看到中国的冰雪运动产业在这几年发展如此之快。"加拿大驻华使馆外交官巴中南说。他认为冬季运动设施的可持续性利用、冰球运动的开展都是双方未来可以进行合作的领域。

奥地利驻华大使利肯很高兴地发现，滑雪场的一些设施是奥地利公司生产的。"这说明我们已经在合作了，当然了，合作永远不嫌多，奥地利有多年的冬季运动传统，也有很多公司做这方面业务，我非常期待两国冰雪产业合作，包括基础设施、服饰、设备等，可合作的领域很多。"

利扎克表示，亚冬会是促进体育运动发展一个很好的契机，这里高质量的雪道等设施将会吸引更多人爱上并参与冰雪运动。"我相信有了北京冬奥会的成功经验，亚冬会一定会高水平举办。"

（新华社哈尔滨 2024 年 1 月 28 日电　新华社记者郝亚琳、邵艺博、杨轩、王大禹）

扫码观看视频内容

"双向奔赴"，中国同 23 国全面互免签证！

1月28日，中国与泰国签署互免持普通护照人员签证协定，协定将于3月1日正式生效。届时,泰国去年9月开始面向中国游客实施的阶段性单方面免签政策，将正式变为"双向奔赴"的长期安排。

泰国是继新加坡、安提瓜和巴布达之后，今年第三个同中国签署互免签证协定惠及持普通护照人员的国家。截至目前，同中国有这样全面互免签证安排的国家已增至 23 个，遍及五大洲。

缔结互免签证协定的两个国家或地区，只要本国公民持协定规定的有效护照或国际旅行证件，便可以在对方国家或地区享有通常为 30 天的免签证停留；但如果停留时间超过 30 天，或在当地学习、居住、工作等，仍需在入境前向对方签证机关或主管部门提出申请。

全面互免签证的范围不仅包括外交护照、公务护照、公务普通护照等，也包括普通护照。

随着免签安排的生效，出国人员出行前无需再一趟趟跑使领馆，不必再准备五花八门的签证材料，不用再焦虑什么时候下签、能不能赶上出行时间，出境游将更方便，贸易往来也更顺畅。

从事跨境贸易的浙江商人陈先生表示，得知中泰互免签证的消息，自己第一时间就把相关新闻链接发给了泰国客户。"他们以后想来随时就能来，合作起来更方便了。"

实际上，签证便利举措并不局限于全面互免签证这一项。目前，中国已与157 国缔结了涵盖不同护照种类的互免签证协定，与 44 个国家达成简化签证手续协定或安排。此外，还有 60 多个国家和地区给予中国公民免签或落地签便利。

一系列签证便利举措无疑拉近了中国同各国之间的距离。与此同时,越来越多的国家为中国公民提供各种形式的签证便利。

法国政府近来宣布中国有在法学习经历的硕士文凭持有者可获 5 年签证;瑞士将为中国公民和赴瑞投资的中国企业提供更多签证便利;爱尔兰表示愿积极考虑为中国公民访爱提供更多便利,欢迎更多中国企业到爱投资兴业……

"新加坡是世界发达经济体和国际金融中心。"谈及中新互免签证一事,新加坡立杰律师事务所驻上海代表处主任乔丽娜表示,这传递了新方对中国的强烈信心,也向其他国家尤其是东南亚国家发出了一个非常重要的信号。

根据联合国世界旅游组织(现联合国旅游组织)近日公布的《世界旅游业晴雨表》报告,国际旅游人数将在 2024 年恢复到新冠疫情前的水平。报告预计中国出境和入境旅游市场将在 2024 年快速发展。

从去年 12 月开始,中方陆续推出多项来华签证优化措施,进一步便利中外人员往来:对法国、德国、意大利、荷兰、西班牙、马来西亚试行单方面免签政策;中国驻外使领馆采取阶段性措施减免来华签证费,按现行收费标准的 75% 收取费用;正式施行便利外籍人员来华 5 项措施,进一步打通外籍人员来华经商、学习、旅游等方面的堵点……

数据显示,2023 年,中国有 4.24 亿人次出入境,同比上升 266.5%,其中,外国人同比上升 693.1%。

外交部领事司相关负责人表示,中国推进高水平对外开放的信心与决心从未改变,中方欢迎世界各国朋友来华旅游、经商、投资、学习,也将继续努力为中国公民出境提供更多便利。

"说走就走","想来就来","双向奔赴"的美好等着你!

(新华社北京 2024 年 1 月 31 日电 新华社记者冯歆然、薛昱婷、黄扬)

中国政府表彰！近 1900 名"洋面孔"获此殊荣

2月4日，恰逢立春，人民大会堂新闻发布厅内洋溢着喜庆友好的气氛。佩戴奖章、合影留念……一位位外国专家接受 2023 年度中国政府友谊奖，会场回荡热烈的掌声。

中国政府友谊奖，是中国政府专门为表彰对中国改革发展作出重要贡献的来华工作外国专家设立的荣誉奖项。迄今为止，已有来自 80 多个国家和地区的 1898 名专家获此殊荣。

2024年2月4日，2023年度中国政府友谊奖颁奖仪式在北京人民大会堂举行。（新华社记者庞兴雷摄）

友谊奖的渊源，要追溯到 20 世纪 50 年代。当时，中央政府向来华工作的苏联专家授予"友谊纪念章"和周恩来总理签名的"中华人民共和国感谢状"。改革开放后，经国务院同意，我国于1991年正式恢复设立友谊奖，外国专家表彰工作全面恢复和发展。

党中央、国务院对友谊奖相关工作高度重视。多年来，国务院有关领导为获奖专家颁发奖章、证书，国务院总理多次会见获奖专家并合影。获奖专家还应邀参加国庆招待会等重要活动。2023年度，共有来自26个国家的50名专家获奖，涵盖五大洲。

这些"老外"，为什么得到中国政府表彰？他们和中国有着怎样特别的友谊？

记者了解到，2023年度友谊奖获奖专家从事的领域，涉及方方面面：有致力于中国生态环保国际合作的国际人士，有深度参与中国卫生服务体系改革研究的政策专家，还有在海外社交媒体平台讲述中国治国理政故事的"洋网红"……他们，是外国人但不是"外人"，是中国人民接续奋斗征程上的同行者和真正的挚友、知音。

这样的特别情谊，在这些外国专家心中有着怎样的分量？

黑龙江大庆眼科医院的哈萨克斯坦籍眼科专家萨夫留别克·卡培拉别科夫，25年如一日接诊患者，帮助中国眼病患者重见光明。"25年时间，我深深地爱上了黑龙江、爱上了中国这片土地。"在卡培拉别科夫看来，友谊奖不仅是对自己的肯定，更折射出中哈两国人民间的深厚友谊。

挪威籍获奖专家、联合国前副秘书长埃里克·索尔海姆，目睹了多年来中国生态文明建设取得的巨大成就，积极推动塞罕坝、"千万工程"等故事走向世界。

发自内心认同，真心实意贡献。这些"洋面孔"深厚的"中国情"，让合作之手牵得更牢，友谊纽带拉得更紧。

对这些外国专家而言，把目光投向中国、让事业扎根中国，源于强大的"中国磁力"——

中华文明的独特魅力，中国制度的显著优势，中国式现代化的巨大机遇……一个大有可为、大有作为的新时代，厚植了施展才干、实现自我价值的沃土，提供了干事创业的广阔舞台。

高规格的表彰，体现的正是中国对这些外国专家智慧与辛劳的认可与尊重，彰显了中华民族重情重义的品格，更宣示了新征程上的中国持续推进全方位高水平对外开放的决心。

这些年来，我国"近者悦、远者来"的引才用才格局不断形成，为高质量发展注入更多"源头活水"。全面实施外国人来华工作许可制度、提供申请办理在华永久居留便利……一项项政策措施持续优化，传递广开进贤之路的诚意。

俄罗斯籍获奖专家、《劳动报》副总编辑米哈伊尔·莫罗佐夫表示，推动世界各国人才帮助和支持中国发展，是十分明智的政策选择。法国籍生物多样性专家、法国科学院院士伊冯·勒·马霍说，在互利共赢的基础上，中国将继续吸引更多优秀人才。

（新华社北京 2024 年 2 月 5 日电　新华社记者王宾、董雪、成欣、朱超）

再添 6 国!
免签 "朋友圈" 扩容传递中国开放强信号

3月14日起,中国将对瑞士、爱尔兰、匈牙利、奥地利、比利时、卢森堡6个国家持普通护照人员试行免签政策。这是继本月1日中泰互免签证协定正式生效后,中国免签"朋友圈"实现再次扩容。

根据相关安排,2024年3月14日至11月30日期间,瑞士等6国持普通护照人员来华经商、旅游观光、探亲访友和过境不超过15天,可免签入境。上述国家不符合免签条件人员仍需在入境前办妥来华签证。

截至3月初,中国已同157个国家缔结了涵盖不同护照的互免签证协定,同44个国家达成简化签证手续协定或安排。算上新加坡、安提瓜和巴布达、泰国这3个今年以来同中国签署互免签证协议的国家,已有23个国家同中国实现全面互免签证安排。此外,还有60多个国家和地区给予中国公民免签或落地签待遇。

瑞士商人利昂在日内瓦经营着一家旅游服务公司,有不少中国合作伙伴。他说,中国对瑞士免签生效之后,到中国拜访朋友或是洽谈合作会更方便了。"相信会有更多瑞士人和我一样,打算去中国走走转转。"

一段时间以来,中方持续推出多项来华签证优化措施,包括减少签证申请表填报内容、阶段性调减签证费、简化来华留学审批手续、免采部分申请人指纹、免签证预约、对部分国家试行免签政策等,进一步破解外籍人员来华的难点、堵点。

今年春节期间,中国入境旅游人数达323万人次,法国、德国、马来西亚、新加坡等可免签入境中国的国家游客增长明显,上述国家春节入境游订单总量较2019年同期翻番。

2024 年 3 月 7 日，一名男子在比利时布鲁塞尔的中国签证申请服务中心咨询、办理相关业务。（新华社记者赵丁喆摄）

中方还持续推出一系列实招，让"老外"们生活方便、宾至如归——

为更好满足包括外籍来华人员在内群体多样化的支付服务需求，《关于进一步优化支付服务提升支付便利性的意见》于 3 月 7 日正式发布，在改善银行卡受理环境、持续优化现金使用环境、提升移动支付便利性等方面提出一系列要求。

此外，针对外籍来华人员在使用移动支付方面遇到的相关实际问题，中国人民银行指导支付宝、财付通优化业务流程，提高境外银行卡绑卡效率；在切实保护个人信息安全的同时，简化身份验证安排；指导主要支付机构将外籍来华人员使用移动支付的单笔交易限额由 1000 美元提高到 5000 美元，年累计交易限额由 1 万美元提高到 5 万美元。

"食、住、行、游、购、娱、医"等与人们生活息息相关的种种场景里，一个个打通"最后一公里"的小举动，折射出不断提升国际化服务水平、促进中外民间交往的考量。

"持续提升中外人员往来和外籍人员在华生活便利度，照顾到了中外交往中人们的实际需求，具有很强现实针对性，也符合世界融合发展的潮流趋势。"中国国际问题研究院副研究员苏晓晖说，这些利好消息的释放和相关工作加速推进，再次彰显中国加强开放合作的姿态和诚意。

在刚刚结束的全国两会上，中国向世界宣示一系列推进高水平对外开放、加强国际交往合作的务实举措——

加大吸引外资力度，推进落实支持高质量共建"一带一路"八项行动，办好进博会、服贸会、消博会、链博会等国际合作平台，举办中非合作论坛新一届会议……携手并进、互利共赢的光明图景中，中国同世界各国合作的"蛋糕"必将越做越大。

中国现代国际关系研究院院长杨明杰表示，在全球经济复苏乏力、不稳定性和不确定性上升的背景下，中国传递的开放合作强信号为推动世界共同发展注入了更多动力和宝贵的确定性。"中国与世界市场的关系将更为紧密、多彩。"

连日来，国际媒体、学者纷纷表达对中国开放发展前景的信心："中国进一步扩大对外开放为全球合作伙伴提供增长机遇""以中国新发展为世界提供新机遇，这符合各国人民对和平发展的强烈愿望"……

从春天起笔，一个活力升腾的中国，将写下更多与世界相互交融、彼此成就的精彩故事。

（新华社北京2024年3月13日电 新华社记者王宾、许可、史竞男、任沁沁、朱超、伍岳）

驻华使节相约海南自贸港："这里的开放很有吸引力！"

"我对海南自贸港建设非常感兴趣！""海南的开放政策很有特色！""海南在不断发展，中国的开放力度越来越大！"

4月22日至26日，来自马达加斯加、保加利亚、芬兰、德国、印尼、科特迪瓦等15个国家的25名驻华大使、总领事和高级外交官，赴琼参加以"相约海南自贸港 携手世界再启航"为主题的"驻华使节地方行"活动。他们此行的共同感受是："这里的开放很有吸引力！"

没想到——这里未来竟可以帮助其他国家发射卫星！

"太壮观了！""火箭如何运到发射架？""可以帮我拍照留念吗？"

23日下午，使节团走进了正在建设中的海南国际商业航天发射中心现场，站在已经竣工的一号发射工位旁，使节们纷纷掏出手机，从不同角度拍摄高耸入云的发射塔架。不等工作人员讲解，不少使节围上前问出心中的好奇。

"了解到这里未来可以帮助其他国家提供卫星发射服务，我对此非常感兴趣。"马达加斯加驻华大使让·路易·罗班松说，"马达加斯加也在研究建设自贸区，海南自贸港建设给了我们很大启示。"

依托温度、深度、纬度优势，海南着力打造种业、深海、航天"陆海空"三大未来产业。使节们走进商业航天、深海探索等领域重点企业，沉浸式体验自贸港建设"加速度"，共同解锁海南的"发展密码"。

"在这里你可以看到最高的天，也可以看到最深的海。"印度尼西亚驻华公

2024 年 4 月 23 日，驻华使节在海南国际商业航天发射中心听讲解。（新华社记者袁睿摄）

使裴连杰感慨。

一个月前，"探索一号"科考船搭载"奋斗者"号全海深载人潜水器返回海南三亚，历时 50 天科考顺利完成了中国－印度尼西亚爪哇海沟联合深潜任务。

"我看到了海南的潜力，这里一直在推进种业、深海以及航天产业的发展，我很希望能看到我们在水稻种业方面的进一步合作。"裴连杰说。

很便利——59 国免签政策吸引力强！

使节团到琼前几天，第四届中国国际消费品博览会刚刚结束。本届消博会共有来自 71 个国家和地区的超过 4000 个品牌参展。与往年不同的是，不少展商来琼不再需要办理签证手续。这得益于不久前实施的扩大 59 国人员免签入境海南事由政策，事由从旅游扩展至商贸、医疗、会展、体育竞技等。

"海南 59 国免签政策吸引了不少国际游客。当他们看到这里的教育、医疗、贸易等各行业的开放和发展潜力时，随之而来的是更深入的合作。"裴连杰说。

随着海南自贸港建设的不断推进，旅游业、高新技术产业、现代服务业、热带特色高效农业等主导产业在海南迎来了更大的发展机遇。在产业对接交流会上，使节们详细了解了四大主导产业的发展情况和合作前景。

其中海南自贸港的特殊税收政策引起科特迪瓦驻华商务参赞高曼·库亚·贝尔丁的关注。讲解员介绍，科特迪瓦的腰果和可可原料进入海南可以充分地享受加工增值免关税政策，更好地进入中国市场。

高曼说："我对海南自贸港政策非常感兴趣，希望通过海南自贸港建设加深两国合作。之前主要对中国出口腰果，希望将来有更多的产品进入中国市场。"

"海南自贸港连接着中国和世界市场，包括柬埔寨等东盟国家。我们希望借助自贸港建设的机遇加强各领域的合作，特别是在人文和旅游方面。"柬埔寨驻海口总领事冲帮丹说。

活力强——这里一直在发展！

"目前海口高新区主要发展哪些产业？""博鳌乐城进口特许药械政策是什么？""中国和境外高校如何在陵水联合办学？"……

在参访海口国家高新技术产业开发区、海南博鳌乐城国际医疗旅游先行区、陵水黎安国际教育创新试验区等海南自贸港建设重点园区时，使节们详细记录，并紧跟讲解员步伐、不停提问。

芬兰驻华大使孟蓝说："2020 年 12 月，我们组织了一个由 46 家医疗科技公司组成的商务代表团访问海南博鳌乐城国际医疗旅游先行区。这次来也是为了更好地了解当前的政策，寻找新的合作机会。"

"海南以美丽的自然风光而闻名，但现在越来越有吸引力的原因是当地营造的蓬勃发展的商业环境。"孟蓝说。

和海南气候一样"火热"的，正是海南自贸港建设中释放出的持续扩大高水平对外开放的活力。

今年是海南自贸港封关运作攻坚之年。过去六年来，海南自贸港建设不断发展，内生动力更加强劲，高水平对外开放步伐逐步加快。

中国境内第一个国外高校独立办学机构——海南比勒费尔德应用科学大学已于去年开始正式招生。德国驻广州总领事鲁彦向学校工作人员询问了学校的课程以及学生的学习状况等。

海南在医疗和教育领域的开放计划令鲁彦印象深刻，他说："这不是我第一次来海南，也不会是最后一次。我目睹了海南近年来取得的显著进展，期待在未来探索更多的合作。"

白俄罗斯驻广州总领事安德烈·波波夫第一次到海南是在 2024 年，那时海南自贸港建设总体方案刚发布不久。

"这里一直在发展！"安德烈·波波夫说，"我看到了自贸港建设带来的经济成效，更感受到中国向世界展现出的真正的开放和团结精神。"

（新华社海口 2024 年 4 月 27 日电　新华社记者袁睿、夏天）

超 14000 公里！"最长直飞国际客运航线"架起中国拉美交往"新桥梁"

5月11日晚上，首航航班 CZ8031 从深圳起飞，飞行约 16 小时，跨越超14000 公里，抵达墨西哥城。

这条航线不同寻常——这是目前我国最长的直飞国际客运航线，也是我国内地及港澳台地区唯一直飞墨西哥乃至整个拉丁美洲的客运航线。

中国与拉丁美洲"跨半球"交往距离被拉近。

此前，中国旅客从国内飞往墨西哥或其他拉丁美洲国家，通常要在其他国家或地区进行一到两次中转，行程时间长达 30 至 40 小时。新航线开通后，深圳直飞墨西哥城只需约 16 小时。

一条客运航线开通直飞，说到底是两地客源和需求使然。

墨西哥是中国在拉美地区的第二大贸易伙伴，拥有悠久的历史和丰富的旅游资源。近年来，两国交流与合作日益频繁，有着旅游、商务、探亲、劳务等多元的客源基础。

跨半球的交往很远，却又很近。潘帕斯草原的优质牛肉、安第斯山区的香醇红酒、热带雨林的精品咖啡……越来越多拉美地区优质产品进入中国家庭，而中国的手机、电脑、汽车等产品也持续畅销拉美地区。

"开通该航线，是南方航空积极响应和服务中拉经贸发展和人员交流往来需求，助推高水平对外开放的重要举措。"南方航空深圳分公司总经理袁金涛说。

这是一条顺畅、开放的"空中丝路"。

出席当天首航仪式的墨西哥驻华大使赫苏斯·施雅德说，中国是墨西哥在亚

2024年5月11日晚，首趟由中国南方航空集团有限公司执飞的深圳—墨西哥城直飞航班降落在墨首都墨西哥城贝尼托·华雷斯国际机场。（新华社记者李梦馨摄）

太地区的第一大贸易伙伴，也是墨西哥在世界上的第二大贸易伙伴，为促进墨西哥的经济和社会发展，必须加强与中国的联系。"作为大使，我目睹了墨西哥引发了中国企业的浓厚兴趣，中企在墨的投资意愿快速增长。"

当前中国与拉美地区交往合作持续深入。5月1日，中国－厄瓜多尔自由贸易协定正式生效，中国在拉美的自贸"朋友圈"进一步扩大。中国海关总署数据显示，2023年中拉贸易额突破4890亿美元，同比增长1.1%。

在共建"一带一路"方面，中国已与22个拉美国家签署共建"一带一路"合作文件，双方持续推进基础设施建设、贸易、投资、金融、旅游、太空、南极、海洋、环保等领域合作，人员往来日益密切。

比如在玻利维亚，中资企业近年来修建了2000多公里公路，为当地创造了1万多个就业岗位；在苏里南，中国援苏农业技术合作中心技术援助项目深得当地人喜爱；在乌拉圭派桑杜省，中企助力乌拉圭打造的输电网络跨越乌北部5省，切实为当地百姓谋福祉……

相知无远近，万里尚为邻。

"开通直航就是为了把中拉友好更进一步加深、走实。"外交部拉美司司长蔡伟说。

（新华社深圳2024年5月11日电 新华社记者王攀、王丰、毛思倩）

云南这所小学，
见证中国同赤道几内亚兄弟的深情厚谊

5月27日下午，一场视频连线在北京和云南之间进行。在北京一边，是赤道几内亚总统奥比昂；在云南一边，是金平苗族瑶族傣族自治县一所小学的师生代表。

应国家主席习近平邀请，奥比昂总统正在对中国进行国事访问。这场视频连线，是奥比昂总统访华日程中的一项特殊安排。

一位非洲国家的总统，为什么会同中国西南边陲一所小学的师生视频会面？

故事要从9年前讲起。

2015年4月，奥比昂总统访华期间，代表本国政府宣布一笔捐赠，用于云南省金平县第一小学的改扩建。一年多后，一栋5层20个教室、10个卫生间、5间办公室，总面积约2530平方米的新教学楼落成并投入使用。大山深处的孩子们，有了更好的学习条件。

为了表达对两国深情厚谊的感念，这所小学也有了新名字——中国－赤道几内亚友谊小学。9年来，已经有2000多个孩子从这里毕业。

视频连线时，在奥比昂总统手边的桌

2024年5月27日，中国－赤道几内亚友谊小学的学生通过视频连线和赤道几内亚总统奥比昂打招呼。（新华社记者胡超摄）

子上，展开着友谊小学六年级学生的一封来信。"我们是中国、赤道几内亚两国真诚情谊的直接受益者。"孩子们在信中写道，他们会努力学习科学文化知识，成为两国友好交往的小使者。奥比昂总统表示，希望孩子们将来成为对社会有益的栋梁之材。

一位非洲中西部国家的国家元首主动帮助中国地方发展，令人印象深刻。而这样的肝胆相照，源于中国长期以来以真心对待包括赤道几内亚在内的非洲兄弟。

建交半个多世纪以来，中国同赤道几内亚始终平等相待、相互尊重、相互支持，有着深厚的传统友谊。

自1971年起，中国已派遣33批600余人次的援赤几医疗队，为保护当地人民健康作出贡献；赤几在2008年中国遭遇特大地震灾害时倾力捐款200万欧元……进入新时代，两国积极对接发展战略，在基础设施建设、技术援助等领域开展了卓有成效的务实合作，成果惠及两国人民。

"我们十分骄傲地看到，在中国－赤道几内亚友谊小学栽下的友谊种子，正在开花结果。"奥比昂总统在视频连线中说。

作为中国人民的老朋友，奥比昂总统已经访华十多次了。不久前，他感慨地说："可以说，两国合作在一定程度上改变了赤道几内亚的面貌。"奥比昂总统这次访华期间，习近平主席将同他举行会谈，两国元首还将共同出席合作文件的签字仪式，为两国友好关系全面深入发展注入新动力。

"咿唔瑟，咿唔瑟，吸噶拉罗，哈赛赛，赛哩罗作搓……"（歌词大意为：巧遇大家来唱歌哟）视频连线的另一边，随着哈尼族儿歌《阿密策》响起，38名身着苗、瑶、傣、哈尼族等民族服饰的同学们，将欢快的歌声献给"奥比昂爷爷"。

五年级的学生代表王一骁说："海内存知己，天涯若比邻。我想到赤道几内亚去看看我们的朋友，也希望奥比昂爷爷将来有机会到我们学校来看看。"

奥比昂总统回答说，未来某一天，一定要亲自到这所以"友谊"命名的小学参访。

（新华社北京／昆明2024年5月27日电　新华社记者曹嘉玥、曾维、胡超）

20 余位驻华使节贵州行：
这里的发展"令人感动"！

"在这里竟能看到世界前 100 名高桥的近一半""大数据原来能应用到这么多行业""桥旅融合发展助力村民增收的方式值得学习"……

6 月 2 日至 7 日，来自纳米比亚、南非、赞比亚、布基纳法索、澳大利亚、智利、新加坡、日本等国家的 20 余位驻华使节、外交官和外国驻华机构代表，在贵州参加了以"数创贵州 一路黔行"为主题的"驻华使节地方行"活动。

从"地无三尺平"到"基建狂魔"在此展现开山架桥的速度与质量；从"人无三分银"到当地百姓生活切实改变；从传统产业到依托资源等优势，数字经济蓬勃发展……使节们参访后由衷感慨：贵州的发展"令人感动"！

"我不仅想体验这里的美景和文化，更想了解这里大力发展的新经济，以及当地怎样利用自身资源实现高质量发展。"第一次到贵州的南非驻华大使谢胜文说。

谢胜文所说的"新经济"是这次行程中不少使节关注的重点：贵州的大数据产业。

走进国家大数据（贵州）综合试验区展示中心、贵阳朗玛信息技术股份有限公司、贵州航天智慧农业有限公司等地，使节们体验"互联网＋医疗"、智能制造、智慧农业等大数据赋能传统行业的应用场景。

津巴布韦驻华使馆公使格拉希亚·尼亚古斯体验了一次线上问诊，这让他充满期待：希望这项技术能在自己国家得以应用，让更多人享受到更先进的医疗服务。

2024年6月8日，使节团考察贵州省清镇骆家桥蔬菜保供基地的无土栽培温室。（新华社记者袁睿摄）

　　高标准蔬菜温室，智慧植保，水肥一体化灌溉……刚果（金）驻华使馆参赞吕克奇在了解了一系列智慧农业科技后，立即留下了公司负责人的联系方式。他说，刚果（金）迫切需要这样的中国高科技农业企业，帮助改善农业生产状况。

　　谢胜文说，大数据技术如果不应用于提供服务和改善人类生活，那是没有用的。贵州在这方面做得很好，南非很期待在这个领域同中国开展合作。

　　此行另一个重点是见证中国开山架桥的速度与质量。

　　贵州有"桥梁博物馆"之称，目前已建成公路桥梁2.9万余座，这些大桥在高度、长度、跨度等方面不断刷新着世界纪录。并且建设者们攻坚克难，实现材料、设备、技术创新突破。

　　"如何造出这一座座宏伟的高桥？""大桥通车后给村民生活带来了什么改变""大数据怎么应用在桥梁建造和维护中？"……参观考察坝陵河贵州桥梁科

技馆时，使节们纷纷提问。

尼日利亚驻上海总领馆商务专员穆哈穆德·哈桑一边听着介绍，一边拿出手机展示尼日利亚的一处地形，询问工程师对桥梁建设的建议以及桥梁养护经验。

一座座大桥拔地而起，让天堑变通途。不少大桥建成后，1 个小时的山路缩短到几分钟，为当地百姓打通了致富路，让他们的生活发生了翻天覆地的变化。

对此，穆哈穆德·哈桑感叹："中国政府一定很爱她的人民。我们希望能学习到中国的建造技术。"

"这次旅行令我感受到科学技术对人们生活的改善。"谢胜文说，他很欣赏这种人与文化紧密相连的现代化，"这种以人为本，不让任何人掉队的发展模式非常值得我们学习。"

在贵州省清镇骆家桥蔬菜保供基地，马里驻华使馆一等秘书马利克·迪亚拉尝试操作了智慧农业全自主喷雾车。迪亚拉曾在北京读书，时隔多年再次回到中国，"马里是共建'一带一路'国家，我们可以寻找两国在这方面的合作机遇。"

日本自治体国际化协会北京事务所所长近松茂弘说，农业生产是一项费时费力的工作，贵州基于大数据技术应用，有效减轻了农民负担，这是一个很好的解决方案。

"几乎每个领域，中国都在以相当快的速度发展。"赞比亚驻华大使齐乌卢有感而发："相信通过与中国的合作，我们也可以走上这条发展道路。"

参访即将结束，布基纳法索驻华使馆临时代办萨瓦多格·迪欧登由衷感慨："令我印象最深刻的，是中国人用知识和创新来克服困难的精神。"

（新华社贵阳 2024 年 6 月 9 日电　新华社记者袁睿、吴思、周宣妮）

从"黄河之都"到千年敦煌，
多国外交官盛赞中华文明魅力

从"黄河之都"兰州到丝路名城敦煌，从莫高窟古文明到戈壁滩新面貌……

6月5日至8日，来自22个国家的驻华使节和高级别外交官走进兰州、敦煌两地，了解兰州市、河西走廊五市经济社会发展情况。

中国西部源远流长的多彩文明、人与自然和谐共生的景象、蓬勃发展的文化旅游、新能源等产业，给外交官们留下了深刻印象。

新趋势："保护与开发做到了双赢"

黄河从兰州穿城而过，让这座城市有着"黄河明珠"的美誉。

5日晚，外交官们在欢声笑语中乘船，体验大河奔流的独特魅力。山峦、古塔、桥梁与楼阁被霓虹灯点亮，黄河之滨流光溢彩。市民漫步在黄河沿岸的步道上，悠闲而幸福的场景令外交官们不禁称赞。黄河流域，水资源总量仅是长江的7%，却承担了全国12%人口、17%耕地、50多个大中城市的供水任务。外交官们惊讶于黄河的贡献，更惊喜于中国愿意并努力在生态保护与经济发展之间寻求平衡。

所罗门群岛驻华大使巴雷特·萨拉托说，中国通过制定和实施法律保护河流，是积极的做法，也是治水兴水的好办法。

从兰州到敦煌，外交官们一路向西，感受河西走廊在保护和传承历史文明的基础上，推动文旅产业高质量发展的强劲势头。

6日晚，在敦煌山庄举办的文旅专场推介会上，来自武威、张掖、嘉峪关、酒泉、金昌等河西走廊五市的非遗文创、美食美酒等名片，被"浓缩"在展台上。

在品尝嘉峪关产葡萄酒后，波黑驻华大使西尼沙·贝尔扬竖起大拇指。他说，波黑同样盛产葡萄酒，希望推进两国的葡萄酒产业合作。

新活力："中国始终保持着开放包容的姿态"

河西走廊东西绵延近千公里，形如走廊，因故得名。2600多公里汉、明长城在这里蜿蜒向前，5处世界文化遗产、53处石窟宛如珍珠散落其间。

6日，外交官们来到敦煌鸣沙山月牙泉景区参观。驼队载着游客穿行沙漠；沙丘上空，游客们从直升机上俯瞰沙泉相依、绿洲相连的奇观……丰富的沙漠文旅消费业态，让约旦驻华大使胡萨姆·侯赛尼赞叹不已。

他说，中国在盘活文旅资源、丰富文旅体验方面的经验值得借鉴，希望能够推进两国在沙漠景观开发、防沙治沙等领域的合作。

静卧大漠戈壁的世界文化遗产莫高窟，照亮了千年的文明交融。7日，走进莫高窟细细端详壁画，高鼻梁、深眼窝的西方商人牵着载满货物的骆驼与东方商队相遇的生动画面，让尼泊尔驻华大使比什努·施雷斯塔感叹："从古至今，中国始终保持着开放包容的姿态。"

外交官们对中国的中医药发展有着浓厚兴趣。5日，在兰州新区，他们来到"中华老字号"企业兰州佛慈制药股份有限公司参观。

"这是什么药材？有什么功效？""这是黄芪，堪比人参"……讲解人员生动而详尽的解答，让外交官们啧啧称赞，也勾起了马达加斯加驻华大使让·路易·罗班松的难忘回忆。

甘肃是中国医疗援助马达加斯加的执行省份，从1975年至今已派出23批医疗人员，累计诊治患者数百万人次。20年前，罗班松曾以卫生部长身份到访甘肃。

"通过中西医结合的诊疗办法，援马医疗队队员为我们的民众送去了健康。如今，特色中医保健及理疗服务深受民众欢迎。"罗班松说，他非常看好中医药的发展前景，期待加强与中国在这一领域的合作。

新动能："戈壁滩上充满生命气息"

6日下午，外交官们来到戈壁滩上的敦煌光电产业园区，感受这里热烈的阳

2024 年 6 月 7 日，外交官们在敦煌莫高窟九层楼前留影。（新华社记者陈斌摄）

光和光电产业蓬勃发展的新动能。

在首航高科敦煌 100 兆瓦熔盐塔式光热电站的吸热塔前，外交官们对中国新能源技术应用和产业发展表现出极大兴趣，一边提问，一边用手机拍摄眼前的震撼场景。、

"戈壁滩上原本寸草不生，但中国人却充分利用了自然和科技的力量，让不可能变得可能，让戈壁滩充满生命气息。"佛得角驻华大使阿林多·多罗萨里奥对这个"超级镜子发电站"赞叹不已。

许多外交官过去对于戈壁滩的印象仅限于"不毛之地"，但这次踏足河西走廊，对中国戈壁滩的认识被刷新。

斯洛伐克驻华大使彼得·利扎克对中国在光照充足地区大力发展绿色能源表示赞赏。他说："斯洛伐克也有丰富的可再生能源，期待未来能与敦煌等中国城市加强合作。"

戈壁滩上"种太阳"获得外交官们点赞，而沿途的所见所闻更令大家兴奋。乘车行进在敦煌市区，一排排头顶光伏板的太阳能路灯引起外交官们的注意。"这些路灯将太阳能转化为电能，并照亮夜幕中的敦煌。"陪同的工作人员说。

敦煌市委书记石琳表示，敦煌作为丝路重镇，拥有丰富的文化旅游资源，也拥有丰富的光热资源。敦煌正着力打造以新能源、文化旅游为主导的绿色低碳发展格局，期待与更多国家分享绿色发展经验。

（新华社兰州 2024 年 6 月 8 日电　新华社记者张文静、周而捷、翟翔、程楠、文静、郎兵兵）

十多位驻华使节"做客"山东：这里的文化和发展让人大开眼界

这里，儒风千载文脉相传，能体会到中华文化博大精深；这里，海岸线绵延曲折，能看到蓝色经济发展的活力；这里，绿色经济创新不断，"不只是好客！"

有朋自远方来，不亦乐乎。

6月5日至8日，来自阿根廷、南非、沙特、越南等国家和国际组织的十余位驻华使节和代表应外交部邀请做客山东，感受齐鲁大地山与海的浩荡气魄，体悟儒家文化的深厚底蕴，探讨新领域新合作的更多可能。

品人文：在这里感悟千年文化积淀

6月的曲阜天朗气清，坐落在曲阜南北城市中轴线上的孔庙古树参天。使节们循着道路两旁的百年古树走向庙堂深处，领略中国先哲的千年智慧。

格林纳达驻华大使马岩曾在中国留学，对"仁义礼智信"的理解颇有心得。马岩说，儒家思想中的这些价值观深刻影响了人们生活的方方面面。

参访途中，南非驻华使馆公使巴什迪精心挑选了一对孔庙造型的金属书签当做纪念品。巴什迪表示，如今南非和中国在人文领域交流合作富有成效，为两国巩固双边关系提供了极大助力。

"孔子思想体现出人类文明的博大精深。"阿根廷驻华大使马致远感慨："我们应该明白，文明因共存而和谐、因多元而精彩。"

看生产：这里能提供"一流的农业技术"

随着高铁向东疾驰驶向海滨之城烟台，一片蓝色在使节们眼前舒展开来。海

2024年6月5日，驻华使节参访孔庙和孔府。（新华社记者曹嘉玥摄）

岸线绵延曲折的山东，生态渔业发展潜力巨大。

濒临大西洋的摩洛哥同样拥有丰富的渔业资源，是非洲最大的产鱼国和世界最大的沙丁鱼出口国。摩洛哥驻华大使安萨里说，鉴于各国对水产需求不断增加，渔业养殖还有很大的市场空间，期待与中国发展更多在该领域的伙伴关系，探索海洋渔业的增产转型。

芒种已过，烟台大樱桃的收获期接近尾声。在烟台市福山区回里镇半月湾农业示范基地，十余个品种的樱桃颜色鲜亮、个头饱满。

"有些品种也在非洲种植。"莱索托驻华大使拉巴莱注意到，除了新品种选育，基地还有一项技术，能让果园里长蘑菇。

"他们利用果园生产管理的空闲期在树下种植赤松茸。"拉巴莱称赞道："这是一流的农业技术，也正是我们国家需要的技术。"

论未来：这里有"科技创新和战略眼光"

"我来这里就是为了寻求更多与中国企业在新兴技术领域的合作机会！"参访东方电子股份有限公司时，沙特阿拉伯驻华使馆公使卡西姆·戈什兰说。

得知东方电子在沙特实施了新型数字化配电终端项目，帮助当地提升了电力智能化水平，卡西姆·戈什兰主动同工作人员加了微信好友。他告诉记者："我决定在山东多留几天，进一步对接两国企业间的合作。"

新能源动力系统、智能配用电技术、海工装备制造、海洋资源综合开发……山东绿色经济和蓝色经济的新发展是使节们此次参访了解的重点。

"这里的规模之大、设施完备程度之高，如果不是亲眼所见，难以想象。"来到中集来福士海洋工程有限公司烟台基地的厂区码头，马致远感叹。不远处，开采可燃冰的"蓝鲸2号"钻井平台等高端海工装备在巨大的轰鸣声下更显气势磅礴。

了解到中集来福士的许多海工装备都是自主研发设计，马岩表示，正是"科技创新和战略眼光"推动了海洋经济可持续发展。

莫桑比克驻华大使玛丽亚·古斯塔瓦说，山东在基础设施、绿色能源等领域都实现了高水平发展，经济多元、充满活力。

"这里不只是好客！"安萨里说，山东蕴含的潜力可以迸发出无限可能。

（新华社济南2024年6月10日电　新华社记者曹嘉玥、张昕怡、丛佳鑫）

40余位驻华使节参访上海：
"中国的创造力令人惊叹"

从国产大飞机到大型液化天然气(LNG)运输船,从智能机器人到"零碳样本",从城市发展到中华文化……40多位使节参访后由衷感叹：上海的开放包容和高质量发展令人瞩目,中国的创造力令人惊叹。

6月12日至15日,来自28个国家的10位驻华大使、8位总领事和其他高级外交官应外交部"携手央企 对话世界"活动邀请,在上海参观访问,他们期待与包括上海在内的中国城市深化各领域合作。

看制造——"大开眼界"

"看我像不像机长？"

登上C919大型客机展示样机,坐在驾驶舱座位上,了解速度表、高度表、航迹图等有关仪器仪表情况,模拟移动操纵杆,牙买加驻华大使亚瑟·威廉姆斯兴奋地问。

走进中国商飞设计研发中心,驻华使节们通过主题推介、互动交流、实地考察等方式,近距离了解ARJ21、C919等商用喷气式客机,并向工作人员了解中国国产客机的性能和未来规划,寻找开展合作的机会。

威廉姆斯说："中国在航空技术领域取得了巨大进步,在中国商飞的考察让我大开眼界,也让我看到两国在旅游产业方面的合作潜力。我们希望与中国商飞开展务实合作,让牙买加的海岛游用上中国飞机,助力偏远岛屿的发展。"

阿联酋驻华大使侯赛因·哈马迪说,与国际市场上同类机型相比,中国国产大飞机座舱空间大、乘坐舒适性高。"商飞是未来非常重要的航空制造者，希望有机会真正搭乘一次由 C919 执飞的航班，并期待在明年的迪拜航展上看到商飞的身影，让世界一同见证中国航空制造业的实力。"

驻华使节们还来到中国船舶集团旗下江南造船，从其历史演变了解中国近现代造船工业的发展。站在江南造船展示馆的照片墙前，驻华使节们驻足倾听并不时拍照留念。

加蓬驻华大使波德莱尔·恩东·埃拉说，通过了解中国船舶制造业的重要发展，直观感受了中国企业的先进发展理念。他将把中国企业的合作意愿讲给更多本国伙伴，努力帮助促成项目合作，推动与中国更深层次、更宽领域的高水平合作。

看智造——"全球共享"

做腔镜手术的医疗机器人、无线微创植入的脑机接口产品、能流畅交流对话

2024 年 6 月 12 日，驻华使节在张江机器人谷参观。（新华社记者温馨摄）

的机器人、可潜入深海的水下机器人……在上海张江机器人谷展厅，各大龙头企业纷纷亮出"看家法宝"。

"你好，清宝。"

"咋啦？"

"谁夺得了2022年的世界杯冠军？"

"在2022卡塔尔世界杯足球赛决赛中，阿根廷队通过点球大战夺得冠军。"

阿根廷驻华大使马致远与人形机器人一问一答，引来现场嘉宾的阵阵笑声。名叫"清宝"的人形机器人不仅可以快速根据问题给出答案，还能在接收到指令后动嘴唱歌，并挥舞双手做出舞蹈动作。

"阿根廷也需要更多这样的创新技术来提升人民的生活品质。"端着咖啡机器人制作的拿铁，马致远说道。

"很有意思，感觉在放松肌肉，相信这些医疗机器人可以帮助病人减缓疼痛。"展厅另一端，泰国驻华大使韩灿才按照指示，尝试使用上肢康复机器人。韩灿才说，事实证明，中国通过不懈的努力、出色的组织能力和可持续的发展目标，在高新技术产业领域取得了显著成果。

访问期间，驻华使节们还参观了全球领先的新型能源系统技术企业，并参加了产业对接交流会。

"无论是高端装备制造业还是高科技产业，中国在取得创造性突破的同时，还不断与世界共享发展成果。"出席产业对接交流会后，墨西哥驻上海总领事米格尔·伊希德罗说，希望两国不断深化合作，实现共赢发展。

看文化——"开放包容"

书法写扇、剪纸、手编中国结、品鉴茶道、制作品尝南翔小笼……在豫园海上梨园，驻华外交官们亲身体验了中国传统民间艺术和非遗文化，纷纷惊叹东方生活美学的魅力。

在工作人员的示范下，不少驻华使节在现场练起了太极拳；刚果（金）驻华大使巴卢穆埃内说自己"每天都要喝中国茶"；波兰驻华大使馆公使衔参赞卡夏满意地展示着剪纸作品，感慨"真好看"；津巴布韦驻华大使馆公使衔参赞潘迪赛·马耶拉向周围的中国人学起了中文；马来西亚驻华大使馆副馆长诺法琳娜·穆罕默德·阿兹米请工作人员在折扇上写下"中马友谊万岁"……

"虽然履新不久，但我通过这几个月在上海生活发现，这里是一座极具包容性的城市，能够让外国人舒服地生活和工作。"伊希德罗说。

新加坡驻上海总领事蔡篷合说，新加坡与中国的合作覆盖多个领域。两国已经迈入"免签时代"，紧密且良好的人文交流能够促进两国人民之间的相互理解和信任。

当得知上海是全世界咖啡馆最多的城市，威廉姆斯说："希望有机会到上海的各种咖啡馆进行体验，也希望有更多人品尝我们牙买加独特的咖啡。"

（新华社上海 2024 年 6 月 15 日电　新华社记者温馨、贾远琨）

500 余名中美青年齐聚鼓岭，许下一个共同心愿

鼓岭，福州东郊的避暑胜地。满山的青松翠柏，见证了百年前中西交融的"国际社区"，记录了跨越世纪的中美情缘。2024 年盛夏，这里迎来了青春与友谊的新篇。

6 月 23 日至 28 日，2024 年"鼓岭缘"中美青年交流周在福州举行，这是中美建交以来规模最大、形式内容最丰富的青年交流活动。国家主席习近平向交流周致贺信，鼓励两国青年把中美友好传承下去，为中美关系健康稳定发展贡献力量。

连日来，500 余名中美各界青年通过共植友谊树、圆桌讨论、非遗展演、艺术沙龙、文艺演出、体育友谊赛等约 50 场丰富多彩的交流活动，传承鼓岭情缘，深化友好情谊。

鼓岭情缘再续新篇

在宜夏村种下友谊树，在鼓岭邮局盖下邮戳，在展示馆翻开鼓岭往事……6 月 24 日下午，中美两国青年们来到鼓岭，在"缘分开始的地方"，感受鼓岭故事生生不息的魅力。

"没想到这口井这么小""它竟然还可以使用""一百多年了真了不起"，在鼓岭邮局旁，一口刻着"外国本地公众水井"字样的古井，吸引了大家。

6 月 24 日上午的交流周开幕式上，"鼓岭之友"成员、鼓岭文化研究者穆言灵特别介绍了这口古井。她说，当时的鼓岭是一个中外融合的"国际社区"，本地居民与外国人共饮这口井水，孩子们也一起玩耍。

带着"寻宝鼓岭"的热情，北京大学国际关系学院学生孟子凡当天"打卡"

了鼓岭邮局、万国公益社、照相馆等地。她说："走过这些地方时，我感受到历史和现实的奇妙连接，仿佛我从鼓岭故事的倾听者，变成了鼓岭故事的一部分。"

"两国人民之间的联系竟然可以如此经久不衰、持续百年。"来自美国休斯顿的青年企业家克里斯·奇瑟姆·韦斯特说，几个月前，在中国读书的朋友向他推荐了交流周活动，了解到背后传承百年的鼓岭情缘，他立即决定要来中国参加。

美国华盛顿大学学生王祉钦说，这样的交流活动能帮助建立美中两国之间的"桥梁"，要从青年一代开始努力，因为青年代表着未来。

6月28日，参加交流周的中美青年共同发布《鼓岭倡议》："两国青年既是中美关系过去45年发展的见证者、受益者，更应是下一个45年中美关系健康稳定前行的维护者和推动者。"

文化，我们共同的语言

当清晨的第一缕阳光刚刚穿透云雾，金发碧眼的"洋教练"杰克就已经带着他的中美"弟子们"开始了太极课。交流周期间，清晨的太极课程吸引了不少青年。

野马分鬃、白鹤亮翅、搂膝拗步……已经来到中国快15年的美国人杰克一边示范太极二十四式，一边耐心讲解其背后蕴含的中国哲学："太极倡导阴阳平衡、刚柔相济，在太极拳的练习中，我们不仅可以感受到阴阳相生的自然法则，更能体会到对立统一、相互转化的哲学智慧。"

"太极很有挑战性，对身体的协调性要求很高。"刚打完太极的美国青年佐伊·乔普拉满头大汗，他说之前就看过很多关于太极的电影和报道，但一直没有机会尝试，因此格外珍惜这次深入感受中国文化的机会。海峡文化艺术中心，如一朵茉莉花盛开在闽江之畔。6月27日晚，交流周专场文艺演出在这里举行。

"接下来这首曲子，是我们将西方古典乐与东方美学相结合的一次尝试。希望中美文化交流一直持续，并越来越好。"在现场热烈的欢呼声中，中国青年钢琴家阮扬扬与其他4位同样来自美国柯蒂斯音乐学院的学生一起，为观众献上管弦五重奏《大鱼》和《茉莉花》。

同时拥有中美两国艺术教育背景，阮扬扬说，期待通过此次交流周，让大家

2024年6月26日，嘉宾在非遗展演暨青年集市上展示拓印作品。当日，作为2024年"鼓岭缘"中美青年交流周活动内容之一的非遗展演暨青年集市开市仪式在位于福州马尾琅岐的海峡青年交流营地举行。（新华社记者秦朗摄）

知道中美之间其实没有"障碍"，也希望能用自己的力量促成更多中美青年之间的交流，"无论世界如何变化，我们都可以通过音乐紧密相连"。

"为了友谊"

"Bravo！""加油！加油！"

6月27日下午，一场特别的篮球赛在福州海峡青年交流营地打响。对阵的两支队伍分别由2名中国青年和2名美国青年组成，中英文两种语言的加油呐喊声在热烈的空气中交汇。

"看到日程上有篮球赛，我立即在上面打了颗星，决定无论如何都要参加这场比赛！"来自美国旧金山的泽夫·库里尔·弗里德曼是其中一队的主力，从事体育行业的他说，篮球是最容易结识新朋友并将人们团结在一起的运动之一。

"虽然我们队没赢，但我觉得这场比赛的重点是让来自美国和中国的人们走到一起，切磋球技、建立友谊。"听着弗里德曼的话，队友频频点头。

　　"朋友是能一起探索世界、讨论世界的人，更是能够分享兴趣、目标和梦想的人。我觉得本次交流周正是对这一定义的充分实践。"6月28日，交流周总结会上，来自美国密歇根大学的医学生克莱尔·阿什米德·米尔斯的发言，赢得了热烈的掌声。

　　"一开始是聊工作，慢慢聊到生活，还探讨了孩子的教育，现在几乎无话不谈，这正是本次活动的魅力所在。"北京协和医院的青年医生冯宾说，此次北京协和医院派出了11位青年骨干，并邀请了12位美国医学界的青年代表参加活动，大家结下了深厚的友谊。

　　"为什么要举办这样一次交流周？答案是：为了友谊。"中国人民对外友好协会秘书长沈昕的话，说出中美青年共同的心声。

　　"我的微信好友已经从5个增加到70多个！"第一次来中国的美国青年学生哈利特·帕金森说着一口流利的中文，同交流周上认识的朋友一一拥抱告别，并约好一定要常联系、再见面。

　　从跨越百年的鼓岭故事中源源不断地汲取力量，把中美友好传承下去，是他们共同的心愿。

　　（新华社福州2024年6月29日电　新华社记者冯歆然、邵艺博、李慧颖、邓倩倩、宓盈婷、翟翔）